与有些人不同，我写诗作文的唯一信条是：
寄托、记录、纪念。

走读知味

王少杰 ／ 著

ZHEJIANG UNIVERSITY PRESS
浙江大学出版社

图书在版编目(CIP)数据

走读知味 / 王少杰著. —杭州 ：浙江大学出版社，
2020.1

ISBN 978-7-308-19922-3

I. ①走… II. ①王… III. ①散文集—中国—当代
IV. ①I267

中国版本图书馆 CIP 数据核字（2019）第290912号

走读知味

王少杰 著

责任编辑	杨 茜	
责任校对	赵 珏	
封面设计	周 灵	
出版发行	浙江大学出版社	
	（杭州市天目山路148号 邮政编码310007）	
	（网址:http://www.zjupress.com）	
排 版	杭州朝曦图文设计有限公司	
印 刷	杭州钱江彩色印务有限公司	
开 本	710mm×1000mm 1/16	
印 张	17	
字 数	219千	
版 印 次	2020年1月第1版 2020年1月第1次印刷	
书 号	ISBN 978-7-308-19922-3	
定 价	48.00元	

序

喜欢走，与生俱来的喜欢。

记得小学二三年级开始，班主任就带着全班同学，从兰溪县城徒步十余里，一路兴奋地去茆竹园、六洞山、黄大尖一带搞"军事活动"。读中学时，班主任又率领大家自备炊具，翻山越岭，最末一段还要负重——手提肩背一两块、两三块砖石，大汗淋漓、气喘吁吁地一直走到金华双龙洞，然后体验"洞中有洞洞中泉，欲觅泉源卧小船"的无比妙趣。

这在今天的中小学生，包括老师和家长们看来，有点不敢想象。但在20世纪70年代，却很平常。这样的活动，不仅磨炼人的意志，也让许多同学加深了对大自然的热爱。

于我而言，似乎还不止于此。

因为之后的数十年时间里，我几乎走遍了中国境内的名山大川、名城名胜，甚至对一些当时鲜为人知的去处，也兴致盎然地作了寻访、探究。千万不要问我"为什么"，因为有时，连我自己也没有明确的为什么。

往小处、往常理上说，这是个人兴趣爱好，自然会有缘由，这里无须多言。

往大处说，"读万卷书，行万里路"，是千百年来备受士人官宦推崇的一条人生正道。

现在，很多人把这句话理解成要努力读书，让自己才识过人，然后将自己在书上所学,在生活中体现,同时进一步增长见识,理论结合实际,学以致用。甚至还有人从董其昌《画禅室随笔》中,找到了这八个字的出处。

错不错?没有错。但是不够。

仕而优则学,学而优则仕。中国古代的知识分子,学与仕往往合为一体。读书,读万卷书,是入仕的必要条件、基本路径。而一旦入仕,所谓修身齐家、建功立业、光宗耀祖等,也都跟着会有。虽然官职、功业有大有小,但在他人眼里和社会评价中,功成名就的感觉至少有了。那为什么还要行万里路呢?我想,除了进一步开阔眼界、增长见识学问,更好地为朝廷效力、为百姓办事之外,恐怕还有一层重要因素:个人内心的向往、追求。

读书多的人,对外面的世界知道的也多,内心自然而然会产生一种亲临其境的欲望,对古往今来重要的人和事,自然而然会有一颗凭吊追怀之心。因此,宦游——专程、顺路、取道等,是历代文人学士"行万里路"的主要方式。尤其是在仕途得意或失意时,更会不由自主地寄情山水、感时怀古,并且留下了数不胜数的诗文佳作。这是古人与今人的不同之处。

今天的人们,信息、知识来源渠道众多,交通发达,游览方便。但再怎么方便,那种"到处皆诗境,随时有物华"的美妙,那种"登山则情满于山,观海则意溢于海"的胸襟,那种天人合一、物我冥通的圆融境界,不是自己双脚走到大自然中去,亲眼看见、亲手触抚、亲身感受那些风景名胜古迹,书上的、电视上的、互联网终端上的,终究无法让人真切体验。这又是今人与古人的相同之处。

因而归根结底,读万卷书、行万里路,只有自己走过、读过,思想才会有所领悟,心灵才会有所濯澡,审美能力和审美情趣才会提升。换句话说,旅行的味道,读书的味道,只有自己走了、读了,才能真正知道个中滋味。

杭州西湖边,有家著名的中华老字号:知味观。"知味停车,闻香下马。欲知我味,观料便知。"一百多年来,这个绝妙"店招",一直为世人津津乐道。

是的,美景、美食,美人、美乐,再加上书中丰富多彩的"料",人间之美,人生之乐,尚有甚乎?

王少杰

2019 年 7 月 18 日,西子湖畔

目　录

超山赏梅

　　听说超山的每一瓣梅花,都有十个画家在画,二十个诗人在写。这令人神往的夸张,竟使我踏上自行车,足足冒了五十余里的严寒。

　　然而我似乎有点失望了——被誉为江南三大观梅胜地之一的"十里梅花香雪海",既无想象中那种绚丽斑斓的景色,也不见自己梦里描绘的浩阔无垠的境界;没有看到一个背着画夹的画家,偶尔间交臂而过的几个男女,非但无些许诗人的模样,反倒觉得像虔诚的香客。

　　同行的Y君与Z君仿佛看出了我的心思,说:"古人讲'人间四月芳菲尽,山寺桃花始盛开',而超山的梅花却是'山底梅树方成蓓,峰前万朵已盛开'呀!"我半信半疑:"真的?"Y君却煞有介事地问:"我可是第三次上超山了,你不知道?"我于是兴致骤然大添,沿着整洁幽静的石级,弯转着向山顶捷步登去。

　　远远地,透过竹林高低参差的叶子,我隐隐约约看到了峰前兀立的几块巨石,还有一个搭着脚手架的未完工的新亭子,还有光光的青石栏杆、高高的飞檐黑瓦……唯独不见有什么盛开的梅花。我顿时感到自己被骗了。回头一看,他俩果真朝我哈哈哧哧地大笑着哩。

　　十二月的天气竟也变得如此之快。山顶的风,像是从云缝里直钻下来的,格外寒冷,要不是刚才一阵长跑,我想这风一定会长出冰刺来。抬头望望灰暗的天空,我懊悔自己来得太早了些。

"喂,小伙子,是来赏梅的吧?"一个和蔼的声音飘进耳朵。我回头一看,原来是一位头发花白的老人,手里攥着一把精巧的小尖锤,面带笑意地站在亭子边瞧着我。

"是的,"我转身走过去,"不过,我们来得太早了点,梅花都还没开呢。"

"是早了点,是早了点,你瞧,我这亭子还没完工哩!"老人朝我笑笑,那模样半是惋惜,半是庆幸。

"老师傅,您这么大岁数了,还不在家休息休息,好好享受一下晚年?"

"休息?——噢,小伙子,你不知道啊,半个世纪前,我读书的时候,自己就曾立下了一个誓言:不到七十不休息!"

"您读过书?半个世纪前?"我有点儿不相信,便有意识地提高了嗓门。

"是啊,我读过书,而且是建筑专业。五十年前,我大学肄业后,便一头钻进古建筑的设计、建造中来了。我总认为,我们民族几千年优秀文化中最了不起的东西之一,就是传统的建筑艺术。她的地位和价值,是世界上其他民族无法替代的,而且影响十分广泛、深远。因此,我从大学时候起,就打算为这干一辈子啦!……"

望着眼前这位健谈又颇有学识的长者,我心中不由升起一股敬意:"那,您这么多年来一定有了不少杰作吧?"

"杰作?哪谈得上!不过,说起来到今天为止,大大小小的亭台楼榭也确实建了不下百十处了。"他似有感慨地停了停。

"如今想起来,自己几十年奔波大江南北的心血,能够同好山好水连在一起,特别是看到那些来自异国他乡、五湖四海的游人,能愉快地置身于自己亲手设计建造的楼台亭榭中——尽管他们从不会问是谁设计的、是谁建造的——可对我来说,就是一种最好的享受喽!"说完,老人竟哈哈哈哈地朗笑起来。

我也不由跟着笑了几声:"老师傅,看您身子骨挺结实,着实还能干上几年的。"

"结实?不行喽。再过二十多天,我就到古稀之年了,像树叶一样,到该凋谢的时光啦!不过——"老师傅扬了扬苍老却微微显得红润的两颊,用小尖锤指了指头顶脚手架上的几个年轻人,"我这几个徒弟,有文化,又肯钻研,水平技术都'青出于蓝而胜于蓝'了。我计划过了元旦,就真的结束自己干了五十年的建筑生涯,像你说的'休息'去了,怎么样!"

我不禁重重地点了点头,心想:是啊,人老了,难道就一定意味着"黄泉在望"吗?假如……

"小伙子,"他打断了我的思绪,"你是头一回上超山吧?我说啊,你观赏不到梅花不必扫兴,从超山上看大运河,也挺不错的!"说着,他用手向西面指了指。

顺着老师傅手指的方向,我远远地向西望去。朦胧间,一条薄薄的素练,宛如天上的仙女嬉戏时不慎失落的绸绢,向西北角轻轻缓缓地飘去、飘去……而近处的,却又像一面溜亮的大铜镜,上边画了些原始拙朴的符号,仿佛告诉你:这,就是"鱼米之乡"四个字的最古老的写法。

我这般望着、想着,慢慢地转过头来,忽然,我的眼睛,不,应该说我的心,倏地一下像被一团团滚烫的东西紧紧地攫住了——那是什么?!那山腰间火一样通红通红的,那一大片把四周的寒气烧得无影无踪的,那一簇簇、一团团把我整个胸脯从这寒冬里拥出来去沐浴秋阳、去放号夏天、去高唱春歌的,是红枫树吗?不是红枫树,又是什么会长出这样的叶子点亮我爱的心窗呢?我上来时还是从它怀中穿过的,却在此刻才真正看见!

我忍不住一口气奔过去摘了一枚枫叶,红红的别在胸口,然后依依走下山来。

Y君与Z君,却在后面一、二、三、四……从山顶到山脚,居然把石级数了整整一千三百七十下！一千三百七十，是啊，这级级石阶，不知为人们减去了几多艰辛与汗水，但它们毕竟是数得清的，并且还常常得到游人的称赏；可那枫叶呢，那谁也数不清的、往往因游人对梅花的赞叹而被遗忘的红枫叶呢，难道不正是它们默默地用自己的生命之火烧盛了"十里梅海"，然后默默凋谢于腊月之飞雪中吗？哦，多可敬的红枫叶……

我再不觉得自己来得早了些。

况且，山脚吴昌硕先生墓旁的梅树已撑起了嫩蕾；

山底的唐梅、宋梅也从枯枝上挺出新苞了……

归途上，风很大，窸窸窣窣的雪霰打在脸上、身上、脖子上，冰冷冰冷的；我伸手摸了摸胸前的红枫叶，却不禁感到滚烫，滚烫！

1986 年 2 月

飞机上想"死"

公元 1985 年 12 月 31 日,是中国民航史上具有纪念意义的一天。

因为这一天,是所有中国境内的中国公民,必须凭县(团)级以上单位专用介绍信,并经所在单位负责人签字盖章后,才能购票乘坐中国民航班机的最后一天。经学校教育长签章同意,我等四个平生头一回踩上飞机舷梯的学生,"有幸"赶上了这"最后一趟"从杭州飞往上海的 MD-80 客机。记得票价总共是 25 元人民币。

世上的事,大凡都有"头一回"。头一回吃饭,大概是不可能记得了;头一回独自走路,大概也记不得了;头一回看电影电视,或者坐汽车火车什么的,好像不容易忘记,但内容或时间地点,大都记不很清楚了,因为这在今天看来,实在是再平常不过,如同吃饭穿衣一般。

但有些"头一回",却让你终生难忘。比如头一回挨老师的骂,头一回考试不及格(假如有过的话),头一回领到自己劳动所得的薪水,头一回与女友或男友约会,头一回被小偷掏走钱包,里面夹着七票八证甚至还有恋人羞答答赠你的相片……如此等等的"头一回",烙在记忆深处,或以为教训,或以为常常捡拾起来左右玩味的美好往事,或以为老友间叙旧闲聊的谈资,说到底,都不打紧。唯独有样东西,万万不可也不可能有"头一回",因为有了"头一回",便再不会有第二回、第三回了。这样东西,确切地说是这个字眼,大抵头一回坐飞机的人,没有一个不曾想到过,却偏偏又最是心照不宣,面面相觑之中最忌讳说出口来的一个字:死。

找到座位坐下来,与同伴说几句无关紧要的话,便闭上了眼睛。虽然我知道,中国民航乃世界上安全系数最高的民航之一,但不知怎么搞的,一闭上双眼,那个字还是前遮后挡拦不住冒将出来——

哦,死,死是什么?死对一个人来说,究竟意味着什么?

佛经上说,信佛之人死不叫"死",而称"圆寂",或者"涅槃""入灭"。佛教徒经过修习,能够达到具备一切功德、熄灭一切烦恼的最高境界,即"涅槃"。佛教认为,人们处于"生死",原因在于有烦恼和各种思想行为,特别是有种种世俗的欲望和是非观。"涅槃"即对"生死"诸苦及其根源"烦恼"的最彻底的断灭。在那里,"死"不是一般的死亡,而是一种灵魂境界。

到了道教徒那里,"死"则是"羽化""仙化",死成了飞升成仙的代名词。

《圣经》上则说,上帝用泥土造出人形,然后吹气于其鼻孔,使之成为"有灵的活人",人的一切行为皆发自灵魂。人"死"后,灵魂继续活着,得到基督救赎者可升入天堂永享福乐,未得救赎者则下地狱永受惩罚……

局内人那样笃信不疑,局外人那般不可思议。同样关于死,关于死亡,关于血肉之躯的溘然离去……

而我却想,死,总归是有些可怕的,不然战场上哪来那么多"开小差"的?为什么还要有督战队?明代的嘉靖皇帝,已是九五之尊,至高无上,却要四处求神访仙,炼丹吃药,弄得朝政废弛,奸佞当道,不就梦想图个长生不死吗?还有那个甲午海战中的济远号管带方伯谦,驻守平壤的叶志超,紧要关头却扯起白旗仓惶逃窜,不都是因为贪生怕死吗?

当然也有真不怕死,视死如归的。"风萧萧兮易水寒,壮士一去兮不复还"的荆轲;"人生自古谁无死,留取丹心照汗青"的文天祥;慨言"各国变法，无不从流血而成，今日中国未闻因变法而流血者……有之请从嗣同始"，面对白刃神态自若、气宇轩昂，高叹"有心杀贼，无力回天，死得其所，快哉快哉"的谭嗣同。还有那个开足马力要撞沉敌旗舰"吉野"的邓世昌，那个张自忠将军，那些陈纳德将军麾下的"飞虎队"的勇士，那个赵尚志、江竹筠、邱少云、黄继光……他们的不怕死，或出于舍生取义，或出于民族气节，或出于忠贞不渝的信仰，或出于彼时彼刻氛围下的情感冲动……

然而，细细地、静静地再想一想，从古至今，真正不怕死的毕竟只是少数，极少数。因为这里，还有一个比"怕不怕死"更重要的问题或者说前提，那就是"为何而死"，这个"死"是不是比"生"更值得？

"有的人活着，但他已经死了；有的人死了，但他却永远活着。"前面的"死"，自然是比喻。后面的"死"，则是一种崇高的境界了。写《史记》的司马迁说：人固有一死，或重于泰山，或轻于鸿毛。太史公说了两头，实际上，对世上芸芸众生来讲，绝大部分都是在泰山与鸿毛之间的。"天生我材必有用"，这个"用"，不一定让人去死，尤其那些无谓的死。鲁滨孙为了活下去，不是在荒岛上度过了艰难漫长的 28 年吗？生命求生的伟力，实在同样值得讴歌……

　　"旅客们请注意,飞机马上就要起飞了,请大家系好安全带……"空中小姐甜美悦耳的音符,打断了我的思绪。我的那些个莫名其妙、横七竖八倏忽间又竖七横八的奇思怪想,随着一阵急剧的轰鸣声,呼啦一下散个精光。

　　紧接着,仿佛身后有一万双无形的巨手,把我越推越快,越推越快,最后一下子腾空而起。赶忙从窗口往下看,宽阔平坦的杭嘉湖平原,宛如一幅斑斓绚丽的苏绣地图。

　　一切变得越来越小,又好像越来越大……

1986 年 3 月

风雨黄鹤楼

平生遨游之兴，广及海天。而登黄鹤楼者，乃其中荦荦大者。

芳春佳日，我等一行乘船顺流而下。未及武昌，忽闻船舷上有人高叫："快，看那黄鹤楼！"我从困倦中蓦地弹起，三步两步挤上了甲板。沿着众人的目光，远远望去，但见一座巨大的塔式楼阁，岿然屹立于浩渺烟波之上，葱茏蛇山之巅。塔楼两旁危檐凌空，势欲飞动，雄奇多姿，壮美非凡。而霏霏烟雨，此刻仿佛有意把天空压暗，好将那塔楼的通体琉璃金光，衬映得叫你心醉神迷！

黄鹤楼素有"千古名楼"之称，始建于东吴黄武二年（公元223年），与湖南岳阳楼、江西滕王阁并称江南三大名楼。1700多年来，屡毁屡建，其造型也因各个时代的社会生活需要、科技水平、审美观念不同而几度变化。今天的黄鹤楼，则是在已圮百年之久的清代黄鹤楼的基础上，集历代塔楼精华之大成者，可谓艺术的再创造。

黄鹤楼共五层，总高达51.4米。楼体硕大，重檐翼舒，四望如一。楼顶下东西南北，分别悬挂着四块巨匾，其中正对长江的"黄鹤楼"三字，苍劲古朴，笔力浑厚，乃当代书法大师舒同手迹。我们兴致勃勃地穿过楼前平台、门廊，步入底层大厅，首先跃入眼帘的，是一对长达七米、气势磅礴的名联：

爽气西来,云雾扫开天地憾

大江东去,波涛洗尽古今愁

　　厅的前方,是题为"白云黄鹤"的巨幅陶瓷壁画。江水白云,仙人黄鹤,使人顿时联想起黄鹤楼美丽的神话传说。

　　第二层大厅正中,一篇由大理石镌立的《黄鹤楼记》,生动地向游人述讲着黄鹤楼千百年来的风风雨雨、沧桑巨变。碑墙两侧,各是一幅孙权筑城、周瑜设宴的壁画,艺术地再现了当年孙仲谋筑城黄鹄矶头和周公瑾设宴款待刘备、暗布伏兵的历史情境。

　　第三层大厅的壁画,描绘了上自崔颢、李白,下至岳飞、陆游等 12 位唐宋名人飘逸、潇洒、忧愤、威武的形象,把黄鹤楼人文荟萃、千古风流的氛围,渲染得淋漓尽致。

　　第四层"笔锋一转",众多当代名家墨宝,在此争辉斗妍。当然也不乏灵感忽来、文思泉涌的游客,即兴挥毫题咏,颇承古文人交游宴饮之遗风。

　　五楼顶层,高敞出尘,一幅 90 平方米的巨型壁画《江天浩瀚》,围立于四周墙面上。滔滔万里长江之水,从天上,从地下,从人类命运之流的那边,穿云破雾,逶迤而来,又奔腾翻卷而去⋯⋯我们从底层开始,或指点评说,或凝眸遐思,或凭栏远眺,或拾级而登,及至顶层,蓦然回首,便更深深惊服黄鹤楼设计建造者们的匠心独运,居然能把神话、历史、人文、传统、永恒五大主题,如此巧妙地融入一楼,并且溯古讴今,步步升华,成为中华民族无价的艺术瑰宝!

　　登黄鹤楼,游客中多有一路诵谈唐代诗人崔颢《黄鹤楼》者,还有那则李白酒后搁笔连叹"眼前有景道不得,崔颢题诗在上头"的诗坛佳话。

　　这是一个诗的国度对自然与人文特有的审美崇尚哪!

1989 年 5 月

猴乞·猴圣·猴赖

——峨眉山游感

　　小时候，时常在街头巷末，看到一些衣衫脏乱甚至蓬头垢面的卖艺人，一面当当当敲着小铜锣，一面牵着一两只小猴子，在那里戏耍。而每次总有一帮人围着看。随着那锣声一高一低，一紧一慢，小猴子或立或爬，或绕着圈子疾奔，或一连翻上几个跟头。看的人的嬉笑声、叫好声，也随那面小锣一阵高一阵低，紧一阵慢一阵。忽然，小铜锣"当"的一声戛然而住，随即那卖艺人和小猴各托出个小盆子，向看客们伸过手臂来，嘴上说着："谢谢，谢谢各位师傅，有钱的赏点盘缠，没钱的捧个人场。"于是便有几个人掏出几枚硬币，丢进那盆子。想再看下去的便站着不动，也有不愿掏钱又有些不好意思的，便走了开去。

　　那模样，说卖艺是好听了，实际上并无甚"艺"好卖，无非是借耍猴帮帮腔，行点乞。这些人大抵是生活所迫，一不偷，二亦不盗。只是看那小猴子瘦瘦巴巴，浑身的毛也脏兮兮的，一天能吃上多少不说，却要一天到晚任凭主人的使唤。一双圆圆的小眼睛，总给我一种太可怜的感觉。看客们的赏钱，十有八九也是冲着小猴子那副可怜样丢过去的吧，我想。

　　后来稍大点了，能读的书虽然不多，《西游记》的故事和连环画却是听了一遍又一遍，有好些都烂熟于心了。《西游记》里的"孙猴子"孙悟空，和那卖艺人手里牵着的小猴子，完完全全是两回事。孙悟空大闹天宫,七十二变,无畏无惧。特别是那双火眼金睛,谁要再说"可怜"二字,简直是笑话!孙悟空于是在很长一段时间里,成了我心目中的神圣偶像。

一直到了1989年4月去游峨眉山,在九老洞、洗象池一带,被几帮无人管教的泼猴戏弄一番后,我才发觉世上除了猴乞、猴圣以外,竟然还有一种猴赖。

峨眉山乃我国四大佛教名山之一。早在汉唐时期,佛教传入中国后,峨眉山即兴寺建庙不断,最盛时达100多座,直到现在还保存着20多座。其中报国寺、伏虎寺、清音阁、万年寺等,都颇有特色,名声很大。因峨眉山山高地广,主峰万佛顶海拔达3099米,所以这里的奇花异木、珍禽稀兽、水光山色,尤其是云海、日出、圣灯、佛光四大奇观,是其他许多名山所不及的。而我印象最深的,莫过于万佛顶的雪、沿途的"滑竿"和九老洞一带的猴群了。

"人间四月芳菲尽,山寺桃花始盛开。"这点儿时序差异,与峨眉山相比,真是"小巫见大巫"了。峨眉山从山脚到山顶,海拔一下子陡增了2500米。登上万佛顶,白雪皑皑,寒风呼呼,我们这些来自春暖花开的江南水乡的游客,尽管都裹紧了租来的棉大衣,一个个还是浑身打颤,两颊铁冰,匆匆环顾四周,便一个个"逃"下山去了。

峨眉山由于山势高峻,加上嶂峦叠起,从山麓报国寺到金顶,虽然峰回路转的山径都用青石砌成,但全程不下60公里,一般人的体力是吃不消的。于是在峨眉山沿途,一种特别的轿子便应运而生了——滑竿。所谓滑竿,无非是两根竹竿中间绷一块蛇皮塑料布,然后人躺上去,由两个山民一前一后抬着而已。登峨眉山,除一路上秀丽风光之外,其滑竿之多,轿夫招呼之热情及其登山如履平地之状,也算得上一大景观了。

最"让人欢喜让人忧"的还是猴子。欢喜什么?三五成群的野猴,或灰或褐,或大或小,或攀崖折枝,或抱团嬉闹,全无动物园铁笼子中那种拘谨胆小、无所适从的情态,让人感到这才是猴子世界的真实场景。忧什么? 上山之前,旅馆服务小姐一再叮嘱:路上遇见猴子,特别是猴群,一定得留点神,别给"耍"啦! ——耍谁? 猴子耍我们? 我心里想,小时候只见过人耍猴子,哪有猴子耍人的? 猴子再狡猾,总不至于敢耍我们这些须眉壮汉吧!

其实不然。我们一行刚过九老洞几里,便听前面有人高喊:"抓住它,快抓住它!"开始还以为是抓小偷,后来一看,原来是一位游客的挎包,冷不防被路边蹲着的一只猴子突然扯了去,七蹦八跳,那猴便消失在密密的树丛里了。没过一会,同行一位先生的拐杖也被抢了去。而且,那泼猴还当着众人的面,挥舞着拐杖坐在远远的一棵树上,龇牙咧嘴"吱吱"大叫,向那位先生"示威"。原来那位背着挎包的游客,跟猴子耍玩一番后,没有主动将挎包里好吃的掏出来,那猴一怒之下,便把挎包夺将过去。同行的先生本想用拐杖招呼猴子靠近点,一起合个影,岂料泼猴以为先生惹它,便先发制人,一把抓去拐杖,回过身来还要揍这位先生,吓得这位先生抱头大叫起来。

这下子我们一个个警惕多了,也聪明多了。再遇上猴子,若是单枪匹马圆睁两眼瞪着你的,便主动将袋里的面包、饼干之类先递上去,算是"见面礼"。如遇见三五成群坐在路上的,便像遇到强盗剪径似的,早早把拐杖放到地上,以示"缴械",然后将好吃的统统拿出来。几个胆小的,不仅把吃的都拿了出来,还把口袋翻出来让猴子看,似在恳求:买路钱给光了,放我过去吧! 那模样,实在让人既觉得可笑,又觉得可恶:这帮泼猴,光天化日之下胆敢如此霸道!

待过了洗象池,听得有人说,这样还算好的,两天前,一山东游客因用闪光灯偷拍了猴子一张照片,那蛮猴大怒,乘游客转身之机,突然从背后一把掠走相机,游客追上前去,还被那猴抓破皮肉,鲜血直流哩! 好家伙,峨眉山的野猴,竟是这样一群泼皮无赖!

后来，我们忍不住向景区管理部门反映了情况。后来据说有很多游客对此呼声强烈。再后来，大约一年之后，当地有关方面终于采取措施，对野猴们进行了严厉的综合整治。新华社还专门为此发了消息，情况想必应该好多了吧。

话说回来，猴子原本都是一样的。猴之初，性本善。可为什么耍猴人手里牵的猴子，不但伶俐乖巧，能讨会乞，并且绝对忠心不二，对主人完全一副唯唯诺诺、唯命是从的样子？那是被驯化了。而峨眉山的泼猴，实际上是被"宠"化的。谁宠？一半是山主人，一半是游客。对山主人来说，这猴群无疑是摇钱树，不好怠慢。而对游客来说，开始想必出于好奇有趣，给点吃的逗乐。后来随着游客条件越来越好，猴子吃得自然也越来越丰盛，胃口越吊越高。天长日久，又有几只猴子不学着摆出一副无赖模样，到路上去剪径，不劳而获，而去费力攀摘野果树叶充饥呢？至于孙悟空，则是被神化了的猴子，现实生活中并不存在。大概因为天上人间不平事太多，老百姓又无能为力，只好造出个疾恶如仇、善变无敌的"齐天大圣"来出出气，有个寄托，平衡一下心理。

峨眉山归来，我竟生一叹：猴子真不愧为灵长类动物，是人类的"近亲"。看来，即便从社会学的角度看，"猴子变人"之说，也很有些道理啊。

1990 年 3 月

匡庐印象

在我的印象里,提起庐山,最能启发我之翩翩联想者有三:

一是宋代大文豪苏东坡的《记游庐山诗》。短短不足三百字的游记,竟由五首诗珠联而成。

　　仆初入庐山,山谷奇秀,平生所未见,殆应接不暇,遂发意不欲作诗。已而见山中僧俗皆云:"苏子瞻来矣!"不觉作一绝云:"芒鞋青竹杖,自挂百钱游。可怪深山里,人人识故侯。"既自哂前言之谬,又复作两绝云:"青山若无素,偃蹇不相亲。要识庐山面,他年是故人。"又云:"自昔怀清赏,神游杳霭间。如今不是梦,真个是庐山。"

　　是日有以陈令举《庐山记》见寄者,且行且读,见其中云徐凝、李白之诗,不觉失笑。旋入开先寺,主僧求诗,因作一绝云:"帝遣银河一派垂,古来唯有谪仙辞。飞流溅沫知多少,不与徐凝洗恶诗。"往来山南北十余日,以为绝胜不可胜记,择其尤者,莫如漱玉亭、三峡桥,故作此二诗。最后与总老同游西林,又作一绝云:"横看成岭侧成峰,远近高低各不同。不识庐山真面目,只缘身在此山中。"仆庐山诗尽于此矣。

这个苏东坡,起初"发意不欲作诗",待游完庐山,竟一连作了七首。尽管没有用过多的笔墨去描山绘水,却写得如此别致,富有情趣。尤其是最后一绝,真个成了千古绝唱,给庐山披上了一层神秘的面纱,非让人想去揭开看看不可。

二是一幅千千万万现代中国人非常熟悉的照片。一代伟人毛泽东危坐于一张普通的藤椅上,左腿架着右腿,宽大的额头下,一双深邃的眼睛注视着远方。背景是丽日和风,青山苍郁,松涛阵阵。"每临大事有静气"的毛泽东,此时作七律《登庐山》一首:

> 一山飞峙大江边,跃上葱茏四百旋。
>
> 冷眼向洋看世界,热风吹雨洒江天。
>
> 云横九派浮黄鹤,浪下三吴起白烟。
>
> 陶令不知何处去,桃花源里可耕田?

藤椅上的毛泽东,此刻用"冷眼向洋"四字来形容概括,是再贴切不过了。为什么?就在这年的前一年即1958年,"大跃进"狂潮席卷神州大地,我国全面实行"人民公社化"。1959年,苏共二十一大召开。之后,中苏关系日趋紧张,冲突分歧愈加公开化。而紧接着,中央政治局扩大会议将在庐山召开。这次会议究竟意味着什么,谁又能从这首诗、这幅照片中猜测得出来呢?

三是,因当时的国防部部长彭德怀给毛泽东的一封"万言信"(即后来由毛泽东加上大字标题的《彭德怀同志的意见书》)引发的中共八届八中全会的主题,从纠"左"突然来个一百八十度转弯变成了批右。可怜这位戎马一生,当年曾为毛泽东赞曰"谁敢横刀立马,唯我彭大将军"的彭大元帅,带着他那满腔忧思和委屈,恍恍惚惚、神情憔悴地下山去了,并从此消失于中国的政治舞台。庐山——彭德怀，彭德怀——庐山，历史，把一座山和一个人永远连在了一起。那一幢幢看似普通的楼房别墅，却让人感觉到庐山的神秘，庐山的深奥，甚至几分难解……

1989 年 4 月 13 日，对于我们这些为上庐山而在九江弃舟登岸的游人来说，却是一个再糟糕不过的日子：弥天的大雾，哦，简直是雾雨，把整个庐山的每一个角落，都塞得严严实实。撑着雨伞，十步开外已分不清谁是谁；三十步开外，更是茫茫然一片空白的世界。虽然说起来也曾到过牯岭，到过含鄱口，到过乌龙潭、文殊台、大天池、仙人洞、锦绣谷、花径、天桥……但是，回到车上，下得山来，脑海里几乎与上山前依旧。

只有那幢不断滴着雾水的中共八届八中全会会址，依稀有些轮廓，著名的含鄱口自然无"鄱"可含，就连苏东坡那首千古传颂的《题西林壁》，也只剩下最末两句："不识庐山真面目，只缘身在此山中。"

难道这就是庐山？

难道这就是披着面纱的庐山能给我的全部印象？

唯一可为补记的是：相传公元前 600 多年，有匡氏兄弟七人曾在此结庐修仙，周定王召之不见，派人来访，却只见一空庐耳。庐山故亦名匡庐。

1990 年 3 月

铁岭关怀古

"月落乌啼霜满天,江枫渔火对愁眠。姑苏城外寒山寺,夜半钟声到客船。"

那日清早,当我蹬上自行车,两袖生风地赶到苏州城西阊门外八九里处的枫桥时,一抹朝晖,已经静静地揉在了大运河的凉波上。

自从学生时代读过唐朝诗人张继的《枫桥夜泊》后,便很想有机会亲自体验一下诗中描绘的优美意境。世上因为一首诗,而使一座普普通通的桥成为"诗桥"、一座平平常常的佛院成为千古名寺的,恐怕非枫桥与寒山寺莫属了。

寒山寺位于大运河东岸,江村桥与枫桥之间。寺院不大,但确实幽静出俗,完全没有杭州灵隐寺或者方岩胡公庙那种嘈杂拥挤、香火浓烈,令人不堪忍受的感觉。特别是寺内的两层六角形钟楼,黄墙青瓦,造形精巧,独具飞峰之势。据说,寒山寺的游客多半是慕此钟楼之名而来的。尤其是不少日本人,每年除夕之夜,都要特地登上钟楼,亲手撞响或聆听寒山寺的新年钟声,以求消灾去祸,万事如意。

这钟声到底有没有这等神效,我不得而知,但寒山寺每年数以几十万元计的旅游收入是明摆着的。张公区区二十八个字,一千年后竟产生如此之高的经济效益,要是杜甫在天有灵,难道还会再感叹"安得广厦千万间,大庇天下寒士俱欢颜"吗?

然而,真正令我感慨不已、流连忘返的,还是巍立于枫桥东端的铁岭关。在如此幽雅、秀丽、平静的古运河畔,居然会有这样一座拔地数丈的雄关,也算包括我在内的许许多多游客一个意外的发现和收获吧。

在中国历史上,从元末到明朝万历年间,一大批日本武士、海盗商人和流氓化了的破产农民,勾结部分中国的溃兵败将、不法奸民,侵扰中国沿海,作恶长达三百年之久。特别是到了明嘉靖时候,武备废弛,朝政腐败,严嵩父子结党营私,贿赂公行。信道入魔而又自以为是的明世宗朱厚熜不问政事,倭寇之患日益严重,给东南沿海一带人民带来了深重的灾难。

据记载,从嘉靖三十二年至三十九年间,倭寇轮番窜扰苏州、松江一带。枫桥历来是苏州重镇,又是官道所在,南北车舟于此交会。阊门至枫桥一带,更是"翠袖三千楼上下,黄金百万水西东"的繁华商业区,竟一连三次遭受烧杀洗劫。有一次,倭寇攻陷苏州,大火烧了整整一天。

昆山县城被烧房屋两万间，邻近村落房屋十毁八九，死者如麻更是惨不忍睹。苏州军民在抗倭名将俞大猷等率领下，奋起御敌，给倭寇以沉重打击。同时，在城市四郊军事要塞筑关设防，铁岭关就是其中一处重要关塞，成为苏州城西的一道屏障和苏州军民誓死保卫家园的象征。但是，同俞大猷的卓著战功形成鲜明对照的是，伴随着俞大猷一生的，却是一而再、再而三的贬谪、停俸、革职、入狱、戴罪办贼、褫夺世荫……呜呼，一代抗倭名将，竟遭如此劫难！

其实，翻开《明史》看看，遭受同样厄运的岂止俞大猷一人。他的朋友，另一位赫赫有名的抗倭名将、军事家戚继光，一生戎马倥偬，带领戚家军南征北战，屡建奇功，到头来不仅壮志未酬，而且张居正一死，保守派掌权，即被参劾革职，怀着悲凉的心情回到老家，最后在贫病交迫中死去。

还有张经、李天龙、朱纨、胡守仁、王如龙、朱钰等等，虽然一个个横枪跃马，运筹帷幄，战功有加，末了一个个不是入狱问斩，就是被革职查办，充军戍边。

这一幕幕悲剧凑到一起，我们所看到的，就不再只是几个人的不幸，而是一个封建王朝，在不能容忍任何有悖既定的文官集团施政原则，不能容忍任何对既有权力"平衡"构成挑战的思维定式下的必然结局。俞大猷的悲剧，其实是明王朝走向衰亡的一个信号。在这样的王朝制度下，纵使英雄辈出，也无力扭转乾坤，而只能作些碎玉般的历史的点缀罢了。

我站在铁岭关下，轻轻抚摸这岿然独存、"高三丈六尺有奇"的砖石拱门，遥想四百年前的漫天烽火，觉得今天的游人，要是把它仅仅看作一处环境优雅的名胜古迹，实在太可惜了一点。

铁岭关应该是一面历史的明鉴，虽然历史本身更残酷，更沉重。

1990 年 5 月

土谷祠

　　绍兴东昌坊口塔子桥头，有一座狭小的旧庙，躲在屋檐飞翘的路亭下，显得分外瘦乏而局促不安。从外观上看，实在叫人找不出什么特别之处。然而，这一个普普通通、平平常常的土谷祠，却因为鲁迅先生笔下一个虚拟的艺术典型——阿Q，居然和一部辉辉煌煌的现代文学史联系在一起，为千千万万个中国读书人所熟知。

　　土谷祠，即祀奉土地之神的庙堂。在旧时的中国，这样的社庙俯拾

即是。据说,绍兴这个土谷祠里,过去供奉着土地公公和土地婆婆。但一年到头,除了农历四月十四土地菩萨生日这天,有人前来烧香拜佛,热闹一阵外,平时并无香火。于是这里才成了阿Q的安身立命之所。

暮春的一天,我踩着自行车,七拐八弯后在新建南路的路亭下找到"土谷祠"那块彩匾时,发现它竟比我原先想象的还要陋小三分——一间狭窄低矮的旧砖屋,外刷的一层红粉,早已斑驳脱落。祠内两端改做了书刊借阅服务点,一个戴老花镜的先生,在墙角整理一堆乱七八糟的旧书;正对面亭檐下,还开了家饮食店,黑黑的油烟,早把跨街台亭熏成乌焦。一条三米多宽的马路,当中横过,车来人往,却都行色匆匆。看上去,在如今的绍兴人眼中,土谷祠远没有阿Q在时重要了。

土谷祠内南北长七八步,进深不过三四米,人站在里头,有种喘不过大气来的感觉。对门墙壁正中,绘着一幅彩画,仿佛是《阿Q正传》中阿Q两碗黄酒落肚后,飘飘然飞到土谷祠做起"造反"梦来的景况。一支点过的四两烛还在咝咝地流泪。画画得不错,很有点立体感,让人觉着这就是当年阿Q住过的土谷祠。可惜画的边角上有些霉蚀,所以看不清画的作者是谁了。

阿Q是小说中人物。但据说,鲁迅小时候住在绍兴老家时,确有一位叫做谢阿桂的人,本来是打短工的,后来沾了些流氓习气,变成了半工半偷、游手好闲之人。最后因为名声实在不好,被人赶了出来,赤贫如洗,便索性长年在土谷祠栖身了。因为有这么段闪闪烁烁的故事,所以,至今有人还在那里不厌其烦地考证是否确有其事,甚至谢阿桂是否真是癞痢头,末了又是怎样死的,等等。我说这实在大可不必!依我看,阿Q的生活原型必定是有的,阿Q夜夜守着土地公公土地婆婆,而掌管五谷的神压根没给他带来温饱也是真的,阿Q肚子饿慌了从土谷祠出门求食,"阔"了之后还是回到土谷祠来也绝对没假。谢阿桂是谢阿桂,阿Q却是阿Q!

　　阿Q是个什么样的人呢？麻木、愚昧、自轻自贱、畏强凌弱，幻想"革命"最终又不知道什么是革命，是愚弱的国民在落后的生产方式和封建思想长期浸淫下小生产者的典型代表。他头上长了癞疮疤，因而忌讳说"光""亮"，后来连"灯""烛"也都讳了。避讳是中国封建统治者长期普遍实行的一种制度，流行甚为广远。但阿Q避讳的表现方式，却完全不同。如果说，自欺欺人是一切避讳的特征的话，那么统治者的避讳主要在于欺人，以显示自己的尊严地位；而阿Q则只能自欺，当他被人打了、骂了之后，即以自我麻醉来平抚自己的创伤，以求苟安于自己被欺侮被压迫的现实。这就是阿Q的精神胜利法。正是这种国民性的弱点，成了阿Q处于当时社会的底层，备受欺压，却又无法觉悟起来的精神桎梏。

　　我蹬上自行车，望着远去的土谷祠——不，是中国现代文学史上一个不朽的艺术典型曾经活动过的重要人生舞台——不！是一个像庇护和欺骗了千千万万无知的求拜者一样，欺骗和庇护了一种麻木得不能自救的灵魂的收容所。我想，这土谷祠，在今天的社会学意义上，难道不是残留在我们民族许多人身上的精神弱点的象征？

　　土谷祠已经年久破败，虽然今天还没有倒，但它终究是要倒的。如果哪一天它真的倒坍，我一定会像当年鲁迅先生在《论雷峰塔的倒掉》中说的那样，唤一句：活该！

1990年6月

日出黄山

自古以来，礼赞黄山的诗文，实在太多太多。但是，风吹草低，水过石沉，真正金子般留刻在历史碑碣上的，却并不太多。明代地理学家、旅行家徐霞客的"五岳归来不看山，黄山归来不看岳"，夸张又不失自然，平易中愈见深刻。区区十四字，仿佛一锤定音，使一切坐惯书斋香案的文人骚客自叹不如，成为黄山的千古绝唱。

黄山是一个森罗万象、变幻莫测的美的世界。松、云、石素称"三奇"，奇松、怪石、云海、温泉历来被誉为黄山"四绝"。可是，1964年郭沫若游黄山，不囿成见，出人意外地把峰峦列为黄山之冠。黄山内涵的千姿百态、博大深远，由此可见一斑。

我登黄山，是在五年前的夏天。记得当时一路上，这也新奇，那也赞叹，如同饿汉进入酒池肉林，狂咽滥嚼，不胜淋漓痛快。四天下来，宛若转瞬之间。如今，一千八百多个日日夜夜过去，当滔滔不尽的时间之流，把记忆中的松、云、石、泉洗濯得越来越模糊不清的时候，那令人难以忘怀的黄山日出，却越来越分明，越来越令我感慨系之。

那是一个晴空万里、风和气清的早晨。虽然经过一整天的跋涉劳顿，我们一行三人，为了一睹耳闻已久的黄山日出的风采，通夜迷迷糊糊地只睡了三四个小时。不到五点，便草草洗漱了，从玉屏楼分部起程，赶了数里山路，来到玉屏楼文殊台。谁知，这号称"黄山绝胜处"的玉屏楼，是观赏云海的理想之处，却从无日出可看。正当我们伸长脖子叹悔不已的时候，一轮红日爬过峰巅，千万道金光，穿过那棵破石而出、寿逾千年的迎客松的巨臂，洒得我们满脸通红，仿佛又是戏谑又是惋惜地对我们说：朋友，你们起得很早，但不幸赶错了地点。

好在我们善于总结经验教训。吃毕早饭，便买来了三四种导游资料，像确定一个作战方案一样，研究制订了"清凉台行动计划"。

清凉台是北海的主要景点之一，位于狮子峰北面，是黄山九台之首。清凉台突出在一座三面凌空的危岩上。凭栏东眺，一座座峰峦如同无数双巨手，在日复一日、年复一年地迎迓日出。

这一天，我们登八百级莲花沟，越鳌鱼峰，横穿万松林，直抵光明顶。昏昏暮色中，我远望著名的黄山巧石——猴子观海，禁不住吟诵起：如烟岁月竟东流，我自山崖独悠悠。若道慨然何所望，但问沧海一石猴。

这一夜，我们睡得很晚，却很香很甜。

当我们被窸窸窣窣的噪声惊醒时，昏暗的灯光下，时钟刚刚指向四点半。该出发了！我们打起预备好的手电，顺着密密的长龙般的人流，向东蛇行半个多小时，终于登上了清凉台。在人与人的缝隙中生存，如同松树在岩缝里生存一样艰难。我们好不容易在围栏的东北角，挤出一小块观赏日出的空间。C君再也抑制不住内心的兴奋，望着东面的天空，大喊一声："我要看到黄山日出啦！"

话声远去，一绺淡淡的青白色，从天鹅绒般的夜幕中，从成千上万个渴望已久的瞳仁里，一点一点地渗出来，渗出来——这黎明的序曲啊！

可惜好景不长。当青白色的天壁徐徐剪出一排排群峰轮廓的时候，也跟着悄悄剪出一层层凝重的乌云。那乌云愈来愈厚，愈来愈重，愈来愈近。人群中不知是谁骂了一句："这鬼天气，弄不好要下雨哩！"果然，没过多久，愈压愈低的云块中，挤下一片灰蒙蒙的雨雾来，飞飞扬扬，飘飘洒洒……

"不到长城非好汉，不见日出虚此行！为了日出，我们再住一宿如何？"C君此言一出，Z君与我立刻响应。三个人一拍即合，大有不看到日出誓不休的味道。为了避开拥挤的人群，我们决定上北海宾馆对面山峰的曙光亭，虽然路途稍远，但游人少些，可以尽情领略旭日东升、光芒万丈的绚丽景色。

这一夜，我们都没有合眼。C君望着几乎找不到星星的夜空，一遍又一遍地预测着天气会如何如何。那神态，与其说憧憬，不如说是祷告和祈求了。

时针终于指向四点，我们踏着幽深的夜色上路了。不到一小时，便登临曙光亭。曙光亭原名文光亭，立亭东望，始信、上升两峰之间，有一排怪石，形似几个身穿道袍、头挽发髻的道士。据说中间两个对坐着，面前有一古松冠平如桌，犹二仙对弈。因为光线太暗，二仙神态并不分明，我想一定是棋逢对手，要不然早就该下完了。况且，这等人格化了的景观，在黄山实在是数不胜数。

东边的天空渐渐开始发青、发灰、发白，一层层云霭又渐渐地变大、变长、变亮，好像一匹巨大的毛毯，从天际，从海涯，从人类再生之流的那边,铺展而来,顷刻间遮住了半个天空。太阳呢,此刻的太阳,也许正从遥远的海平线上喷薄而出,也许正在浓云背后进行着生与死的抗争,也许正预备着把更多更亮的光辉,又一次洒向万物世界……无论如何,我们已经深深地感受到这种伟大的力量。层层叠叠的云,仿佛很厚很厚,又很薄很薄……

此刻,也只有此刻,我才猛然醒悟过来:黄山的日出,既是一幕辉煌的诞生,更是一种希望,一种期待,她给人以美的享受和现实的满足,更给人以冲破黑暗的信念、毅力和追求光明的勇气!

哦,黄山,你没有日出的早晨与有日出的早晨同样壮丽!

1991 年 3 月

登姜女庙望夫石

据说有一部电视连续剧《孟姜女》，我不曾看过，想必很多人也没有看过。但有一副极著名的楹联，我亲眼见到了，想必更多的人不但见到，而且读之了然：

> 海水朝朝朝朝朝朝朝落
>
> 浮云长长长长长长长消

因古代"朝"与"潮"、"长"与"涨"可以通用，于是这副楹联便读做：

> 海水潮，朝朝潮，朝潮朝落
>
> 浮云涨，长长涨，长涨长消

这就是位于万里长城第一关——山海关东北约六公里处的孟姜女庙姜女殿前的一副对联。到秦皇岛，不能不登山海关、不游北戴河、不看老龙头长城。由于时间关系，我们只将山海关和老龙头"一笔带过"，而抽出大半天时间专程去看了孟姜女庙。

姜女庙坐落在一名曰"望夫石村"的石岭之巅，岭脚至庙门有石磴

108级。内有山门、前殿、后殿、镜楼、钟亭、振衣亭等。殿后有一石耸起，上刻"望夫石"三字。石间有相传当年姜女登石望夫时留下的足迹。站在望夫石上遥望，万里长城如同一条白练，飘落蜿蜒在崇山峻岭之间；南面大海上烟波浩淼，水天一色，确实给人一种雄浑旷达的大气之势和跨越时空的无限联想。

姜女庙又叫"贞女祠"，庙内主供孟姜女及两童男童女彩塑。庙宇不大，但庙内庙外到处可见历代封建帝王、文人绅士的题颂，仅清代就有乾隆、嘉庆、道光、光绪诸帝的诗词多篇。一个小小的偏远祠庙，如何竟有此等风光魅力？再一思索，非也！这些金匾题诗之类，不过是一堆历代封建统治者施行愚民政策的物证罢了。

孟姜女何许人？说白了，无非是民间故事《孟姜女哭长城》中的主人公，一位封建礼教中堪为楷模的"贞女"。在中国，绝大多数上了年纪的人，特别那些不识一字的农村妇女，提到孟姜女，恐怕没有几个不会如忆往事般地跟你说起：那孟姜女啊，真是个了不起的女子哩！秦始皇把她的丈夫抓去修筑长城，久去不归，孟姜女便发誓一定要为丈夫送去寒衣。她历尽千辛万苦，来到长城脚下，四处打听，都不见丈夫下落。她便坐在长城边大哭了三天三夜，终于哭倒八百里长城，露出了她丈夫的尸骨。孟姜女悲痛欲绝，就跳海自尽了……

这一段民间传说，对于到此一游的人来说，自然可以增添几分异趣，发发思古之幽情。但如果当真起来，问题就来了——

据记载，姜女庙始建于宋代，明代又作了重修。而秦始皇修筑长城，则早在两千多年之前，那中间的一千多年哪里去了？那一千多年里，民间到底有没有"孟姜女哭长城"的传说？如果有，为什么非要等上一千多年才去修庙纪念呢？

答案实际上很简单。由秦至宋的一千余年间，不管民间有没有这一传说，但自宋明以后，封建统治者需要这样一个"孟姜女"，即使没有，也要树一个造一个"贞女"出来供奉的。因为两宋开始以至明清，程朱理学一直占据思想界的统治地位，"三纲五常""三从四德"成为当权者维护封建秩序的教条，尤其对于广大妇女，更是一整串套在脖子上不得违抗的精神桎梏。散落在民间各地那么多大大小小的所谓"贞节牌坊"，实际上就是大大小小的姜女庙、姜女坟。

或曰：孟姜女哭长城，不也可以看作是对爱情的忠贞不渝么？要是没有看到姜女庙那么多帝王将相、文人绅士的题颂，此言我还有点儿信，看了之后，我反而一点不信了。

那些题诗赐匾的皇帝老倌，哪一个后宫里不养着三宫六院、七十二嫔妃，而实际上皇帝妃嫔侍妾的名目、数量远过于此。成百上千从民间选召入宫的女子，即使身为"国之母仪"的皇后，哪一个不是皇帝享乐的玩物、传宗接代的工具？有几个一生不形同衣着锦绣的苦闷的囚徒？可是，又有哪一个皇帝为她们的"忠贞不渝"题过诗、赐过匾！《红楼梦》第十八回《皇恩重元妃省父母》，身为皇妃的贾元春回家探亲，说皇宫是

"见不得人的去处",确实是发自内心的真话、实话。

宫闱之外,那些个达官世宦、财主富绅,又有几家没有三妻四妾、五姨六太?"爱情"二字,在民间倒不敢说没有(其实也是"父母之命,媒妁之言"绝对占据主导),但对于帝王显贵们,实在是不屑讲,也是不配讲的。他们大肆颂扬"贞女",真正的目的或者思维深处,无非是要天下所有妇女效法和遵循"从一而终"的伦理规范,以维护其封建正统秩序。

游姜女庙归来,心生"一叹三愿":

一叹中国妇女几千年来的命真苦,身在苦海而不知其苦,知其苦而不知苦从何来!

一愿姜女庙的诗词题颂到此永远结束;二愿普天之下所有"贞节牌坊",都能成为文物保护单位,让它们成为铭记历史、供后人阅读的特殊教科书;三愿姜女庙更好地成为长城脚下的一处旅游名胜,登上望夫石,游人欣赏关外自然风光的兴趣,远胜于对庙内题咏的探究……

1993 年 5 月

周口店，一段罕为人知的故事

　　北京城值得走走、看看的名胜古迹实在太多了。作为金元明清到现在的几朝古都自不待说，近年来考古发现，商周时期的北方奴隶制属国古燕国，就在北京西南 40 多公里的琉璃河一带。也就是说，早在三千年之前，这里便是都城了。

　　三千年的建都史，真够古老的。但是，且慢，从琉璃河再往西偏北几公里，还有一处更古老得多、名声也更大得多的古文化遗址，那就是 1991 年被联合国教科文组织正式列为世界文化遗产的周口店北京猿人遗址。

　　还在念小学的时候，我便从教科书里知道了周口店这个地方。后来又有一部叫作《中国猿人》的科教片，看后留下深刻印象。周口店于是成了我很想去实地看一看的地方之一。然而，真正到了周口店，却没有想象中那种游人如织的景象。偌大一个龙骨山转下来，我前前后后碰到的，还不足百来号人。也许是北京城更好玩的景点太多了，也许是龙骨山附近因矿石开采破坏了生态环境和应有的氛围（据说近两年整治一下好些了），也许那座建于 1971 年的北京猿人展览馆里里外外都太陈旧单薄的缘故，也许这儿离市区稍远了点交通不是太方便……不论原因何在，我总觉得，这样的冷清是种不该有的遗憾。

返城的时候,途经宛平城,在一家小书店里,偶然觅得一本内部印行的《北京房山文物旅游景点秘闻》,当中有一篇关于周口店北京猿人遗址的文章。书的作者苏宝敦,是房山区文化文物局副局长,因而文章内容的可靠性,应该没有问题。文章披露的一段罕为人知的史实,令我吃惊,也使我忽然明白了许多。

第一个在周口店发现比较完整的北京猿人头盖骨的,是我国著名古生物学家裴文中,时间是1929年12月2日。这个消息当时曾轰动了全世界。1936年,又发现了三具完整的头盖骨,再次惊动了国际学术界。北京猿人化石在地下沉睡数十万年后重见天日,成为全人类不可多得的宝贵文化财富。然而,仅仅数年之后的1941年,北京猿人化石却忽然间神秘地失踪了,至今未能找到下落,成为一个巨大的悲剧性的谜。

原来,珍珠港事件前夕,日美关系日趋紧张,北京猿人化石的安全成了亟待解决的问题。当时有三种选择:一是把化石运到抗战期间国民政府的陪都重庆;二是在北京找一个地方秘密收藏起来;三是送到美国自然历史博物馆去暂时保管。比较再三,最后选择了第三种办法。

1941年11月中下旬,所有已经发掘的较有价值的化石,全部被精心装入两只大木箱,准备由美国海军陆战队带去美国。12月5日早晨5点,装有化石箱的陆战队专列离开北京,驶往秦皇岛,打算12月8日在那里,把化石送上一艘由上海驶来的美国"哈里逊总统号"定期航轮运往美国。但是,就在12月7日,珍珠港事件爆发了。12月8日,日军迅速攻占了美国在京津和秦皇岛的所有机构,海军陆战队专列也在秦皇岛被截。"哈里逊总统号"从菲律宾首都马尼拉开航后,中途被一日舰追逐,并在长江口搁了浅。北京猿人化石从此下落不明。

究竟丢失了哪些化石?根据一份保存的装箱清单得知,两只大木箱中的一只,装有北京猿人头盖骨4盒,牙齿79小盒,残破股骨9件,上颌骨2件,锁骨1件,腕骨1件,鼻骨1件,腭骨1件,头骨碎片15件又1

小盒，残下凳骨 13 件，猩猩牙齿化石 3 小盒，山顶洞人女性头骨 2 盒和北京猿人第一节脊椎骨。另一只大木箱中，则装有北京猿人头骨，山顶洞人头骨，猕猴头骨化石 2 件，猕猴下凳骨化石 5 件，猕猴残上凳骨化石 3 件，猕猴头骨化石残片 1 小盒，山顶洞人下颌骨 4 件，脊椎骨 1 大盒，盆骨 7 件，肩胛骨 3 件，膝盖骨 3 件，头骨残块 3 件，跗骨 6 件，下颌骨残块 3 件，牙齿一玻璃管。

这份清单，究竟是怎样一个概念，它包含的内容有多少，也许很难用几句话表达清楚。不过，有一个可供比照的事实情况是：我们目前所能看到的仅存的一个较完整的北京猿人头盖骨，还是 1931 年、1936 年和 1966 年几次发掘出的一块额骨、一颗牙齿、两块颞骨和一些头骨碎片拼合而成的！面对这份清单，再外行的人也能意识到，这两大箱丢失的化石，是一大批何等无价之宝！

北京猿人化石丢失后，世上曾有过各种传闻，但最后都一一被澄清被否定了。国际学术界专家们著书立说，有的有识之士还公开悬赏寻找化石下落。但是，直到今天，中国猿人化石丢失之谜，依然没有解开。

痛心之余，人们不能不发出这样的诅咒：战争，万恶的日本侵华战争，造成了这等巨大的悲剧！诅咒之余，人们不能不发出这样的感叹：当时偌大一个中国，居然保不住从自己国土上出土的两箱稀世珍宝！感叹之余，又不能不引出这样的思考：一个国家，一个民族，要想不欺人也不被人欺，只有自立自强，走发展经济之路，富民强国之路，文明法制之路！

回到住处，我从怀里拿出在山顶洞剥落的岩层里拣回的两枚石头，摸了又摸，看了再看。不知怎地，我似乎隐隐有一种预感：那一大批得而复失的无价之宝，不久的将来又将失而复得，重新回到中国人的手里。

1995 年 4 月

补记：此文写罢至今，一晃又四分之一个世纪过去了，两箱丢失的化石，依然未见踪影。果真石沉大海再也找不到了吗？果真要成为世界遗产的"遗产"了吗？国家，甚至国际有关方面，能不能够组织开展一次彻底的搜索行动？毕竟，两只大木箱不是两枚绣花针，化石不是水果，它们应该没有，也不会从地球上消失，只是不知道丢在了哪里。

三清山半日

　　三清山的知了，叫得与别处不同，听着不仅不让人躁，反而如同优美的凤凰琴。7月8日中午，我等一行便是踏着这琴声，从玉零观开始登游的。

　　陪行的两位导游，一女一男，二十来岁，都是土生土长的三清乡人，这样便省却了许多翻阅游览介绍一类文字的工夫。

　　三清山位于江西玉山城北约五十公里，东与浙江接壤。因玉京、玉华、玉虚三峰峻拔，如三清列坐其巅，故而得名。但三清山成为道教圣地，却始于东晋著名炼丹术士、医学家葛洪。今存的那口终年不涸的"丹井"，便是最早的见证。从此，三清山的兴衰与道教的起落就密不可分了。

　　李唐王朝，道教被尊为国教，历史名人老子李聃也被加封为"太上道德真君玄元皇帝"。经常服用丹药的唐玄宗及最受宠爱的杨贵妃，都是笃诚的代表人物。赵宋王朝，道教被统治者利用，成为一种精神工具。宋徽宗赵佶自号"道君皇帝"，成为神权、皇权、人权合一的象征。道教和三清山的道教宫观，至此进入一个前所未有的兴盛时期。朱明王朝，张天师成为统领南方正一道的教祖，三清山的道观香火空前鼎旺。仅三清宫一处，即拥有道士120余人，山田数百亩，以膳羽士。到了清代，道教不为清廷贵族所重，乾隆开始还受到种种限制，日益衰颓。民国之后，军阀混战，兵连祸接，方士们纷纷离山而去，老百姓生计都成了问题，道观香火自然濒临灭绝了。

不过，与道观香火的兴衰形成对照的，却是大自然的造化，三清山神奇瑰丽的风景奇观。

三清山共分梯云岭、西华台、三清宫、玉京峰、石鼓岭、三洞口、玉灵等七个景区，并有"东险、西奇、北秀、南绝"之称。我们因时间关系，只匆匆领略了北秀，遥遥欣赏了东险。仅此而已，便让我们叹赏不止了——

三石峰夹峙，危岩壁立，有清风扑面而来，呼啸而过，曰：风门。

东北一巨峰之上，猛地竖起一石，直指苍穹，迷津顿无，曰：仙人指路。

过清都吊桥数百米，一悬岩下巨石如屋，挡住去路。走近，石下一天然孔道，容人侧身而过。石上斗大三字：结须岩。

有巨石形如寿龟，探头欲下雾海，却是一副欲走还驻的模样，曰：神龟探海。

忽一醉僧，斜倚松石，朦胧中似有鼾声不息，曰：醉罗汉。

千步门九百石级，既长且陡，一口气登完，又是浑身淋漓。抬头仰望，一石阙横空，一门洞开，地势险绝。门前右侧石壁上，"冲虚百步门"五个大字映入眼帘。这是三清山第三道山门。"冲虚"者，大盈若虚，道冲，而用之不穷。意即：只有无，才能显出有。这也许正是《道德经》的玄妙之处罢。

天门是三清山的门户，是最后一道屏障。登上天门，上观玉京峰三清列座，俯瞰千山万壑，耳闻松涛阵阵，三清福地万种风物尽收眼底。回首东南，但见一巨峰形如蛇首，腾空窜出，峰腰略细，三角形的头略呈扁平，气势逼人，神色奇绝。众人见之无不惊叹：真巨蟒出山也！

导游小姐似乎很聪明，知道我们一行的身份，特地带我们爬上飞仙台畔的紫烟石，遥指西南侧郁郁葱葱的怀玉山，说：六十年前，方志敏烈士就是在这座山上被捕后就义的。

听她一说，我们顿觉脚下这块秀丽的河山，还有另外一层色彩和意义。方志敏，江西弋阳人，赣东北革命根据地和红十军的创始人。1935年1月，方志敏率红军北上抗日先遣队经过怀玉山时，因战斗失利，不幸被俘，同年8月牺牲。对于方志敏，现在30岁以上的人，基本上都还记得他的名字，尤其记得他在狱中写下的《可爱的中国》《清贫》等不朽篇章。读《可爱的中国》，让人深深感到一个真正的共产党人对自己信仰的笃诚，以及这种笃诚的由来。而《清贫》，则让人永远怀念这位中共早期高级领导人坦荡无私的胸襟，永远从他明镜般的高洁品格中获取精神力量。据说，十年前已在方志敏烈士被捕处建起了"方志敏烈士纪念亭"。而我却想，作为国家重点风景名胜区的姊妹景区，仅有一个纪念亭，怕是远远不够的。

下山的时候，已近傍晚。一路上，三清乡刘副乡长——也是金沙开发区办公室负责人，与我详谈了风景区的规划，投入，引资，现状，未来等等。七八千级花岗石台阶，不知不觉又留在了身后。是的，虽然今天的三清山尚在开发之中，虽然我们这回只在她的东北部轻轻"擦"了一下，但凭三清山人文与自然景观的实力，旅游业前景当无可限量。

中国有句古话：山不在高，有仙则名。何况玉京峰有海拔1817米，更何况，三清福地是公认的"仙都"呢。

1995 年 8 月

鸟瞰神州

这题目，乍看有人会感到吃惊和不解。

然而，当波音737飞机轰鸣着从跑道上飞快地加速、加速，忽然间腾空而起，你再从窗口往下看，这"鸟瞰神州"四字，便如同一幅写实的风景画，清清楚楚地展现在你的眼底了。

前些年，我因公连续在杭州与北京之间飞来飞去。每次短短的一小时四十分钟航程，都让我产生无穷的感叹和不尽的遐想。

杭州湾、太湖、大运河、长江、洪泽湖、淮河、黄河、海河、永定河……遇到晴空万里的日子，还可隐隐看到五岳之尊的泰山，太湖中的西洞庭山，甚至逶迤绵延的沂蒙山……

一次，与邻座的一位诗人朋友，在飞机升空的一刹那，几乎异口同声地发出感叹："人真渺小，地球母亲真伟大！"

人真渺小。当公共汽车上一位先生不小心踩了一位小姐的脚尖便招来一顿破口大骂的时候，当同办公室的两位同事为谁先"提拔"为副主任科员而竞相到领导那里"反映情况"的时候，当几个年轻力壮的小伙子为了一丁点儿蝇头小利便不惜铤而走险的时候，当一位丈夫看到妻子跟另一位先生谈天时有说有笑便醋意大发、横挑鼻子竖挑眼的时候，当一位下属在上司面前一句话说漏了嘴便整日郁郁寡欢、食不知味的时候……朋友，你真该到飞机上往下看一看，那样你会稍微活得潇洒一点，淡泊一点，平静一点，舒坦一点。

大地母亲真伟大。绵亘不断的群山，纵横交错的河网，如锦似绣的田野，星罗棋布的湖塘，一片片、一团团、一点点的城市、集镇、村落……唯独不见人！那创造了世上一切奇迹的万物之灵，你看不见，你怎么也不可能看见，你只有凭借想象的翅膀，在那幅浩瀚无垠的"关山万里图"中感觉存在，感觉劳动，感觉生生不息，感觉万物之尊的无限智慧和思想……

偶尔也有穿云破雾的时候。苍烟白云，如同大海的波涛，拍打着两翼，向后面飞逝而去。飞机在颤动。这时候，我便闭上双眼，任思绪沿着时间的隧道，一会儿朝前疾行，一会又转过来向后追溯、追溯……

我想起了元谋人、蓝田人、山顶洞人、河姆渡人，想起丁村文化、仰韶文化、大汶口文化、良渚文化、龙山文化，想起夏商周、秦汉三国、两晋南北朝、隋唐五代、宋元明清。悠悠 170 万年，那样漫长，那般辉煌，那么久刀耕火种、艰难进化，那么多刀光剑影、朝改代换；又何其短暂，一切新生旧亡，尽在弹指之间。"天上方数日，世上已千年。"古人非凡的哲思，竟让现代人有这等真实的感觉体验！

我想起了三个不寻常的人的名字：

一个是张骞。大约在 2100 年前的汉武帝时代，张骞自告奋勇出使西域，历尽艰险，几经磨难，终于打开汉朝联通大宛、康居、大月氏、大夏、安息、身毒等西亚和欧洲诸国的"丝绸之路"。"边城暮雨雁飞低，芦笋初生渐欲齐。无数铃声遥过碛，应驮白练到安西。"默诵张籍《凉州词》，怎么够不忆起张骞这位"凿空"功臣！

再一个是唐僧玄奘。公元 629 年即唐太宗贞观三年，他身披袈裟，背负行囊，从长安启程，出嘉峪关，策马西行天竺取经。同样历尽千辛万苦，翻越千山万水，取回真经，创法相宗，撰《大唐西域记》，成为千古美谈。

　　还有一个，便是明代大旅行家、地理学家、文学家徐霞客。霞客从20岁开始到54岁抱病回家，用双脚走遍大半个中国。霞客一生鄙弃功名，痴情于登山探洞，溯江寻源，凡奇必究，愈险愈往，虽几经丧命，却一次次逢凶化吉。一部洋洋69万言的《徐霞客游记》，展卷引人入胜，读罢令人肃然起敬：壮哉霞客，真奇士奇才也……

　　睁开双眼，朵朵浮云之下，强汉盛唐，臃宋弱明，早已杳无声迹。唯有险山恶水、千沟万壑之中，那些披荆斩棘、百折不挠、生死无畏的足音，似乎还在隐隐作响。这难道不是穿越时空的历史的昭告声么！

　　就像我书房壁上挂着的中国和世界地图，会常常让你读出博大的胸怀，读出宽阔的视野，读懂人生、社会、历史、现实乃至未来的种种风沙烟云……

1996 年 3 月

外圩洲一夜

　　七年前的那一个冬夜，至今想来，依然觉得亲切、特别、充满幻想，使人难以忘怀。

　　美丽的钱塘江，从安徽南部的休宁县境内发源后，穿山越谷，向南，向东，然后向北，蜿蜒迂回数百里，在兰溪城下与金华江汇合后，一下子变得水宽流缓。从这里开始到富春江一段，称作兰江。千万年的日积月累，在兰江上形成了一个个大小不一、形态各异的沙洲江渚，其中最知名的有中洲、女儿滩和外圩洲。

　　外圩洲形如梭子，东西宽约一里，长四里。这里绿树掩映，竹篁摇曳，芦苇环生，芳草遍地。每到深秋季节，便成为凫雁栖息的好地方。外圩洲因之又称雁圩洲。明代诗人唐龙有《平沙落雁》一首，单道这景致：

　　　　澄江一片浸圆沙，瑟瑟芦蒲开白花。
　　　　万里月明雁初度，天风吹落影横斜。

　　这风景，年年岁岁，都引得不少喜爱踏青寻秋的城里人，前来游赏野炊，体味大自然的真情逸趣。

　　我们也许算得上是那年的最后一批游人了。与众不同的是，不但时已初冬,而且是晚上七八点钟,才雇了只小船从西岸上的洲。怀里揣着干粮和两瓶"严东关"五加皮,还有三支手电筒,四把鸟枪。尽管一个个兴致勃勃,但互相看看,却总是一副蹩脚猎手的模样。

夜深了,深得有些透明。

远远望去,整个沙洲,只有东南和北边有两大片黑乎乎的树林。凭感觉,那是雁雀栖息的集中之处。忘了是谁提议,先去东南方向那片看看。五个人二话没说,便深一脚浅一脚地甩开了步子。没有路,只有忽疏忽密的荒草;又仿佛到处是路,忽高忽低的沙丘,踩在上头,比走柏油路更有意思。

大约十来分钟时间,我们终于看清,原来这儿是一大片竹林。竹林通常是雁雀最喜欢藏身,却偏偏又是最容易在夜间暴露自己的地方。稍有经验的猎手,只要打开电筒,慢慢地、轻轻地搜索,看到有个小白点,瞄准,扣动扳机,十有八九那猎物便应声而落了。然而,不知什么原因,偌大一片竹林,我们三支加长的手电筒,来来回回扫了三四遍,除偶尔听见几声塞塞窣窣小鸟的飞动声外,竟没有发现一个"小白点"。我们不甘心,绕着林子反反复复又走了几趟,还是没有。看来只有到北边那片树林去碰碰运气了。

没走几步,忽然从前方传来一阵狗吠和扑喇喇惊鸟乱飞的声音。那吠声,在寂静的夜幕下,显得特别响亮,特别阴森可怕。我们这才猛然想起,出发前买酒时,许埠村代销店店主告诉过我们的话:上外圩洲别的不打紧,就是北边黄溢村蚕种场养了两只凶猛的大狼狗,立起后腿,足有人的肩膀那么高。这下完了!我们赶紧关掉手电筒。你看看我,我看看你,五条汉子,平时一个个天不怕地不怕,现在呢,几声狗吠,便全傻了眼。怎么办?没有狗的地方没有鸟,有鸟的地方又有凶猛的狼狗。五个人我看看你,你看看我,没有一个敢说"我先上"的。罢罢罢,头一遭上外圩洲夜猎,便遇上了棘手的难题。

回去，已经不可能了。因为渡江过来的时候，已跟船家约定，让他次日早上七点摇船来接我们。再看看表，已经深夜十一点多钟。唯一的选择，就是找个能够躺下来的地方，硬着头皮挨一夜了。

说来又算幸运，找了一阵子，在西南角靠江的地方，发现了一个简陋的草棚子。狭小的塑料膜棚下，胡乱堆了些稻秆，看来是秋天哪个捕蟹的渔夫弃下的。几个人不管三七二十一，扔下气枪便往里头钻，然后胡乱吃些干粮，几口"严东关"咕咕下去，不一会，便有几个呼呼入睡了。

我却怎么也睡不着。望着静静的江水，望着我喝着她的乳汁长大的母亲河的水，望着这条曾使兰溪城广饮"三江之汇、七省通衢"之誉和"小上海"之繁华的不知疲倦的长河，从脚下缓缓流过，我的思绪不禁翩然而起……

我想起外圩洲东南对岸，那个小小的黄湓村。晋代时候，曾出过一位名叫黄初平（即黄大仙）的传奇人物。初平家寒，但自幼聪慧过人，少时曾与兄初起一道牧羊。后遇一道士，见初平良谨脱俗，便将他带至金华山石室中传道修炼，四十年后初平与其兄一道成仙。民间盛传黄大仙"叱石成羊"的故事，便缘此而来。后兄弟二人回黄湓省亲，做了许多普济劝善之事。百姓感其恩德，择胜为其立宫建庙，香火颇旺。后信奉者迁居广东，再移香港，一日不慎失火，方圆数里尽化灰烬，唯黄大仙宫安然无恙。黄大仙因此在港澳和东南亚一带名声大振，信奉者愈众，香火愈盛。黄湓村也因此成为名播海内外的仙乡，"二仙井"等遗迹至今尚存。其实，细细想来，神仙本也是人，是公认的难得的好人、善人。一个人好事做多了，而且与众不同，就会被人称颂，被人怀念，被神化，以至被立庙祀奉。兰溪人有黄大仙这样的祖宗，称得上是一种荣光。

从黄湓再往东南约八公里，金华北山西行余脉之中，有一著名的六洞山景区，1985年即被评为省级风景名胜区。实际上，六洞山一直可以追溯到唐宋时期，宋代《名胜志》中便有过记载。六洞山得名，是因山有白云、紫霞、涌雪、无底、呵呵、漏斗六洞。其中"涌雪"之名，乃南宋名士、"金华学派"创始人吕祖谦所起。明代大旅行家徐霞客50岁时，曾乘船泊停兰溪，畅游了涌雪、紫霞、白云、漏斗四洞，并宿于江南名刹上洞寺（即栖真寺）。《徐霞客游记·浙游日记》中，对此有精彩记录。遗憾的是，霞客探游涌雪洞时，"以无炬，不及穷"。直到346年后的1982年，才由几位富有冒险精神的年轻人，揭开了这个名震一时的大自然的秘密：原来，涌雪洞与玉露洞之间，竟有一条千余米的"地下长河"，这在当时是全国发现的最长的地下河。功亏一篑的徐霞客若在天有灵，会发出怎样的感慨呢？无论如何，当我们今天泛舟其中，叹赏那变幻莫测的溶洞奇观时，应该感谢并且永远记住那几位勇敢的青年。

回眸北望，我仿佛又隐隐看到了另外一个世界，另外一座我更熟知的名山：白露山。白露山又名玉带山、玉泉山，因山腰有白岩俨如玉带，山下有镜潭清澈可鉴，故得名。初版《中国名胜词典》中对此便有记载。我的童年和少年时代，断断续续有很长一段时间，就是在白露山下的黄店度过的。白露山的奇峰异石，每一处我都攀登过。白露山下的甘溪水，留下了多少游泳嬉戏的美

好回忆。山颈的慧教禅寺，一年到头，总是那么香火袅袅。它的一草一木，对于我，都有一种特殊的情感。然而，在我心里，风景如画的白露山，最值得一提，最令人浮想翩翩的，却是一个人，一个已经去世800多年的刚正忠义之士。

他叫周三畏,原籍河南开封,官至南宋大理寺卿(大约相当于现在的最高法院院长)。绍兴十一年,奸相秦桧以"莫须有"的罪名,将抗金名将岳飞投下大狱,并命周三畏诬陷岳飞。畏不能不从又不愿从之,便毅然挂冠而去。为躲避秦桧追杀,他埋名隐居于白露山,死后遂葬于斯。1990年初夏,周三畏第三十三代孙、垷坦村的周云台先生,曾特地陪我去拜谒了周三畏之墓。周三畏墓坐落在老鹰岩下,四周树木环抱,芳草萋萋。墓很普通,却显得苍老肃穆。墓前有一石碑,上刻"宋大理寺卿周廷尉讳三畏公之墓"。山的北面,还有一处"忠隐庵"遗址。忠隐庵是当地人在秦桧死后,于嘉定元年(1208年)为纪念周三畏而建的。800多年过去,那依稀可辨的断壁残垣,还有庵前那口池塘里没有屁股的螺蛳的传说,仿佛向后人昭示一条永恒而简单的真理:历史最终是人民写的!秦桧虽然权倾一时,陷害忠良,卖国求荣,但到头来,却落得个谥号"谬丑",墓称"秽冢",墓碑上也"不镌一字"的下场。忠奸善恶,真乃其墓可鉴,其碑可鉴啊。

江水悠悠,心绪悠悠。看看表,已近凌晨两点。不知怎的,迎面吹来的风愈来愈大,愈来愈有些刺骨。而我的神思,却愈来愈清醒,愈来愈收不住脚,跑得愈来愈远……

那风吹来的方向,兰溪的西大门诸葛,是一处很特别也很别致的风水宝地。此话怎讲?以姓氏为地名,这在全国怕是绝无仅有,此其一。鞠躬尽瘁、死而后已的三国名相诸葛亮,其后裔目前在全国最大的聚居地,当推诸葛,有近3000人之众。"大公堂""丞相祠堂"等几十座明清古建筑可以为证,此其二。据说,抗战时期,日本侵略军的铁蹄踏进兰溪时,从诸葛擦肩而过却没有发现诸葛,因村北有一高隆岗挡住了视线。丞相英魂保佑了后人免遭洗劫,此其三。其四,以大公堂前的"钟池"为中心,整个村坊街巷房舍的布局,完全按《易经》中九宫八卦阵式排列。人入其中,左旋右转,变化莫测。虽历经700余年风雨沧桑,仍基本保存着当时的格局。 它不禁使人想起《水浒》"宋公明三打祝家庄"中祝家庄的盘陀路来,只是八卦村一定要比"盘陀村"来得更玄妙、更让人好奇些罢了。

从诸葛再往南约五公里,便是有"东方莎士比亚"之称的清初著名戏曲家、小说家、戏剧理论家李渔李笠翁的故里。在孟湖乡伊山头村的山坡上,李渔当年构筑的"伊山别业"遗址,至今仍可辨一二。说是别业,其实只是几间小屋草堂,但却依山傍水,匠心独具,风景宜人。还有一处"李渔坝",是当年村民在他的倡导和设计下兴建的。还有一座名唤"且停亭"的凉亭,也是李渔顺治年间乡居时发起建造的。李渔还特意撰联一副:

> 名乎利乎,道路奔波休碌碌
>
> 来者往者,溪山清静且停停

李渔一生漂浮不定,带着自家戏班浪迹天涯。但这也使他有机会漫游四海,文思泉涌。说不定,没有战乱,不是因为科场失意,没有种种生活的颠沛磨难,我们也许永远看不到《闲情偶寄》和《李笠翁十种曲》了。李渔晚年从南京移居杭州,死后埋骨西湖之畔"方家峪九曜山之阳"。

不知出于何种情由,1990年4月,我竟托人从杭大图书馆复印了一份陈吟泉先生1957年6月15日发表在《杭州日报》上的《李笠翁的故居和坟墓》,并循着文中的线索,借出差之机,抽暇寻访了九曜山直至莲花峰石料厂旧址。一整天下来,尽管累得浑身是汗,仍然一无所获。看来,世人真的再难见到这位蜚声海内外,但却出身卑微、一生"游荡江湖,人以俳优目之"的戏剧大师的墓和墓碑了。这难道不是封建偏见的阴影下,一个小小的不该发生的悲剧么?

不过三百年后的故乡父老没有忘记他,所有尊重历史、尊重知识和艺术的人没有忘记他。如今,坐落于兰溪城西兰荫山麓的芥子园,便是为纪念李渔而建的。亭台楼阁，小桥碧池，绿树花草掩映其中。游芥子园，不能不使人联想起当年李渔在南京的居所，他的以居所命名的芥子园书铺，由芥子园书铺刻印的驰名遐迩的《芥子园画谱》。

我还想起了告天台，想起长乐村明清古建筑群，想起大云山东峰亭，能仁塔遗址；

想起了中洲渔火、将军岩、市区的民居古巷；

想起曹聚仁、郎静山、贯休、金履祥、章懋……

"有老鼠！"不知是谁从睡梦中惊叫了一声。原来，后半夜天冷，几个人挤在草棚里，棚内棚外，温差足有六七度。聪明的小田鼠便三两成群、窸窸窣窣直往棚子里面钻，一不小心，竟钻到哪个人的裤管里去了。这下子谁也甭想睡了。可外面的风，却一阵寒似一阵，实在有点熬不过去。

"点堆火取取暖怎样？"于是几个人分头抱来几大捆芦苇秆子，在草棚前噼噼啪啪燃起一堆熊熊篝火，顿时把寒意驱得老远。

火，足足燃了两三个小时。远远地，从对岸村子里传来几声鸡鸣。紧跟着，芦苇丛里的鸟雀们，也开始叽叽喳喳乱叫起来。天，终于亮了！

大家从棚子里钻出来，往四处一看：好家伙，偌大的外圩洲，除了草棚周围一圈外，尽是一片白茫茫的冰霜。后来才知道，这夜是当年第一次强冷空气南下……

一晃七年过去了。如今的外圩洲，再不是那般荒芜。雁雀作为人类的朋友，也不能再当作猎物了。因为相传黄大仙少时曾在外圩洲牧羊，所以，现在的外圩洲，又有了一个新名字：灵羊岛。特别是在1995年开始举办兰溪黄大仙故里风情节后，外圩洲更成了近水楼台。现在，灵羊岛已逐步开发成为一个景点设施配套、功能齐全的旅游度假区，与对岸巍峨辉煌的黄大仙宫浑为一体。加上重修的西门城楼、能仁塔、悦济浮桥，古色古香又颇有现代气息的画舫游轮沿江排开，整个兰溪市初步形成了以"三江两洲八大景"为主要特色的旅游风景线。

　　往返于大上海与"小上海"之间的游人，究竟是慕名而来，还是慕名而去，已经不那么清楚，也不那么重要了。真正清楚和重要的是，一个地方，如何用开放的观念、放眼未来的思路，挖掘本地"人无我有"的旅游资源，并形成自己的鲜明特色，跻身竞争日趋激烈的"无烟工业"之林。

　　这一点兰溪抓得快，而且抓准了。

1996 年 3 月

　　补记：兰溪历史文化底蕴相当深厚，旅游业起步也比较早。但是，一项工作抓得快、抓得准，但如果不是一以贯之地一抓到底，就可能会"起个大早，赶个晚集"。反之，起步虽晚但起点高、规划好，并能持之以恒地做下去，也一定会结出硕果。这方面，教训和经验一样比比皆是。

侍王府、古柏和钱镠其人

一

中国历史上，有过多少次大大小小的农民起义，这个答案，怕是专门家们，一时也难有个确切的共论。

然而，一度造反成功，或陷京城，或割据一方称王改号建元的，倒是不少，且一一罗列得出。大者如陈胜、窦建德、张角、黄巢、韩林儿、李自成、洪秀全；小的则更多，如李金银、句渠知、赵广、鲜于琛、葛荣、高开道、方腊、黄萧养、张念一、张丙等等。所建政权长则五年八年，短则二年三年，乃至一年半载昙花一现的。正史皆称之为"妖贼""叛盗""乱匪""伪号"云云。不过，置立百官，诏告天下之后，封王赐爵之最者，莫过于太平天国"天王"洪秀全了。

自 1851 年太平军攻下永安州，洪秀全便封立了东、西、南、北、翼诸王。1853 年定都天京（南京）后，又陆续封赐不少。特别到了太平天国后期，所封"列王"人数竟多达 2700 余个！除天王府外，列王都在天京等地，选择原来清朝官僚地主的房屋，加以整修作为王府。区区天京城，如此王府林立，称得上是空前绝后的奇观了。

一个多世纪过去，当年的莘莘王府，原貌基本保持完好，保护利用价值甚高者,除了曾作过国民政府总统府的天王府外,还有一个苏州李秀成的忠王府,再一个,便是金华李世贤的侍王府了。

侍王府位于金华城东酒坊巷,自唐宋开始,这里便是婺州州治所在。元为宣慰司署,明为巡按御史行台,清为试士院。1861 年 5 月,太平军攻克金华后,召人大加修葺,并拓原千户所旧址为西院,东西两院合为侍王府,为太平天国后期浙江太平军的指挥中心。

后来,因各种原因,侍王府先后用作金华中学(一中)、金华师范学校的校舍。除东院大殿稍有损坏外,其他则是基本保存了原来的风貌。今天,游人走进侍王府,仍然可以从二殿的雄广高敞、三殿的画栋雕梁、西院的庭檐迂廊、后花园的碧池绿树,感受到当年侍王府的森严富丽。据悉,金华市委、市政府现正下决心斥巨资搬迁金华师范学校,同时打通东院至照壁的中轴线,修复部分损毁建筑。如此,堪称一桩慰藉先人、泽被后代的幸事。

二

作为全国重点文物保护单位的侍王府,其价值和名声之大,实际上除了它的建筑之外,还有一样难得的宝贝,那就是 20 世纪 60 年代开始发现并重见天日,总数达 119 幅之多的太平天国壁画。这些出自"长毛画师"之手的艺术瑰宝,其数目之巨、幅面之大、题材之广、画工之精、意境之深、保存之完好,游人看后无不击节叹赏。近年来,中央党政军领导接连来此视察,并指示一定要把侍王府修复、保护、利用好。1995 年 9 月,在著名文物专家胡继高的主持下,对处

于侍王府危墙上"薄如蛋壳"的《望楼兵营图》《王府图》两幅壁画,进行揭取并成功复位后,侍王府更是名噪海内。

然而,侍王府之于我,更愿一提,更让我留连忘返并产生无限遐思的,还是巍然挺立于耐寒轩前左右天井中,两株势欲破天而去的千年古柏——

这一站,竟是一千年

一千年前

一个烽烟弥漫的日子

一位身着玉带锦衣的将军

遥望溃然退去的叛兵

一声长笑,从城楼上箭步下来

把两棵齐肩高的无名柏

轻轻放入已经挖好的坑里

来不及犒赏三军

也没有庆功仪式

只有面向青天深深一揖

随即匆匆挥师北去……

一千年后

又一位戎装未卸的将军

只是眉宇间多了几分英气

眼睛里多了几根血丝

头巾上多了几处征战的尘土

仰望高耸挺拔的巨柏

双手抚摸躯干

他想读懂古柏上斑驳难解的历史

或者在想这一去何时再归

但他没有更多的时间考问

城外,围兵的杀喊声隐约可闻

他只能看一眼

匆匆地再看一眼

两位童颜鹤发却沉默不语的老人

然后挥枪策马

消失在漫天飞尘之中……

三

两位将军,植柏的是五代钱武肃王钱镠,时任镇海军节度使加检校太师。一千年后的那位,便是年方而立之年的太平天国后期重要将领、忠王李秀成之堂弟侍王李世贤。

两位战将,两棵苍柏,虽然都曾在这庭院中盘桓北望,但风云幻变中不同使命的催唤,其策马离去时的迥异心境,可想而知。

钱镠,字具美,杭州临安人。镠本是个乡间无赖,生逢乱世,靠贩盐为生。可偏偏是"乱世出英雄",军阀割据、战祸频频之中,擅长骑射和舞枪弄棍的钱镠,靠投奔石镜镇将董昌镇压黄巢军起家,竟一路得志,节节累官都指挥使、左卫大将军、杭州刺史、杭州防御史、杭州武胜军都团练使、镇海军节度使加同中书门下平章事、浙江东道招讨史、彭城郡王、镇海并镇东军节度使加检校太师兼中书令、越王、吴王。公元907年,梁太祖朱温即位后,又封钱镠为吴越王、吴越国王。吴越国江山虽小,却有玉册、金印,可以称王立号,封侯赐爵。这对盐贩子出身的钱镠来说,算得上一份辉煌的基业了。

有句老话:一人得道,仙及鸡犬。钱镠当然更不例外。衣锦还乡之日，仅"稍通图纬诸书"的钱镠，得意忘形中竟学刘邦《大风歌》，唱起了《还乡歌》："三节还乡兮挂锦衣，父老还来相追随。牛斗无孛人无欺，吴越一王驷马归。"镠死后，其子元瓘，孙弘佐，弘佐弟弘倧、弘俶继立。至978年，国力弱小却喜筑宫修塔、奢靡无度的吴越国，在武霸纷争割据中生存72年后，归顺北宋。这是后话。

侍王府耐寒轩前两棵古柏为钱镠手植，正史上虽无记载，野史、民间也仅"相传"云耳。然历史上唐昭宗乾宁至天祐年间，淮南节度使杨行密与时任镇海军节度使的钱镠，为夺婺州，确曾数番交战。光化三年（公元900年）9月，钱镠还亲率大军讨平婺州。作为当时婺州州治所在的侍王府，自然便是钱镠的"行台"。而据专家鉴定，侍王府古柏树龄已逾千年，这不但与钱镠到金华的时间吻合，而且亲植寿柏以作纪念，往往是古代帝王将相出巡或平乱后的一种常用仪式。故民间所云"相传"，其实是八九不离十了。

说到钱镠其人，《唐才子传》中一则轶闻不可不录。公元894年，五代著名书画僧贯休，曾作《献钱尚父》诗一首谒见钱镠："贵逼身来不自由，龙骧凤翥势难收。满堂花醉三千客，一剑霜寒十四州。"钱镠看后，要贯休将十四州改为四十州，方得相见。休闻之，仰天笑叹一声："州亦难添，诗亦难改，闲云野鹤，何天不可飞耶！"随即收拾衣钵扬长而去。钱镠此时虽为镇海军节度使，但其称帝野心，已可见一斑。而镠最终帝业之大，竟不幸被一出家人言中！

1996年4月

雷峰塔寻迹

1924年9月24日下午1点40分，杭州西湖南岸夕照山顶一声巨响，老衲般苦苦支撑了一千年的雷峰塔，终于支持不住，轰地倒了下去。黄尘滚滚，遮天蔽日，杭州城万人空巷。

"雷峰塔倒啦！"有人不知疲倦地在那里传播新闻。

"快带上簸箕，看看去！"有人不但看，而且预备挑几块塔砖回家，或者自己享用，或者等有个好价钱的时候卖给旧货店，因为都说雷峰塔的砖石能够镇邪消灾。

"西湖十景这可缺了啊！"也有人扼腕叹息。这些人大抵是雅人信士，或是装潢成雅人信士模样的传统大家。

"活该！"当然也有人感到快畅。因为这样一来，不但白蛇娘娘可以得救，并且对于那些患有"十景病"的绅士们来说，不啻当头一击。

……

其实，用平常心平常眼去看雷峰塔的倒掉，那实在太平常不过：雷峰塔建于五代吴越时期，塔身七级，初名西关砖塔，后定名王妃塔。因坐落于夕照山雷峰之上，故俗称雷峰塔。明代嘉靖年间，倭寇侵犯杭州，疑塔中有伏兵，纵火烧塔，仅存赭色塔身。由于年久失修，加上塔砖被人为盗挖严重，又受附近汪庄打桩所震，雷峰塔便倒塌了。

雷峰塔的闻名,不在于塔本身有什么出众之处,而是因为一个中国人几乎家喻户晓的传说故事,如明人冯梦龙《警世通言》中《白娘子永镇雷峰塔》之类的流传而影响开来。

不过,起初话本中的白娘子,是个化作美女迷惑许仙的蛇妖,害得许仙连吃官司,从杭州发配到苏州,后又发配到了镇江。金山寺的法海和尚,发现许仙被妖怪迷住,便设计用佛法打败了使用妖术的白蛇娘娘,并把白娘子收进钵盂,镇在雷峰塔下。看得出,明代话本中的白蛇娘娘是个反面形象,是妖怪,而佛法无边的法海,则是正面形象。话本意在告诫年轻人,不要随便谈恋爱,不然会遇见妖怪,惹出祸来。

后来,传说故事的主题和情节渐渐变了。人们给了白蛇娘娘更多的同情,法海和尚倒成了好事之徒。再后来,人们为白娘子完全翻了案,白蛇娘娘成了一个智勇双全的痴情女子,为了爱情,为了自由,她向封建礼教的象征性人物——法海和尚,进行了一次又一次的拼死抗争。虽然最后以悲剧告终,但在人们心目中,白蛇娘娘已经是一个可敬可佩、可歌可泣的巾帼英雄了。我们今天看到的京剧、越剧、川剧、婺剧等等大小剧种的《白蛇传》,都这般立意,白蛇娘娘的形象,都这般优美飘逸。尽管现在的人,不是不知道雷峰塔事实上与白蛇娘娘毫无关系,白蛇娘娘只是个神话传说中的女子,但从心理上、情感上,从艺术的想象和审美中,总希望这个故事是真的,至少可以当真去领略,去追寻,去凭吊与寄托。

仲夏的一天,我约了新华社的老同学张君,特意花上半天时间去夕照山——一个险些被人为掩埋多年的景点,去寻觅早已逝去的岁月的踪迹。

夕照山位于西湖南岸向北伸出的一个半岛上。北望三潭印月,西临苏堤春晓,南听南屏晚钟,东迎吴山天风。登高远眺,天堂美景尽收眼底。然而这回不可能了,至少暂时不可能。因为整个夕照山,已成为西子国宾馆的后院,警卫森严,一般游人难以入内。而山南侧的铁丝网,则把夕照山与南山路完全阻隔开了。

我们怎么也没有想到，今天的夕照山，会是这等荒寂，而荒寂的夕照山的路，竟又修得如此之好。我们没费什么气力，像散步一样登上了雷峰。只是长年人迹罕至，杂草灌木爬上水泥台阶，不少地方得小心翼翼用双手帮忙，才能勉强过去。此起彼伏的知了声，夹上三两声清脆的鸟鸣，愈加渲染了夕照山荒寂的氛围。这大概就是南梁王籍《入若耶溪》诗中"蝉噪林逾静，鸟鸣山更幽"那种境界吧。

说雷峰是峰，显然是夸大了。要不在西湖边，谁会为这等平淡无奇的土丘去起名字呢。雷峰是因雷峰塔而闻名的，尽管雷峰塔已倒塌70余年，"雷峰夕照"早就空存其名。但人们好像总不愿将它忘却，即便有了新十景，也还要时常把"雷峰夕照"挂在嘴边，写进书里，印到游览图上。这与鲁迅先生说的"十景病"，有无些许干系？

登上峰顶，我和张君东转西踅，翻来拣去，终于没有能够找到一点点足以证明是当年雷峰塔的遗物的片瓦块石，一点点《白蛇传》留给我们记忆和想象中的欣喜或者惋惜，一点点夕光独映、余晖闪烁的诗情画意。峰顶一个废弃的岗亭，才使我们猛然想起，这里，曾经有很长一段时间，是荷枪实弹的卫兵日夜监守的地方。抬头望望繁茂的参天大树，仿佛比昔日的雷峰塔更高了。我们只好向大树挥手告别。

杭州重修雷峰塔的计划已出台多年，但至今没见什么行动。据说，对这个问题仍有不同意见。

主修者认为，"雷峰夕照"作为西湖十景之一，早该重建，早该重现"烟光山色淡溟蒙，千尺浮图兀倚空。湖上画船归欲尽，孤峰犹带夕阳红"的风致。反对者认为，历史总归是历史，再修的塔已不是文物，况且西湖十景缺其一，更加真实，也更有韵味，更能吸引人们去追怀探寻。还有一种说法，夕照山如今是西子国宾馆的一部分，是接待中外贵宾的特殊场所，如果重修开放，安全问题需要考虑。

至于广大的乡野民间，老百姓对流传了几百年的白蛇娘娘的故事，毕竟倾注了太多的同情，毕竟不想再把白蛇娘娘镇在塔底。尽管如今世道变了，认识变了，但那份情结，那番爱憎，一时半会怕还变不了。而上述争论，一时半会怕也一样歇不了。

1996 年 6 月

补记：雷峰塔的重建，远比世人包括作者想象的要快。2000 年 12 月奠基，2002 年 10 月竣工，不到两年时间，一座传统与现代结合的新雷峰塔，便呈现在了新世纪的湖光山色之中。令人惊讶，让人赞叹，尽管也有一点点不同的意见。

满城汉墓

　　峰峦起伏的太行山东麓，有一座当年浸染过抗日英雄五壮士鲜血的山——狼牙山。狼牙山东南，一望无际的平川之中，散落着不少高低大小不一的山丘。其中，有一座两百来米高的孤零零的小山，名叫陵山。

　　1968年5月28日，中国人民解放军4749部队机电连12班，奉命在满城县陵山主峰施工作业。当时的中国，很多部队都在这样作业。午夜11时，一声炮响之后，一个坑道内，忽然发现一个人工凿成的巨大的洞穴，俨然一座地下宫殿。

　　消息很快报到中央。周恩来总理亲自批示：中国科学院和河北省有关方面组织清理发掘。于是，一个隐藏了2100多年的秘密，偶然间被打开。

　　这座地下宫殿，就是西汉中山靖王刘胜之墓。

　　7月22日，中科院院长郭沫若专程来到发掘现场。他推断，在刘胜墓北侧，应该还有一座墓穴。果然，距刘胜墓一百米许，与刘胜墓并列的又一座巨大地下宫殿，即刘胜之妻窦绾墓马上也被发掘出来。郭沫若兴奋地说："我找了你一辈子啊！"

　　其实，找了一辈子的何止郭沫若一人。

　　据清代地理书籍《读史方舆纪要》记载，陵山为古代帝王之陵。《清一统志》《满城县志略》则说,陵山上有"齐顺王陵",但都没有确凿证据。而陵山东南山脚有一村落,就叫守陵村。只是,守的是谁的陵呢?至于历代的盗墓者,一批走了,又来一批,最后一批批都是空手而来,空手而归。虽然,当地有牧羊人早就发现,陵山顶上有两块地方,每年冬天下雪之后,总是比其他地方融化得要快。然而,由于刘胜墓和窦绾墓极为隐蔽,20多米长的墓道,全部用土石填满,墓道口又垒以青铜般的砖土墙,墙中间浇灌铁水。铜墙铁壁之外,再以乱石填平。加之两墓以山为陵,看不见高大的封土堆。随着岁月流逝,山荒地老,渐渐地消失于人们的视线。

刘胜何许人也?据《史记》《汉书》记载,他是汉景帝刘启的庶子,汉武帝刘彻的异母之兄。汉景帝前元三年(公元前154年)受封于中山国,乃西汉第一代中山王。死于汉武帝元鼎四年(公元前113年)二月,统治中山国达42年之久。作为名副其实的土皇帝,刘胜一生,政治上无所建树,生活上却是个花天酒地、奢靡至极之辈。司马迁在《史记·五宗世家》中写道:"胜为人乐酒好内,有子枝属百二十余人。"刘胜自己也毫不掩饰地说过:"王者当日听音乐,御声色。"

太史公所言,绝非夸大之辞。刘胜墓随葬的大量奢华酒器和33口能装一万多斤酒的方形大酒缸,就是明证。酒器种类繁多,有青铜制的壶、锺、钫、椭圆形杯,漆制的樽、卮杯、耳杯,还有琉璃制的耳杯。不但质料精良,造型优美,并有华丽的纹饰图案、铭文。椭圆形酒杯五只一套,把形如凤,杯身镂纹,由小到大递增。容积成一定比例,既可当酒器,又可做量具,可谓独出心裁。刘胜外出游玩,

也不忘纵酒作乐,并特意制备了一只铜链子壶,要么提在手上,要么挎在身上,活脱脱一幅酒鬼宴游图。

至于妻妾数目,史书不曾记载,也难以记载,弄不好,刘胜自己也没个准数。

刘胜墓和窦绾墓规模庞大,两墓墓洞容积约5700立方米。所开石方,如果折成高、宽各两米的隧道,可长达三里。这样的规模,放在今天或许不算什么,因为今天有电钻风钻,有雷管炸药,有汽车铲车吊车挖掘机。但是,在两千多年前仅有铁钎、铁锤等简单工具的汉代,这是何等浩大繁重的工程!

从两座地下宫殿出来,我一路寻思两个问题:一是,修建这两座豪华大墓,究竟得花多少人力、死多少人? 二是,这两座没有十年八年修不好的陵寝墓道,光是照明的火把、灯油,得耗去多少油料作物,又需要耗费多少羊马牲畜?

果然,后来得知,近些年陵山脚下,农民种地时,经常会掘到一些尸骨残骸。这些骨骸多以汉瓦覆盖,而汉代这一带尚无村落,杳无人烟。可以断定,这些都是修凿刘胜窦绾陵墓的民夫的尸骨残骸! 文献记载,刘胜的祖父刘恒(汉文帝)的霸陵也是凿山为陵,征役修陵人数达三万一千人(《史记·孝文本纪》《汉书·文帝纪》)。陵山崖墓规模虽不及霸陵,但据专家们推测,所用人力估计也在万人以上。而当时,整个中山国人口不过60多万。陵山周边究竟遗弃、掩埋了多少具役工的尸体,人们永远无法知道,所耗燃油究竟多少也永远不得而知。但是,我们不难想象出这样一幕幕的场景:

中山王身披彩色锦袍,半躺在王宫的玉床之上。乐伎敲奏着编钟叮当作响,一班歌伎随乐翩翩起舞。刘胜一边喝彩击节,一边与三五宠妾推杯换盏,金丝腰带已经滑落肚脐。

而王宫以北百余里,上千号青壮民夫,正在炎炎烈日下挥汗如雨。

坚硬无比的大小石块，肩扛身背，从墓洞里一块一块地往外面搬，有的搬着搬着便倒了下去，再也没有起来。

寒冬又至，大雪纷飞，衣着单薄的老工匠们，在污浊的墓洞中，忍着饥饿一凿一凿地不停敲打，忽然一阵眼花，扑通一下倒地不起，几个工友随即把尸体抬到山脚草草埋了……

又过了数年，中山靖王崩薨。子民们又披麻戴孝，小心翼翼地将棺椁、帷帐、驷马安车、猎车、美酒佳肴，以及6000多件金器、银器、铜器、铁器、玉器、陶器、漆器、丝织品，一件一件搬入地宫……一个无能之辈，就因为皇室血统而封王，成了人上人，活着花天酒地、夜夜笙歌，死了还要穿上"金缕玉衣"，点着鎏金"长信宫灯"，熏着"错金博山炉"，金银铜壶中盛满美酒，继续享受穷奢极欲的生活……一想到这里，便觉得孙中山特别伟大，几千年的封建世袭制度，硬是被他领导的革命党人，画上了一个永远的句号。

乘坐简易缆车下山，回头望去，都说陵山主峰左右两侧对峙的小山峰，像汉代建筑中的双阙（象征性外门）。刘胜或者风水师看中的，恐怕也是这点。而我横竖觉得更像一座巨大的坟——浙南一带的"椅子坟"。坟内坟外，不管生前是侯是民，是荣是辱，是贵是贱，都一样已经灰飞烟灭。能够留下来的，只有历史的痂痕，只有千年不朽的艺术品，只有"人民，只有人民，才是创造世界历史的动力"这句亘古不渝的真理。

同行的章先生也这么认为。

1997年6月

飞过雪域

这是一段难以忘怀的旅程。

当一幅浩阔无垠的江山万里图从眼底渐渐展开,心潮随之起伏。它催使你调动全部的情愫,去领略蓝天白云之静、之壮观、之神奇幻变。它催使你拍打想象的翅膀,一忽儿穿云破雾,与山林与空中的百鸟对话;一忽儿直上九霄,向太阳向万里苍穹问候致意。而我,更愿意跟静静的机翼一起,静静地去赏读舷窗外密密麻麻的地球符号……

飞机刚刚从西宁机场腾空而起,弯弯曲曲的湟水,已经细得像一根线,一下子便飘出了视线。波光粼粼的龙羊峡水库,形似巨龙,盘卧在莽莽苍苍的青藏高原东北缘。

这是黄河上游最大的水利工程。似乎为了这个工程,黄河在此之前,在海拔三千米之上,潺湲、柔顺地拐了一个巨大的 V 字形,好让水流进入黄河谷地之前,积蓄更多的绿色能量。然后一路向东,继续给刘家峡、盐锅峡、青铜峡送去青藏高原的祝福……

目送龙羊峡水库远去,便开始飞越阿尼玛卿雪山。6282 米的玛卿岗日主峰,在青藏高原虽然只算中等个子,但平生第一次鸟瞰凌霄雪峰圣洁壮阔的身躯,依然让我有些震撼。

"看,鄂陵湖! 扎陵湖!"当窗外两片遥远的蔚蓝色飘入眼帘,我禁不住喊出声来。这一对孪生姐妹似的高原湖泊，我小学四五年级便认识她们了，虽然从未相约，却像见到了倾慕已久的姑娘。而如果非要让我从姐妹俩中选择一个，会是多么困难！

这是黄河上游最大的两个淡水湖。娇美的脸庞，柔媚的身姿，白皙的皮肤，怎么也难以跟壶口瀑布的浊浪翻滚、狂飙怒吼联系在一起。

这一带也是黑颈鹤栖息的家园。

西面和南面，则是中华民族的母亲河——黄河之源。一道、二道、三道、无数道涓涓细流，从巴颜喀拉山的雪线汩汩溢出，穿过大片青色的草甸和沼泽，向远处的野驴、黄羊、牦牛和藏民们挥手道别。黄河从这里起步。五千年华夏文明在这里开始孕育。

巴颜喀拉山既是黄河的发源地，也是黄河与长江的分水岭。

飞机在唐蕃古道上空飞行数百公里，从巴颜喀拉山口静静掠过之后，万里长江的上游——通天河，又渐渐展现在了眼底。

通天河海拔 4500 米左右，河谷宽广，弯多水清。两岸是广阔的草滩，片片白云之下，一派高原牧场的秀丽景色。

通天河畔的玉树，是能够俯瞰的第一座城郭。玉树乃唐蕃古道重镇，寺庙众多。除了著名的文成公主庙，还有结古寺、拉布寺、歇武寺、竹节寺、龙喜寺、苏莽囊杰寺……而扎西拉武寺、觉拉寺和杂毛寺，就建在澜沧江源头扎曲两岸。虽然听不见喇嘛的诵经声，但可以感觉到那种无与伦比的虔诚，还有三江源区的静穆，甚至隆宝滩黑颈鹤如烟的唳鸣。

转眼间进入西藏上空，雪山峻岭一下子多了起来。

飞机从唐古拉山与他念他翁山连接处越过。放眼望去，逶迤不绝的高山雪峰，一片挨着一片，在阳光的映照下，阴阳错叠中透出几分神秘诡异。没有图例，却像读着一幅万分之一的地形图：集镇、山脉、雪峰、江河、湖泊，细如发丝的川藏公路，依山傍水的藏族村寨，甚至黑白衬映的雪线。一切都是那样真真切切，明明白白，不可动摇。

当飞机继续越过念青唐古拉山，发动机的声音骤然变低。飞机开始下降。圣湖纳木错，像一块巨大的白幡，徐徐飘向天边。原先的雪山峻岭，慢慢地变成深褐色，并一点点裸露出年轻的青藏高原特有的乱石纷披的山坡。坡底，闪着波光的雅鲁藏布江告诉我们：拉萨到了。

如果说，从西宁到拉萨，一路上充满的是惊喜和赞叹，那么，一周后从拉萨到成都，除了惊喜赞叹，大自然还给我带来另外一种对生命的感悟，一种对历史对未来新的视角。

很幸运，这是一架崭新的空客 A340。洁净明亮的舷窗和靠窗的座位，预示着这又是一段不同寻常的雪域天旅。

飞机从地球上海拔最高的贡嘎机场腾空而起，不知不觉，便已至万米高空。

邻座是一位专程来西藏旅行的美国大学生戴维。满头的金发，梳成一根根小辫子，样子有点怪，笑容却很友善。从上飞机坐下来，他就拿出一个本子，认真地记着什么。

飞机沿雅鲁藏布江上空一直飞行了几百公里。雅鲁藏布江如同奔涌不息的血管，每一条汇入血管的细流，都充满对生命的敬畏，对大海的向往和不懈追求。

北岸是皑皑雪山，顶上星罗棋布的蓝色湖泊，透过飘飞的白云，像一只只天真美丽的大眼睛，在静静地注视着我们。

过了林芝，一直东流的雅鲁藏布江渐渐向北，在海拔7294米的加拉白垒峰和7782米的南迦巴瓦峰之间切出一道缝隙后，忽然向南折转180度，形成了地球上最深的雅鲁藏布江大峡谷。然后一泻千里奔向印度，成为布拉马普特拉河平原的母亲河。

戴维也不断把头伸向窗边，一面不停地赞叹，一面写着一行行英文诗歌。我则持稳相机，把青藏高原的雪山、冰川、江湖、峡谷、蓝天、白云一一摄入心中。

藏东川西滇北的山脉，以南北走向为主。怒江、澜沧江、金沙江、雅砻江，自西向东密密地挤在横断山、他念他翁山、沙鲁里山、大雪山之间，水深流急。当我向海拔7556米的贡嘎山行过最后一个注目礼后，云层越来越厚，光线越来越暗，雾气塞满了舷窗。直觉告诉我：四川盆地到了，成都到了。

这是一次何等美妙的空中巡航！

从天空俯瞰大地，那些伟岸的山脉、高峻的雪峰、狂放不羁的惊涛骇浪、傲视天地的危峡绝壁，看上去都是那样纤秀，那样谦逊，那样温顺平和。

一切似乎是静止的。时间的步履，也仿佛在悠悠白云下走走停停，停停走走。五千年的岁月，像一把尺子，从三皇五帝到宋元明清，可以一寸一寸、一段一段切开来丈量、审视和玩味。

没有人知道南迦巴瓦峰的冰川，五千年来消融了多少。没有人知道山南小寨的藏民，一辈子有没有翻过山顶，去看一看山北的模样。没有人知道长江黄河，从源头到大海，需要汇聚多少涓涓细流，经历多少曲折、跌宕和磨难。就像漫长的过去，没有人知道自己的一生，在岁月的尺子里，短暂得连眨一眼都来不及。再显赫的人物，再辉煌的荣耀，也如卑微的看不见的蝼蚁一般，生生灭灭中不见尘土飞扬……

有什么想不开的呢？有什么好锱铢必较的呢？有什么事不可以放下呢？有什么必要去理喻不可理喻者呢？有什么荣辱贵贱值得殚精竭虑然后黯然神伤呢？碑文写得再好，墓都没了，还有多少用处？

亘古不变的是雪峰冰川，化了再结，散了再聚。只要高原还在，就有雪域，就有江河之源，就会有百折不挠、奔流到海的精神和动力。是雪域高原孕育了中华文化博大精深的思想，赋予中国人坚韧不拔的意志，而不是相反。如果，人类自以为掌握了原子弹、氢弹，掌握了断江截流的技术和装备，就可以倒过来任意扼制江河的咽喉，任意改变自然界的规律，只图索取，取而无度，那么，终有一天，人类会被大自然惩罚，甚至无情葬送！

2200 年前，古希腊一位叫埃拉托色尼的人，绘制了世界上第一幅精确的地图，尽管地图中尚没有华夏文明的信息。但是今天，当我从"世界屋脊"上空飞过的时候，千姿百态、形象生动的地球符号，让我仿佛穿越了时空，与埃拉托色尼亲切握手。他告诉我：地图，是地球的符号，它不只是人类认识自然的工具，也是人类尊重自然的方式，更是人与自然和谐相处的法则。

明白了这一点，人类才可以更好地认识地球，亲近自然，约束自己。

明白了这一点，人类才可以在地图的世界里，知道自己应该不做什么，做些什么，怎样去做……

2000 年 8 月

叩访"红都"

车到赣南，大雾弥漫。要在70年前，说不定，附近哪个山坳里，又会打响一场漂亮的伏击战。

赣南多山，却不很高，属武夷山西南余脉。

因为多山，交通闭塞，自给自足的生活方式代代相袭。与湘赣边界的井冈山一样，红辣椒是当地百姓一年到头必不可少的东西。瑞金、会昌一带毗邻闽西粤东，历来是统治力量较为薄弱的地区。正因如此，1929年年初，毛泽东、朱德率部从井冈山撤离后，便选择这里作为新的根据地，并将其发展成中国红色政权的中心。

于都河畔的"中央红军长征第一渡"，是1934年10月红军第五次反"围剿"失败，开始进行战略大转移的起点。10月10日，博古、李德、周恩来、朱德和中央领导机关，从云石山一带出发，12日到达于都，并在蒙蒙夜色中开始西撤。

一直到10月18日傍晚，毛泽东才和大约20名随行人员离开于都。因为按照中央安排，他15日还要给留在于都的党的干部开会讲话。在此之前，他已经被排挤出党和红军的最高决策圈。加上身患疟疾，体质虚弱，他情绪低沉。由他主要发动的这场革命运动，他和朱德建立的军队，五年前以他为主开创的苏区及其整套机构，如今都落入了来自莫斯科共产国际那位神秘莫测的"奇形怪状的黑面木偶"李德,以及李德的"献媚者"博古手中。

但毛泽东并没有灰心沮丧。对于未来,他依然抱着希望。第五次反"围剿"失败,他已经隐隐感觉到,党内、军内正在积聚一股反对博古、李德的力量。长征的开始,也许正意味着机会的到来。机会终于在三个月后的遵义会议上到来。但此刻的毛泽东,还不可能想得太多。

工兵营已经在于都河上架起了五座浮桥。因为是枯水季节,河面不宽,河水也不很深。毛泽东一行来到渡口,踏过咯吱作响的桥板,消失在昏暗的夜色之中。没有人知道红军该往哪里去,没有人知道哪里是新的落脚点。毛泽东不知道,博古、李德、周恩来、朱德、张闻天、王稼祥心里也没有底。明知危险乃至致命的大撤退,就这样从于都河畔开始了。

今天的于都河畔,除了一座高高的纪念碑,没有别的。"第一渡"已经成为这里的地名。

叶坪是"红都"革命遗址最为集中的地方,位于瑞金城东北约五公里。雾中的叶坪,格外宁静,宁静中透出一种特别的肃穆和庄重。古樟掩映下的黄墙青瓦房,一幢挨着一幢。

1931 年 11 月，中华苏维埃第一次全国代表大会在叶坪村召开。来自江西中央区、闽西、湘赣、赣东北、湘鄂西、琼崖苏区的代表和红军、全总、海员及白区代表共 610 人参加了大会。大会讨论通过了《中华苏维埃共和国宪法大纲》《中华苏维埃共和国土地法》《中华苏维埃共和国劳动法》和一系列决议案。11 月 20 日，大会宣布瑞金改名瑞京，为中华苏维埃共和国首都。"红都"从此诞生。

在随后召开的中华苏维埃共和国中央执行委员会第一次会议上，毛泽东当选为执行委员会和人民委员会主席。于是，一个有别于中国历史上任何一个政权的新政权，在一个当时的中国地图上找不到的小村子里，悄悄地展现出了雏形。

"红都"的诞生绝非偶然。1929 年 2 月，当毛泽东、朱德、陈毅率领红四军主力，撤离井冈山到达赣南时，就于农历正月初一、初二，在瑞金县北大柏地，伏击围歼了国民党赣十五旅刘士毅部，取得一场"红军成立以来最有荣誉之战"的胜利。四年多后，毛泽东重过大柏地，欣然写下《菩萨蛮·大柏地》一首：

> 赤橙黄绿青蓝紫，
> 谁持彩练当空舞？
> 雨后复斜阳，
> 关山阵阵苍。
>
> 当年鏖战急，
> 弹洞前村壁。
> 装点此关山，
> 今朝更好看。

大柏地一战,红军在赣南声名大振。土地革命得以发动,红色区域从此进一步开辟。

当然,瑞金所以被选定为中华苏维埃共和国首都,还有其客观优势。从地理位置上看,瑞金地处中央苏区中心,毗邻闽粤,地形复杂,交通隔阻,是建立红色政权的理想之地。从经济条件上说,瑞金气候温和,雨量充沛,土地不薄,物产相对丰富,这为保障根据地和红军给养,提供了重要的物质基础。瑞金没有国民党的常驻军,地方武装力量也比较薄弱。1930年12月至1931年9月,红军三次反"围剿"的胜利,使赣南与闽西根据地连成一片,形成了以瑞金为中心的中央革命根据地。

然而,也就在此时,依仗共产国际的支持,中共中央的领导权落到了以王明为首的一批留学苏联的年轻的布尔什维克手里。尽管他们并不真正了解中国的实情、局势,却可以中央的名义发号施令。

1931年,年仅24岁的秦邦宪(博古)被指定为中共临时中央政治局主要负责人。1933年1月,临时中央从上海撤到瑞金,并于4月与中共苏区中央局合并,改称中共中央局。中共苏区中央局成立于1931年1月,是苏区党的最高领导决策机构。周恩来一直是苏区中央局的书记,虽然他身在上海,书记职务先后由项英、毛泽东代理,直至1931年年底才正式到任。

今天叶坪留下的红色文物,时间烙印基本上都在1931年11月至1934年2月之间。如第一次全国苏维埃代表大会旧址(谢家宗祠)、中共苏区中央局旧址、红军烈士纪念亭、红军检阅台、红军烈士纪念塔、博生堡、公略亭及中华苏维埃共和国临时中央政府各机关旧址。而沙洲坝革命遗址,基本上是1933年1月中共中央局成立和4月临时中央政府从叶坪迁入之后的建筑,其中最有特色和代表性的是中央政府大礼堂旧址、红井。

素有"八角帽"之称的中央大礼堂,位于沙洲坝老茶亭村的黄土岗上。这是瑞金所有红色旧址中,气势最为宏壮、外观最有特色、最能见证当年中华苏维埃政府史实的建筑。它的设计者,是一位颇具设计天赋的中共高级特工。叶坪造型独特的红军烈士纪念塔,也出自其人之手。他的名字叫钱壮飞。

中央大礼堂坐北朝南,占地 1500 平方米。从空中俯瞰,犹同一顶红军"八角帽"。帽的四周,有 17 个大门,内有 18 根大木柱支撑着整座楼房和楼顶。楼面为回廊式,并有阶梯式楼座,楼下座位呈半圆形,可容纳两千多人。1934 年 1 月 21 日至 2 月 1 日,第二次全国苏维埃代表大会在这里召开。毛泽东虽继续当选中央执行委员会主席,却不再兼任人民委员会主席。他的权力被进一步架空。这是 1931 年 11 月"赣南会议"以来,王明"左"倾领导层对毛泽东的又一次排斥打击。

但毛泽东似乎并没有过多理会,也没有过多妥协。他生来就是一个具有坚韧不拔意志的人,这是一个领袖人物必须具备的特质。在工作环境日益困难的情况下,毛泽东仍然做了大量调查研究,从理论和实践两方面,回击党内外各种反对势力。即便一些看上去很小的事,毛泽东也身体力行,赢得当地民众称颂。"红井"的故事就是如此。

故事很简单:1933 年 9 月,毛泽东发现沙洲坝的百姓,一直因为迷信,怕得罪旱龙爷,宁可吃池塘的脏水,也没人敢提"挖井"二字。于是,有一天清早,毛泽东悄悄带上警卫人员,连着几天在池塘边挖了一口井。沙洲坝人从此喝上了清爽的井水。"红井"的故事新中国成立后编入小学课本,一篇《吃水不忘挖井人》,让整整两代人耳熟能详。井边一块刻着"吃水不忘挖井人,时刻想念毛主席"的石碑,质朴、厚重之中,仿佛有了另外一层寓意。但我相信,碑是后来人树的,话是后人说的,此时的毛泽东,没有可能也没必要去刻意为之。

云石山是中央机关 1934 年 7 月迁驻的最后一站。短短 3 个月后,红军中央纵军和军委纵队,便被迫从这里出发开始转移。

云石山高不过百米,方圆不足千米,却长得奇异生动。遍体裸露的石灰岩,色比蓝天,形同云雾。加上树木参天,曲径通幽,远看如硕大的盆景,近观似天然的城堡。山崖上一道石砌拱门,颇有"一夫当关,万夫莫开"之势。山中的云山古寺,就是中华苏维埃共和国临时中央政府驻地,毛泽东、张闻天就在此办公居住。"云山日咏常如画,古寺林深不老春。"寺前这副对联美则美矣,而此时的毛泽东,大概没有多少心情去欣赏。他南下会昌调研去了。7月23日拂晓,他登临会昌城外岚山岭,遥望东方,触景生情,写下了《清平乐•会昌》:

> 东方欲晓,
> 莫道君行早。
> 踏遍青山人未老,
> 风景这边独好。
>
> 会昌城外高峰,
> 颠连直接东溟。
> 战士指看南粤,
> 更加郁郁葱葱。

近乎赋闲的毛泽东,一面对革命前途依然充满信心,一面又借此抒发内心的郁悒。这是毛泽东在赣南所作的最后一首诗词。在时间上,距离红军长征只有两个多月,一些部队已经开始撤离瑞金。毛泽东对此却并不清楚。因为,就在决定红军撤离中央苏区并执行这一决定的日子里,双颊深陷、颧骨高耸、长发齐肩、疟疾缠身而双眼炯炯有神的毛泽东,又被派往于都调查研究,直到1934年10月18日离开于都。中央政府机关早在八天前就离开了云石山,途经武阳桥,踏上了没有明确目的地的漫漫征途。

因此，在红都瑞金，云石山有"长征第一山"之称，武阳桥有"长征第一桥"之谓，加上于都河畔的"长征第一渡"，构成了长征——前所未闻的故事的开始。一山、一桥、一渡，拉开了一场中国历史——不，是世界历史上最悲壮、最艰苦卓绝、最具传奇色彩、最富有革命英雄主义气概的史诗的序幕。

瑞京——北京，中央大礼堂——人民大会堂，红军烈士纪念塔——人民英雄纪念碑，红军广场——天安门广场。这一切看上去像是巧合，其实不是，而是历史的预演。

历史前进的脚步没有脚本，但它有自身发展的逻辑、规律，而且不可以假设。就像今天，中国改革开放以来取得的一切成就，也是历史发展的必然，不可以假设。其中的主客观因素当然很多，多不胜数，但是有一点我们千万不能忽视，那就是1931年11月第一部以中国共产党领导的中央政府名义颁布的《中华苏维埃共和国土地法》，与1949年中华人民共和国成立后逐步确定土地国有制之间的紧密关联。可以说，没有这样的法律规定作为基础，中国改革开放的步伐不可能那么大，至少不可能那么快。

瑞金回来，翻看中国地图，无意中眼睛一亮："红都"瑞金与首都北京，竟然处在同一条经线——东经116度上！从中华苏维埃共和国建立到红军长征，从转战陕甘宁边区再到西柏坡，最后挥师进入北京，毛泽东主席在天安门城楼宣告中华人民共和国成立。历史，冥冥之中用了整整18年时间，顺时针——顺应时代指针——转了一个180度的大弯！

这，难道也仅仅是个巧合？

2000年11月

从冉庄到白洋淀

12月20日清早,中央电视台播发了一条消息:"华北明珠"白洋淀面临枯水危险。顿时,我脑海中浮现出三年前泛舟白洋淀的情景。

去白洋淀之前,先从京城驱车到保定住了一宿,又去清苑县参观了著名的地道战旧址冉庄。

清苑不大,却因为豫剧《七品芝麻官》中那位"当官不为民做主,不如回家卖红薯"的唐知县,知的便是清苑县事,所以小有名声。冉庄更小,是华北平原上随处可见的一个普普通通的村子,但因为一部反映敌后抗日根据地的电影《地道战》——讲的主要就是发生在这一带的真实故事——而名声很大,大得曾经全中国家喻户晓。

冉庄就是《地道战》中的高家庄。

走进冉庄,便见一排排低矮的砖土房。一条几米宽的土路,从村头一直通向村尾。中间十字路口有棵大槐树,虽然已经枯死,但粗壮的躯干依然挺拔,一副铮铮不屈的样子,让人想起电影里敲钟报警的高老忠。那口大钟依然高高挂着,就像高老忠永远高昂的头颅。

古槐一侧的土屋内,除了一张木桌、四条长凳,没有其他陈设。仔细观察,靠墙的砖地上,似有一条缝隙。用脚轻轻一推,果然,一个黑魆魆的地道口豁然而现。要不是看过电影《地道战》,真不敢相信,一处处随处可见的土炕、灶台、木柜、断墙、破庙、树洞、水井、碾盘、牲口槽,都可能是地道口、枪眼、陷阱。说不定,哪里一声枪响,霎时就会构成一个立体火力交叉网。难怪黑风口据点的山田队长,提起高家庄是既恨又怕,想一口吃了高家庄,却又吃不了兜着走,最后连据点也被拔了。

在导游小祖的陪同下,我们一行三人,兴致勃勃地从一个道口钻入地下。

一阵凉意袭来,我们一会弯腰碎步,一会蹲腿徐行,一会扶着洞壁小心翼翼地伸脚,蜿蜿蜒蜒,就像进入了迷宫。小祖一边打着手电筒引路,一边告诉我们:这是指挥部,这是休息室,这是地下兵工厂,这是囚笼,这是储粮室,这是厨房,这是陷阱,这是枪眼,这是出口,哪儿跟哪儿相通,哪儿跟哪儿不通,哪儿绕过哪儿又跟哪儿相通……如此巧妙的构造,这般立体交叉的地下网道,让人晕头,让人叹服,让人走一回便永生难忘。

小祖介绍说,冉庄一带的地道,于1938年开挖,一直到解放战争结束,历时11年,总长达32里(16公里),可谓户户相连,村村相通,能打能藏,可守可攻。在这里,民兵配合敌后武工队和解放军,作战157次,歼敌 2100 余人。

更值得称道的是,时隔半个世纪,冉庄地道战旧址,基本保持着 20 世纪三四十年代冀中平原村落的原貌。旧址保护区面积达 14 万平方米,其中重点保护区 2.26 万平方米。在刚刚修建尚未正式开放的纪念馆,小祖破例让我们先睹为快。而我们除了对众多革命文物投以庄重的目光,更加赞许纪念馆古朴的外观,甚至它的门面,都与周围冀中农村的氛围融为一体。

对我们来说,对冀中平原的印象,最初都来自电影《小兵张嘎》和小说《淀上飞兵》。雁翎队和小兵张嘎的故事,就发生在清苑东北邻县安新境内的白洋淀。

白洋淀共有大小湖泊 143 个,由 3700 条沟壕连接而成,总面积 366 平方公里。白洋淀上承九河之水,下接大清河,最大蓄水量 10.38 亿立方米,常年蓄水量 2 亿~5 亿立方米,可利用水面积 23 万亩。安新全县共有苇田 11 万亩,年产芦苇 7500 万公斤,苇席、苇帘等芦苇制品是安新县、雄县的支柱产业。

看到白洋淀面临枯水的新闻,一种牵挂之情便油然而生。三年前初夏的一天,我们租了条小船,一桨一桨地划向淀心。沿途苇丛如帐,雁雀声声之中,船尖犁开清澈的湖水,慢慢悠悠地穿过一望无际的苇荡、湖汊、沟壕……那么富有诗情画意的景象,几年之间,怎么忽然间就面目全非了呢?

从新闻中得知,原来,白洋淀七年之前,就已经靠上游和周边水库开闸补水了。而现在,水库自身也日益饥渴,补水难以为继。而失去了水源,白洋淀的百里风光,以淀为家的渔民,雁雀的栖息,摇曳的芦花,不都失去依托了么?白洋淀没有了水,怎么还能叫淀!

……

几天后,中央电视台又播发新闻:华北地区普降大雪。心中不禁一阵欣喜,觉得是个好征兆。世纪之末,能有这样一场瑞雪,胜过心中千万次祈祷。

可是,转而又想,如果没有千千万万人意识的觉悟、发展观念的改变,整个生态环境系统的改善仅靠一场瑞雪,靠几场大雨,靠中央新闻媒体的警示呼唤,白洋淀,这颗华北平原上唯一的明珠,能不能真正醒来?

2000 年 12 月

补记:万万没有想到,游览白洋淀 20 年后的 2017 年 4 月,中央正式决定:设立雄安新区。这是一件世纪性的大事,并且是战略性的"千年大计"。这对地处雄县、安新县之间的白洋淀的生态恢复,无疑是千载难逢的福音。

东陵雪霁

　　下了两天雪，太阳一出来，便化去了大半。马路中间积雪已经很少，人行道上，只剩下零零星星的雪堆。

　　昌瑞山则不然。虽说这里距京城仅120多公里，但苍茫绵延的燕山山脉，仍然充满刺骨的寒意。昌瑞山属燕山南端一支，不算十分高峻，但山势起伏跌宕，逶迤不绝。明代的长城，即从山顶向东西伸展。

　　长城以南为"前圈"，周围修砌了近40里的风水墙；长城以北为"后龙"，乃风水禁地。我们今天看到的，只有遍布山脊的残墙断石。因为从17世纪中叶开始，这一大片风水宝地，就成了大清国的皇家陵园。为有别于易县的西陵，这里称作东陵。

　　东陵从1663年入葬第一帝顺治，至1935年葬入同治帝的最后一位皇贵妃，前后历时272年，共葬有清朝的5位皇帝、15位皇后、136位妃嫔、3位阿哥、2位公主。在这个中国现存规模最大、体系最完整的帝后陵墓群中，最主要的是顺治的孝陵，康熙的景陵，乾隆的裕陵，咸丰的定陵，同治的惠陵，还有孝庄、孝惠、孝贞（慈安）、孝钦（慈禧）四座皇后陵及景妃、景双妃、裕妃、定妃、惠妃五座妃园寝。

　　有人说，走进东陵，就像读一部长长的清宫秘史。的确，这里埋葬的人物，涉及了大半部清史。许多历史人物、历史事件，都格外诱人一探究竟。如被正史列为三大疑案的"太后下嫁""世祖出家""世宗夺嫡",以及被野史稗闻演绎、渲染得更为神秘离奇的有关帝、后、妃、臣的故事。

我们没有,也不可能有那么多时间在这里细寻探究。但有一个精彩片断,一个70多年来被众多的新闻、纪实文学、戏剧尤其是电影《东陵大盗》弄得影影绰绰、模模糊糊的历史事件,在我们从裕陵地宫和定东陵地宫出来后,终于从东陵研究专家于善浦先生编著的一本内部印行的小册子里,搞清了来龙去脉——

1928年,正值军阀混战,盗匪猖獗,民不聊生。有了枪,就可以拉起人马横行一方;有了枪,不用巧取就可以大肆豪夺。他们非但不会受到惩罚,而且什么时候摇旗一变,说不定还能被更大的军阀收编为正规军。孙殿英就是这样被收编并当上军长的。

孙殿英,本名孙魁元,河南永城人。小时念过几天私塾,后被开除,以乞讨为生。又因为出了一场天花,落得一脸麻子,所以得了个"孙麻子"的绰号。

孙当过土匪,造过假钞,卖过鸦片,开过赌场,搞过门道会,拉过大旗,在江湖上很有点势力。1928年,孙的队伍被蒋介石收编为国民革命军,孙任第六军团十二军军长,驻防蓟县马伸桥。马伸桥与清东陵仅一山之隔。混迹江湖多年的孙殿英,对清东陵的随葬珍宝早有所闻,垂涎已久。这次驻防马伸桥,对孙殿英来说,可谓天赐良机。

但是孙殿英知道,清东陵毕竟不同他处,大摇大摆地把部队开进去掘墓当然不行。经过一番密谋,一个以"剿匪"为名,进而以搞军事演习、试验新式地雷掩人耳目的惊天盗墓行动开始了。

具体执行这一特别行动的,是第八师师长谭温江,还有一个炮兵团长颛孙子瑜。

慈禧陵地宫的入口处,就在华丽堂皇的琉璃照壁下。厚厚的金刚墙,把入口封得严严实实。不过,随着炸药包轰隆一声巨响,守护了慈禧整整30年的地宫门，被炸开了一个豁口。这位曾经那样显赫，那样说一不二地在同治、光绪两朝实际掌权达47年之久的"老佛爷"，再也得不到老天任何庇佑。即使还有两道巨大的石门，也挡不住盗匪们无数双贪婪之手的步步紧逼了。

谭温江手下的一名连长，后来描述盗墓时的情景，说了这样一段话：彼奉命掘西太后（慈禧）陵，当时将棺盖揭开，见霞光满棺……

这名盗匪连长的自述，虽然没有将盗匪们的贪婪、凶狠、疯狂、得意之状和地宫的阴森恐怖描绘出来，但短短几百个字，倒也把盗掘地宫的场面轮廓勾了出来。

就在谭温江率部盗掘慈禧地宫之时，另一股盗匪在第七旅旅长韩大宝带领下，由西面开进乾隆裕陵及孝东陵等处，并于7月6日、7日两夜盗掘了裕陵。乾隆在位60年，又当了3年太上皇，不仅实际掌权时间为历代帝王之最，而且康乾两朝文治武功，威震宇内。然而，仅用了两夜，历时57年、耗银203万两、用尽了精工美料修建的裕陵，被掘得一片狼藉。

▲ 慈禧陵旧影（一九一四年）

已经没有人知道,盗匪们从裕陵掠走了多少奇珍异宝。裕陵地宫的四道石门被撞开、炸开后,地宫的积水,已将原先停放的六具棺椁漂浮起来,次序也完全乱了。盗匪们抡镐挥刀劈砍一通,把棺椁全部砸开,搜走大量宝物,尸骨扔了一地,然后蹚水爬出地宫溜逃。

两天后,孙殿英再也沉不住气了,夜乘汽车从马伸桥直奔马兰峪,并调来20辆大车,满载着盗掠的各种珍宝,扬长而去。

20多天后,东陵盗宝案发,中外震惊,舆论哗然。不日,谭温江在北平被捕。

住在天津张园的逊帝爱新觉罗·溥仪更是捶胸顿足,一面向南京国民政府抗议,一面致电北平司令部,要求严惩匪首孙殿英。

孙殿英也感觉大势不好,开始四处活动。在江湖上摸滚了几十年,手眼通天的孙大麻子,拿出大量金银钞票和部分东陵盗来的珍宝,八方行贿。第六军团总指挥徐源泉、平津卫戍总司令阎锡山和国民政府大员何应钦、戴笠、孔祥熙,直至蒋介石本人,都一一打点到了。加上这时的孙殿英拥有一支上万人的部队,装备精良,实力雄厚,南京国民政府一来投鼠忌器,二来想招他归附,于是,轰动一时、讨声如雷的东陵盗案,最后在蒋介石一句"娘希匹,以后不要乱来"中,大事化小,不了了之。

呜呼!纵使乾隆爷生前何等威风神气,何等风流倜傥,也不管西太后垂帘听政时,怎样权倾朝野、说一不二,"黄底蓝龙戏红珠"一旦换作"青天白日满地红",管你们什么古希天子、老佛爷,连一具完整的尸骸也保不住了。

怪谁怨谁?怪那帮贪婪无耻的盗匪,那个兵荒马乱的年代,那些守陵臣民的懦弱无能?似乎是,又似乎不是。换个角度想想,谁让那些个帝后妃嫔,一个个生前享尽荣华富贵,死后还要耗费巨资修建陵寝,带走那么多稀世珍宝。这还不算,还要一个个兴师动众,八面张扬,唯恐世人不知!尤其那个冥顽不化的慈禧,耗银227万两修陵还嫌不足,全然不顾国库空虚,灾荒连年,生灵涂炭,慈安一暴崩,立刻颁旨重修。其中,仅雕花墙贴金一项,就花费黄金4500多两,奢华程度可谓空前绝后。至于殉葬珍宝估值,有说3000万两的,有说5000万两的,有说难计其数。这么多奇珍异宝埋入地中,不是诱人盗掘是什么?难道这些皇帝后妃,一个个生前都未闻皇陵盗掘之事?

东陵墓群中,唯一没有被盗挖的是孝陵。因为顺治是大清入关定都北京后唯一火化的皇帝。并且,孝陵神功圣德碑明明白白地刻着:"皇考遗命,山陵不崇饰,不藏金玉宝器。"确实,孝陵地宫中,只有三个骨灰罐。

呜呼之余,忽发异想:要是帝王们不把那么多珍宝埋入地宫,而是放在紫禁城里,像巴黎卢浮宫、凡尔赛宫那样,把皇帝皇后们生前喜欢和用过的珍玩宝物,一一陈列展示出来,不是既可让后人知道帝后们生前的尊贵荣耀,满足自己生前未尽的欲望,又可免遭身后被盗掘毁骸之虞?

然而一转身,我立马又否定了这个想法:这怎么可能?!中国封建帝王的天人观,已经彻底限定了他们的生死观。即便到了19世纪末20世纪初,现代科学的光芒,已经照亮地球很多地方,而天朝的统治者,依然沉浸在"康乾盛世"虚幻的余晖中,一边割地赔款,一边继续挥霍无度,一边暴力镇压各地人民的反抗……这样的世袭王朝,不是有没有救,而是应当早日垮台!

当我们从孝陵长长的神道另一侧,驱车离开东陵的时候,日已西斜。影壁山的雪化得很快,来时白茫茫的景象,变成了斑斑点点的图案。

十八对由狮子、狻猊、骆驼、大象、麒麟、骏马和文臣武将组成的石象生,高大、神气、威风凛凛。只可惜,1928年盗匪荷枪实弹闯入陵区,然后装满卡车扬长而去,1945年日军投降撤出东陵,马福田、王绍义趁机率千余匪军又一次盗掘景陵、定陵、惠陵、定东陵,劈棺抛尸,里外洗劫,甚至将惠陵同治皇后阿鲁特氏剥光衣服、剖腹割肠——为了搜找70

年前她殉情时吞下的一点点金子——的时候,石象生的威风凛凛,全都
成了威风扫地! 至于盗取的珍宝,除了极少部分追缴回来,绝大部分被
盗匪歹徒或藏匿,或毁弃,或变卖散失,成为中华文化艺术宝库难以弥补
的痛事憾事。

两个月前,即2001年2月,清东陵被联合国教科文组织正式列入世
界文化遗产名录。就在消息传来之际,报章上一则新闻引起人们的纷纷
议论和猜测:武汉一处徐源泉的旧宅中,可能藏有大量东陵盗案的赃物。
理由是,徐时任第六军团总指挥,是孙殿英的顶头上司。孙殿英要摆平
盗陵一事,定然先出重手买通徐源泉。然不过几日,便有专家分析称,这
种可能性几乎没有。徐的后人也予以否认。

其实,东陵盗案至今70余年来,类似的泡沫新闻已不鲜见。有的看
上去有鼻子有眼,有的竭尽推测虚构之能事,闪闪烁烁,诡谲离奇。就像
影壁山上斑驳怪异的雪痕,让人在赞叹东陵宏大精美的同时,不知不觉
掉入另一种神秘莫测的氛围之中。

2001年4月

多依树

　　多依树不是一棵树，它是一个地名，一个滇南高原上哈尼族彝族村寨。

　　没有去细究多依树在哈尼人或彝语中的意思，因为仅看字面，就颇有诗意。从百度地图上搜索到一家和多依树一样富有诗意的客栈，叫作"听山小舍"，凭感觉便直接预订了房间。

　　云南红河哈尼梯田文化景观在 2013 年 6 月列入世界遗产名单后，声名愈隆。不过，对于许许多多旅行摄影爱好者来说，其核心区的元阳梯田，早在 20 世纪 90 年代，就是一个心向往之的去处了。我便是这许许多多向往者中的一个。

　　元阳梯田地处哀牢山南部，哈尼梯田在元阳县境内就有 17 万亩之多。说元阳梯田是哈尼族（其实也有彝族和汉族）人 1300 多年生生不息地"雕刻"出来的山水田园风光画，毫不为过。但要真正欣赏、领略并拍摄出梯田佳作，天时、地利、人和，三者缺一不可。

　　譬如我，只身从云南建水古城乘坐公共汽车，翻山越岭到达红河谷地的元阳县城时，已近傍晚。再从县城转乘出租车，越岭翻山 30 多公里到达新街镇（1991 年前的元阳老县城）时，夜幕已经悄然降临。

　　元阳梯田景区主要有老虎嘴、箐口、坝达、多依树等几大观景点，其中老虎嘴、多依树是公认的观赏日落和日出的最佳位置。然而一月的天气昼短夜长，去老虎嘴已无可能。通常要等"面的"中坐满六七位乘客再出发去多依树，当天观赏日落更无可能。

怎么办？立即包车出发！尽管这样，司机也说希望已经很小。

但很小不等于没有。果然，当车子打开大灯在蜿蜒迂回的山路上盘旋五六公里后，奇迹出现了：西边遥远的高山之巅，原本两排浓密的乌云，底下一层忽然渐渐错开，一道橘色的夕光从中间耀然射出，映照在公路左侧本来已经模糊不清的梯田之上。"停车！"我掏出刚刚充足了电的手机（呵呵是手机，居然不是胶卷时代就换过四台的单反相机），稳稳地将这一瞬间摄入镜头。家住多依树的司机也大感意外，说这种现象相当难得，于是跟着我一阵猛拍。

根据日落的方向和车行路线，我预感再往前走会更精彩。

不出所料，车子疾驰约一公里后，底下那一排厚厚长长的浓云，干脆

继续往北移去,群山的轮廓转眼间被清晰地勾勒出来,透出一种峻冷巍峨之势。几分钟前的那一束夕光,此刻已将上面一层浓云染成通体金黄;而原先绵延不绝的灌满了水的梯田,除了四五道露出一溜细长金亮的脊背外,其余的都已浸没在茫茫夜色之中。正是这几道不规则地由南向北一层层跌宕而去的梯田,明暗错落之中构成了一幅梦幻般的画面,像五线谱上一串串金色的音符,正缓缓地、轻轻地奏起《哀牢山小夜曲》……

只有短短的一两分钟,不,确切地说,大自然留给你定格的最佳时刻,只有短短的几十秒!

司机异常兴奋,说他在这条山路上开了那么多年车,头一回在这个时间、这个不为人关注的地点见到这等奇观。

这就是偶然性。

这就是天、地、人的造化。

这就是摄影艺术的魅力所在!

"听山小舍"是一幢精致整洁的二层小楼,客房不多,店主是一对来自广东湛江的小夫妻。小楼西侧,一条溪涧淙淙作响。客栈起名为"听山",自然比听溪、听涧更有诗意和想象空间,因为水是山的血液、山的精灵。

推门进屋,小夫妻便热情地迎了上来。一楼舒适雅致的茶艺陈设,让你一眼便知店主是嗜茶懂茶的南方人。

这一夜早早入睡了。未及五更,便披衣起床从窗台远眺,因为窗台正对着我预备观赏日出的近万亩大海般辽阔的梯田。

时钟刚过六点半,海拔1900米的多依树观景台上已经挤满了人,各式长枪短炮,在重重叠叠的Z字形栏杆前摆成了长龙。这是一场运气和天气的竞赛,一场旭日与云海的拉锯式的竞赛,一场来自天南海北的数千观赏者捕捉瞬间的技巧的竞赛……

感谢幸运之神的眷顾,我如愿以偿地狂拍200多张照片仍意犹未尽。没有人失败和失落。能够在凛冽的接近冰点的风口守候两个小时的,都是对大自然、对生活、对美有执着追求的人! 我甚至相信,每一幅瑰丽无比的元阳梯田摄影佳作的背后,都会有精彩的故事和付出。

告别多依树,一步三回头。

下山路上,我细细品味着听山小舍门前那副楹联:暮停小舍金为色,晨起听山石有声。加上书写者一手飘逸优雅的二王草书,忽然觉得多依树是一棵树,一棵凝结着华夏民族智慧与汗水的古老的树,一棵象征人与自然和谐并处之美的符号化了的树!

2018 年 1 月

我的红军长征情结

一

中国工农红军的二万五千里长征，是中国 20 世纪，也是人类历史上最有影响、最让世界震惊、最具英雄主义和传奇色彩的重大事件之一。

> 红军不怕远征难，
> 万水千山只等闲。
> 五岭逶迤腾细浪，
> 乌蒙磅礴走泥丸。
> 金沙水拍云崖暖，
> 大渡桥横铁索寒。
> 更喜岷山千里雪，
> 三军过后尽开颜。

也许，几代中国人对于工农红军长征的认识和了解，都离不开毛泽东这首气势雄浑、豪情壮阔的《七律·长征》。除了这一首，《忆秦娥·娄山关》《清平乐·六盘山》及《十六字令》等，也是毛泽东写于长征途中的经典之作。还有大型音乐舞蹈史诗《东方红》,24集电视连续剧《长征》,毛泽东 1935 年 12 月在《论反对日本帝国主义的策略》中一段非常著名的话——

　　讲到长征,请问有什么意义呢? 我们说,长征是历史纪录上的第一次,长征是宣言书,长征是宣传队,长征是播种机。自从盘古开天地,三皇五帝到于今,历史上曾经有过我们这样的长征吗? 十二个月光阴中间,天上每日几十架飞机侦察轰炸,地下几十万大军围追堵截,路上遇着了说不尽的艰难险阻,我们却开动了每人的两只脚,长驱二万余里,纵横十一个省。请问历史上曾有过我们这样的长征吗? 没有,从来没有的。长征又是宣言书。它向全世界宣告,红军是英雄好汉,帝国主义者和他们的走狗蒋介石等辈则是完全无用的。长征宣告了帝国主义和蒋介石围追堵截的破产。长征又是宣传队。它向十一个省内大约两万万人民宣布,只有红军的道路,才是解放他们的道路。不因此一举,那么广大的民众怎会如此迅速地知道世界上还有红军这样一篇大道理呢? 长征又是播种机。它散布了许多种子在十一个省内,发芽、长叶、开花、结果,将来是会有收获的。总而言之,长征是以我们胜利、敌人失败的结果而告结束。

对于红军长征的认识和了解，大多数人或止于此。如果有人觉得还不够，想要更加全面、客观、深入、细致地了解红军长征的历史背景和过程，在浩如烟海的有关红军长征的出版物中，个人认为最值得一读的是以下四本书：

第一本是由中共中央党史研究室第一研究部编写，2006 年 3 月出版的《红军长征史》。这是由国内最权威的中共党史研究机构组织编写出版的官方"正史"，某种意义上，也是 80 年红军长征历史研究成果的集大成者。

第二本是《亲历长征——来自红军长征者的原始记录》。这本书，从最初延安时期的党内参考资料（当时叫《红军长征记》），到 2006 年由中央文献出版社公开出版，经历了一个相当曲折的过程。这本书具有无与伦比的文献史料价值，因为它是刚刚结束长征的一批亲历者们于 1936 年 8 至 10 月间所写，没有条条框框，也没有反映党内斗争。事实上，如遵义会议、与张国焘的斗争等，广大中下层指战员当时是不了解的，即使是像俄界会议通过了与张国焘路线作斗争的决议这种大事，也只传达到中央委员。因此可以说，这本书是对红军长征最为真实质朴的回忆，当中许多有关行军作战的细节，今天读来，依然让人感佩不已。

另外两本，一本是埃德加·斯诺的《西行漫记》（英文版为 *Red Star Over China* 即《红星照耀中国》）。这是第一部由西方记者实地搜集红军长征第一手资料，实地考察陕北红军战士和百姓的生活，并同中共领导人进行了多次长时间采访谈话后写成的第一部杰出的报告文学。

斯诺是"中国人民的朋友"，作为一位具有独到嗅觉和眼光的新闻记者，他对 20 世纪三四十年代国际和中国时局的了解，也许超过了当时百分之九十以上的中国人。

再有一本是斯诺的朋友、对斯诺由衷敬慕、曾经与斯诺在苏联卫国战争中并肩从事新闻工作的美国著名记者、作家哈里森·索尔兹伯里的

《长征——前所未闻的故事》。这本书的一大特点,是对重要历史事件和领导人心理分析的透彻性。这是很多中国作家客观上无法做到的。

斯诺和索尔兹伯里最让人钦佩的地方,一个是冒着生命危险,冲破重重阻碍,深入陕北实地采访报道;一个则以78岁的高龄,走完了中央红军的长征之路。

这四本书,是我曾经读过的数十本和数百篇有关红军长征的书籍、文章中印象最为深刻,而且的确是比较客观全面的著述。没有读过这四本书,也许还不能说真正了解红军长征。至于这四本书之外的其他著述,个人认为可以看,也可以少看或不看。尤其是进入自媒体时代后,许多带着浓重个人主观色彩与偏见的帖子,若非党史军史研究者,看得越多,反而会越糊涂。

二

对于中共党史、中国近现代史乃至整个中国历史,我只是个爱好者。对于红军长征这段历史,我有自己的兴趣点。比如工农红军战略转移的决策过程,红军究竟要转移到哪里去?比如毛泽东在红军长征中的角色是怎样一步步发生变化的?比如周恩来为什么经过长征,最终一步步甘居毛泽东之下?

这些相互关联的问题如果展开来,每一个都可以写一本书,而且每个人的看法都可以讨论。

我对红军长征原因的最初认知,也跟绝大多数人一样,就一句话:由于王明"左"倾冒险主义的错误领导,导致第五次反"围剿"失败,中央红军被迫进行战略转移。

这句话并没有错,只是太简单了点。

当时的中共临时中央、中央苏区和红军的领导权,主要掌握在以博古(秦邦宪)为首的临时中央政治局手上。毛泽东被解除红军总政委职务后，实际上被排挤出了最高决策圈。只有中华苏维埃共和国临时中央政府主席头衔的毛泽东，大部分时间在做调查研究或者病休、被病休，甚至差一点不能参加长征。但是，被边缘化了的毛泽东，却因此进一步练就并显示了其高超的调查研究功夫。

确切地说，红军长征一开始不叫"长征"，而是西撤、西进、西征。中央红军打算要去哪里落脚，当时属于最高机密。即使这个最高机密，我们今天也知道至少改变过三四次，或许更多。整个红军长征过程中，最让人感慨唏嘘的，毫无疑问是湘江战役、突破乌江、遵义会议、四渡赤水、巧渡金沙江、强渡大渡河、飞夺泸定桥、过雪山草地、攻占腊子口、翻越六盘山、吴起镇会师、会宁会师等等世人皆知的重大战役、战斗和重要事件。这些可歌可泣的场景，哪怕复述一百遍，相信也一样感天动地。

很多人把红军长征比喻成一条连接赣南中央苏区和陕北根据地的重要纽带，这是从中共党史、军史及抗战直至新中国建立的意义上讲的。如果从党和军队领导者个人角色确立的角度看，长征也是一个历史选择的重要过程，尤其是对于毛泽东和周恩来这两位杰出的领导人来说。

毛泽东是中共一大代表，是中国共产党的缔造者之一。秋收起义后率部上了井冈山，然后朱毛会师，然后又率主力到赣南闽西创立了中央苏区，并当选中华苏维埃共和国临时中央政府主席。但当听命于王明"左"倾教条主义的中共临时中央从上海转移到苏区之前，毛泽东实际上已经被剥夺了红军领导指挥权，而替换他红军总政委职务的正是周恩来。当然这是王明所控制的临时中央的组织决定。

周恩来是一位近乎全才的领导人，对于周恩来的胸襟、才干、勤恳、气节等等，用什么溢美之词去形容都不为过。我个人尤其赞同史沫特莱在1937年年初考察采访延安后做出的评价："周恩来是一位学识渊博，阅历深广，见解精辟，襟怀坦白，不存门户之见，毫不计较个人的安福尊荣、权力地位的卓越领导人。"

　　就是这样一位卓越的领导人，自1934年10月撤出红都瑞金，到1935年1月的遵义会议、同年11月的陕西甘泉下寺湾会议，周恩来从长征开始时博古、周恩来、李德"最高三人团"的第二号人物，到遵义会议后周恩来、毛泽东、王稼祥"新三人团"的第一号人物，再到中革军委即西北革命军事委员会的副主席。而此时的主席，则换成了毛泽东。这一年时间里，毛泽东和周恩来两位领导人的角色转换，实际上为之后数十年两位伟人之间的角色和定位奠定了基础。

　　血雨腥风的这一年，我们今天虽然可以从大量历史资料中去探究、体味两位伟人之间的种种关系，但是我们也许永远无法还原他们内心世界的全部过程。这就是历史，这就是历史的选择。我个人更倾向于这样的观点：这一年（其实不止一年）中，红军的失败、胜利，再失败、再胜利，经过血与火的考验和实践检验，周恩来从内心逐步认可了毛泽东的领袖气质和党内军内"帅"的地位，并且从全党、全军团结统一的大局出发，愿倾全力以"相"的角色辅佐毛泽东共同成就千秋伟业。

之后有一个细节可为进一步佐证：1940年5月，从苏联疗伤回国不久的周恩来自延安赴重庆，一路上名胜古迹很多，但他对帝王遗迹并不太关注，却对张良、萧何、诸葛亮的庙宇十分感怀。在秦岭南坡紫柏山麓的张良庙，他对身边的随行人员说："中国的历史，总是少不了张良、萧何这样的英雄人物。今后也需要这样的人。"到了成都，他又专门去看了纪念诸葛亮的武侯祠，并对诸葛亮给予了高度评价。这应该是周恩来内心世界的真实流露。说周恩来"甘居一人之下，无愧万人之上"，不仅符合历史事实，也体现了周恩来的胸襟、智慧和远见。

对于毛泽东，史沫特莱这样评价："每个人都可以与古今中外的社会历史人物相提并论，但无人能比得上毛泽东，他的著作已经成为中国革命思想中的里程碑。"需要特别说明的是，她做出这个评价的时间是1937年1月，而不是1942年开始的延安整风之后，1945年中共七大之后，1949年新中国成立之后，更不是在"文革"造神运动之中！

英雄史诗般的红军长征，改变了中国的前途和命运，也深刻影响了之后的东方和世界格局。

因为红军长征，"长征"一词，在汉语言文字中被赋予了全新的特殊含义。

三

对于红军二万五千里长征，几代中国人大多有一种特殊情结。当然，这种情结的深浅、大小因人而异，与每个人对长征的了解、认识程度成正比。回想起来，自己最早知道红军长征，也始于毛泽东的长征诗词和一个叫《金色的鱼钩》的故事。

1974年上半年，一场奇怪的"批林批孔"运动在全国突然掀起。我就读的兰溪县东方红小学（云山小学），也有一支红小兵文艺宣传队。我除了扮演孔老二，还上街头闹市宣讲学校统一布置安排的"西门豹治邺"

"柳下跖痛骂孔老二"之类的故事。另外还有一个讲述红军长征过草地的故事，记忆最为深刻，叫作《金色的鱼钩》。

这篇故事写得非常生动感人，被收在课本中，却没有署名。当时肯定没有人知道故事的作者是陆定一——一个正蒙冤被关押在监狱之中的曾经的国务院副总理、中宣部长兼文化部长、中央书记处书记，正如没有人知道"批林批孔"背后是为了批周公一样。

这个故事我已经背得滚瓜烂熟，以至于后来看了无数有关红军长征的诗文著述及影视剧后，依然对《金色的鱼钩》难以忘怀。再后来，虽然没能像索尔兹伯里一样，沿着红军长征的线路重走一遍，但却用了二三十年时间，断断续续地瞻仰了红军长征的大部分重要遗迹——

在江西瑞金红军烈士纪念塔前，我仿佛听到了当年中华苏维埃战士高唱国际悲歌；

在雩（于）都河边，中央红军长征出发渡口，《十送红军》那赣南民歌低沉、幽婉、苍凉、悲壮的旋律，依然让人荡气回肠；

在广西兴安湘江战役旧址，我实在想象不出古老的灵渠被鲜血染红的场景，想象不出一场战役让中央红军从8.6万人锐减到3万余人的场景，会是何等惨烈；

在遵义会议旧址，因为修缮和偶然因素，直到第三次走进这座黔北名城，才详细察看了慰庐——一幢原当地军阀的公馆和新建的纪念馆，体味这次会议为什么被称作"生死攸关"；

在赤水河畔，在土城，在茅台古镇，在二郎滩，在娄山关，那种"雄关漫道真如铁，而今迈步从头越"的气概，那种"霜晨月，马蹄声碎，喇叭声咽"的惊心动魄，那种"苍山如海，残阳如血"的革命英雄主义、乐观主义浪漫意境，让人叹赏击节；

在金沙江皎平渡口，由七只小船演绎的《一只破草鞋》的故事，至今仍在传唱；

在会理会议旧址，只有亲眼见过、走过那段雄奇险绝的横断山脉，才能真正理解毛泽东为什么要指挥红军走"弓背路"，为什么要在会上说林彪"你懂得什么？你不过是个娃娃！"

在汹涌咆哮的大渡河泸定桥上，我抚摸着那13根粗大的铁索，依然能感受到当年那股逼人的寒气，摇摇晃晃中22位勇士冒着弹雨在火光中飞夺的惊险激烈；

在松潘古城，我遥望北方茫茫无际的松潘草地，《金色的鱼钩》的故事便发生在那里，而更多的英雄故事，也许永远湮没在了那片漫漫泽国之中；

在天高云淡的六盘山上，毛泽东一句"不到长城非好汉"，让多少中国人平添了一股壮志豪情；

在陕北吴起镇（县）中央红军胜利纪念馆雕塑前，红旗猎猎之中，红星依然照耀着中国……

当然，历史和我都不会忘记红二、红六军团西进北上的足迹，不会忘记红四方面军数万将士在嘉陵江，在剑门关，在雪地冰原，在河西走廊倒下的身影，不会忘记红25军、陕北红军为长征的最后胜利付出的巨大牺牲。

有人问，红军长征为什么能够取得最后胜利？我的答案是：信仰、信念、意志、执着！

没错，平均年龄只有20来岁的红军战士，绝大多数来自劳苦大众，但是其中一部分，尤其是党和红军的领导层中，不少人是背叛了自己的地主、官僚、资本家和知识分子家庭，并历经清王朝覆灭到北洋军阀混战，从留日、旅欧特别是苏俄革命的成功和第一次国共合作的失败中深受启发，最后确信只有通过武装斗争夺取政权，建立共产党领导的社会主义新中国，才是拯救中华民族于危难，结束中国近百年屈辱历史的唯一正确道路。如果没有一个共同的信仰、信念，没有一种理想的支撑，工农红军不可能那样顽强地坚持下来,不可能用双脚跋涉十几个省,冲破各种艰难险阻保存下来,并在陕北进一步发展壮大。我们不要,也千万不能用今天的眼光,去看待80多年前那一场伟大的壮举!

带领红军长征的是一组巍巍群雕。我们在特别记住毛泽东、周恩来、朱德、张闻天、王稼祥、陈云、刘少奇、彭德怀、林彪、刘伯承、贺龙、徐向前、聂荣臻、叶剑英、任弼时、罗荣桓等等名字的同时,也不要忘了博古、李德、邓发、凯丰、陈昌浩甚至张国焘。因为没有错误就无所谓正确,没有黑暗就无所谓光明。正因为经历了无数的失败曲折,我们才说长征取得了最后的胜利。

2018年3月12日,我站在积雪尚未完全消融的宁夏德陇六盘山上时,遥望苍茫颠连的峰峦,默诵毛泽东《清平乐·六盘山》,感慨万千中,禁不住续貂一阕:山高路远,孰料天兵遣。泪洒红都别闽赣,遵义危澜力挽。 红旗掠过巅峰,豪情更入苍穹。从此直击陕北,倍加唤起工农!

六盘山东北三百里,便是小小的、著名的吴起镇。

2018年3月

让地图飞

这篇名，与电影《让子弹飞》没有丁点关系，更没有什么隐喻，只是忽然想到这个句式，借用一下。

除了历史地理研究者、地图收藏爱好者，我书橱中、书桌上、床底下的地图、地图册、地图集，如果加在一起，虽没细数，估计得有三百余种，基本上是几十年来外出旅行，或者逛书店时买回来的。

《现代汉语词典》对"地图"的释义是：说明地球表面的事物和现象分布情况的图，上面标着符号和文字，有时也着上颜色。这对之前数十年、数百年甚至数千年传统意义上的地图来说，无疑是对的。

难以用几段或一篇文字，去表述地图的形成和发展过程。况且，在今天智能手机时代，似乎没有太大必要替读者代劳搜索引擎的事情了。我这里只略记自己有关地图的"五个第一"。

我的第一本《中国地图册》，购于1974年年底或1975年年初。它有个红色封套，由地图出版社编制出版，1966年4月第1版，1973年5月第2版第2次印刷，定价1.45元。这本地图册有几处很有意思：首先是"文革"印记特深。比如"图例"，所有省、市、县均为"革命委员会驻地""人民公社驻地"。其次是中国政区的文字介绍，因第1版"文革"尚未开始，第2版时必须加上"无产阶级文化大革命取得胜利成果"等相关内容。

可能因为政治形势发展变化实在太快,刚刚排印出来的内容又得修改,于是便在原来的页面上,采取了粘贴的办法,用10行小字将原来的一段内容遮去,并且粘贴得十分精准,精准到一眼看不出来。而通篇特定时代的政治词汇,今天这一代学生读来,或许恍若隔世。再次,东三省尤其是黑龙江省,要比现在大得多,而内蒙古自治区则比现在小得多。1969年7月至1979年7月,因为国际国内政治、军事斗争形势需要,内蒙古自治区的大片辖区,曾经划归东三省和甘肃、宁夏。当时的内蒙古自治区,只有今天中间可怜的那一块。

第一张贴在墙上的中国地图和世界地图,是地图出版社1987年出版的全张地图。在我金华的卧室、书房中搬了两次家,挂了14年。上面标画着我每次外出到达的大中城市、县镇和飞行线路。可惜,2001年年底搬离金华赴杭州时,因为被胶带纸黏住揭不下来便没有揭,留下了一点遗憾和一段记忆。2001年开始,在新买的全张地图上重新标画。直至今天,整张地图已经画得满满。满满的愉快。

　　第一次买到公开出版发行的卫星遥感地图，竟然是 2003 年 9 月河北省承德市的。有点意外，有点新鲜。因为之前的卫星遥感地图，只在很少的专题地图中见过，作为公开出版发行的民用地图，十分罕见。千万不要用今天的眼光去看待 20 多年前的事，更不要用百度地图、高德地图、谷歌地图等去作比较，那时候谷歌、高德、百度还未出世。如果那样去看待比较，我们今天所做的一切也是很低级的，甚至相比 20 多年前更加低级，因为科技发展的加速度越来越大。这张为纪念避暑山庄建庄300 周年印制的卫星遥感地图，是我至今保存的所有地图中，具有特殊价值的一张。

　　第一多的是杭州地图。1984 年 8 月底赴杭求学，刚下城站火车站，几位已在杭大、浙江工学院读书的中学同学前来接站。而我做的第一件事，便是到报刊亭买一张杭州地图。20 世纪 80 年代的地图，几年都没什么明显变化，因为城市建设本身变化不大，农村更是。真正可以用"日新月异"来形容的，是进入 21 世纪之后，恰巧也是自己到杭州工作生活之后。2001 年开始，我几乎每年都要买一张最新版的杭州地图。杭州 20来年城市、乡村的发展变迁，在地图上留下了最为真实、清晰的足迹。有趣的是，如果将最新版的杭州地图，与《杭州历史地图集》中南宋时期的《京城图》相比较，杭州古城墙、城门之内及西湖，格局大体未变；而古城门之外，则已经完完全全两个世界！

　　平时翻阅最多的地图是《中国文物旅游图册》《中国史稿地图集》《中国现代史地图集》。很难说哪一本第一，如果一定要说第一，这三本并列第一。读历史类图书，要是结合查阅地图，文字会变得立体，历史的棱角会更分明，脉络会更清晰，理解和记忆也会更加深刻。每每翻开一本地图，都会从内心深深地感佩古今中外的历史地理学家，以及更多默默无闻的地图工作者，为我们形象地揭示了人类历史发展的规律和足迹。也惊叹科学技术的飞速发展，让人类文明以更快的速度奔向未来。

从两河流域发明楔形文字的苏美尔人，于公元前 27 世纪留下人类最原始的地图开始，古今中外的一代又一代人，为地图的日益客观、准确、全面、丰富，贡献了无数的聪明才智、心血和生命。

应当永远记住：甘肃天水放马滩的秦墓地图，西安碑林的《华夷图》《禹迹图》，长沙马王堆汉墓的丝缯古地图，托勒密的《地理学指南》，裴秀的《禹贡地域图》《地形方丈图》，税安礼的《历代地理指掌图》《舆地图》与《广舆图》，胡渭的《禹贡锥指》，墨卡托投影，奥尔特利乌斯的《地球一览》，郑和的《自宝船厂开船从龙江关出水直抵外国诸番图》，利玛窦的《坤舆万国全图》，杨守敬的《历代舆地图》……正是这些里程碑式的人物和杰作，让后人逐步从时间中认识了空间，从时空中明白了人类社会一步步从哪里来，怎么来。

然而，再杰出的前人也不可能想到，石头后面有陶瓷，陶瓷后面有丝缯，丝缯后面有纸，纸后面会有各种电子触屏。

甚至，我们自己 20 多年前也不可能想见，平面后面还有三维四维，卫星遥感后面还有光纤、无线互联网，静态比例尺后面还有实时动态 GPS、北斗导航系统，移动电话后面还有 5G 智能手机、大数据、云计算、物联网、移动穿戴、智能机器人……

今天的手机百度、高德、谷歌地图，无论你身处地球何处，只要用手指点触屏幕，全中国乃至全世界的各个角落，2D、3D 或者卫星地图就会即刻展现在你面前。只要你用手指向任何方向轻轻一划，甚至一不小心触碰，我们这个生活着 70 多亿人的地球图形，便会朝着相反的方向，以不可思议的速度飞行，飞行，飞行……

飞进你的梦，飞进我的梦，飞进人类的思维活动，也飞向太空，飞向宇宙……

2018 年 8 月

闲情偶记

七年前，我在一本诗文书法集的自序中，写了这么一段话："人活一世，除了柴米油盐，除了功名利禄，奔波劳顿、案牍劳形之余，有点闲情逸致，有点风花雪月，有点读书、绘画、书法、文学、音乐、摄影、戏剧、收藏、旅游乃至体育运动的爱好，生活会更多姿，生命会更富意义，精神家园的审美品位会更高，从而愈加明白人与蚂蚁、寿龟的本质区别。"

写时一气呵成，没特别在意，等书印出来细看，猛然发觉，这段文字中信笔所列，竟然全是自己数十年来的所喜所爱！尽管时间或有长短，却皆有真诚实在的付出，并有滋养身心、丰美生活、自得其乐的过程与收获。再细细回想，自己曾经的兴趣爱好，似乎还远不止这些。

本来么，雪泥鸿爪，春暖渐消。"事如春梦了无痕。"不想，近两年闲暇一多，旧情复发，偶有所忆，欣然记之。

读书

古人云：知书识礼，知书达理。这书，可以是"四书"的书，更可以泛指书本、知识、文化。礼，可以是"五经"中《礼记》的礼，更可以泛指礼节、礼貌、礼仪、礼数。而理，则是道理、情理、法理、哲理、真理、原理、公理等等。

知书，而后方能识礼、达理，虽然不是绝对的，但一般情况定然如此。有个成语叫蛮不讲理，为什么蛮横粗野不讲道理？因为没有文化，缺乏教养，不知理为何物，何以讲之？还有个成语叫无知无畏，为什么有些人无所敬畏，什么坏事蠢事都敢做？因为缺少文化知识，不明事理，容易冲动，做了坏事蠢事荒唐事而不自知，即便受到舆论谴责、法律制裁，也不知自责自悔自省。

比无知更不可救药的，则是对知识、对科学、对情理法的藐视。无知本身并不可怕，可怕的是把无知当个性，把无聊当有趣，把暴戾当豪气，并以自己的认知水准，去衡量他人和这个世界。正如柏拉图所言："不知道自己的无知，乃是双倍的无知。"

文明社会区别于之前人类社会的一个重要标志，便是教育，而教育的基础是读书。读书（现在当然已不限于纸质书），读好书，善读书，可以改变甚至决定一个人的一生。这并非说教，而是体会，是十二分具体的真理。

从小学语文第一课"毛主席万岁！"（典型的"文革"印记）开始，我究竟读了多少本书，当然记不得，也没必要去记。古人云：读万卷书，行万里路。万里谓之远，万卷则谓之多。

而且所读之书很庞杂。除了教科书，文学、艺术、历史、哲学、经济、政治、地理、国际关系，中国的、外国的，古代的、近现代的、当代的，如果按照《中国图书馆分类法》，22个大类中多有涉及，只是兴趣大小、多少不同罢了。当然人文社科类居多，长如四大名著、中国通史，短如五言七绝、俚语俳句。

不但读，而且也写也编。除了诗歌、游记、杂文、随笔、寓言，还有新闻报道、通讯、评论，还有关于读书的书与文章。

不但写和编，居然后来还管——管理一个市的出版物市场，管理一个文化大省、出版大省的图书出版。这是读书上学时做梦也不曾想到的事情。就像17岁时第一次向文学刊物投稿，被采用后得六元稿酬，到后来自己担任报社总编向作者签发稿酬，再后来又专事维护著作权人包括获酬权在内的合法权益，甚至还具体管理一个省的新闻报刊工作。这难道不是比做梦更有趣的人生经历么？

常有人问：读书到底有何用处？我的答案是：既有大用又有小用。大用就像一个人的精神，一个人光长血肉不长精神不行，光有血肉那是动物；小用如你大脑和手脚的延伸，直接或间接地帮助你解决学习、工作、生活中遇到的有形无形的具体问题。

然而学无止境。如果有人问我，读了50多年书，最大的感受是什么？那真的就是"越学习，越发现自己的无知"（笛卡尔语）。

再打个比喻：读书就如一个人从很深的井底往上爬，每读几本书，就等于向上爬了一小截，天空也大了一小圈。等你读过几百、几千本书，最后发现天空原来很大、无穷大的时候，祝贺你，你已经接近或爬上井沿。而不读书甚至厌恶读书的人，往往似井底之蛙，眼中的天空只是一个或大或小的圆点。这还不算读什么、怎么爬的问题。

自媒体时代，微信朋友圈转发的帖子中有不少关于读书的好文，仅看题目就值得收藏，比如《读书是精神的旅行，旅行是身体的阅读》《人生没有白读的书，每一本都算数》。类似的好文还有很多。

读书对于读书人来说，如同吃饭穿衣贯穿一生，贯穿一生的所思所为，贯穿一生喜欢爱好的一切。

或曰：读书的人与不读书的人，过的是不一样的人生。善哉斯言。

旅行·旅游

旅行和旅游是近义词。《现代汉语词典》对"旅游"的释义是"旅行游览"，对"旅行"的释义则是"为了办事或游览从一个地方去到另一个地方（多指路程较远的）"。

平生第一座有记忆的山是白露山，位于兰溪县城西北30里，为浙江省级风景名胜区。白露寺（慧教禅寺）素有"瀫西第一道场"之称。白露山脚，一条清澈见底的小溪，叫甘溪。不远，便是女埠区委、区公所驻地黄店。小时候，父亲常以"上白露山斫柴"，来形容当地农民生活的辛劳。而我听着看着，总觉得樵夫们在重山密林间挥刀担柴的样子，辛劳中带着几分萧散、悠闲、自得。

第一条大川自然是兰江。兰江为钱塘江南源干流，是浙江母亲河的重要一段。溪以兰名，邑以溪名。兰溪1300多年的历史文化，老百姓的日常生活，没有其他可以，离开兰江不行。兰溪人把兰江叫作"大溪"，言外之意是还有许多小溪。沿白露山麓蜿蜒汇入兰江的甘溪，便是其中之一。

去的第一个大城市是杭州，后来成了自己学习、工作、生活的第二故乡。那一年我才五岁，跟着祖母，从兰溪乘八九个小时的火车到杭州，住在拱宸桥西小河直街二叔的师傅家里。西湖、大运河、灵隐寺、动物园、虎跑、六和塔……一切都是那么新奇好玩。特别是坐在白堤上看国庆焰火，在花港观鱼牡丹亭前赏花，每天乘着电车在马路上左拐右弯，觉得杭州真大真好！记得有一天，二叔抱起我，从六和塔上向窗外望去，钱塘江大桥跨江而过，对岸是大片大片金色的农田。桥底下，碧绿的江水向远方浩浩荡荡地流去……二叔告诉我："这水，就是从我们兰溪流过来的！"

第一次出省旅行是从杭州到上海。1985年12月31日，也是平生第一次体验乘坐飞机的感觉，回来后写了篇《飞机上想"死"》。

有了第一次，便会有无数次，便一"走"而不可收拾。等到收拾停当，便有了现在这本小书。可能还会再有。

那么，自己最初的旅行动因来自哪里呢？

有人说，喜欢旅行与人的天性有关，与现代人内心不愿被格式化的生活所束缚，向往、追求身体和精神的自由有关。有一定道理，但似乎还不够。就我自己而言，如果进一步追问向往、兴趣从何而来？仔细回想，除了受烟标图案的诱惑之外，最初应该还是和几本书有关。

一本是小学三四年级时，从兰溪南门外回龙桥废品仓库淘来的旧课本，"文革"前的中学《地理》。里头除了介绍中国的山川地貌外，还有不少手绘插图。其中有一幅是，广阔的华北平原上，一望无际的麦田，白云像毯子一样铺到天边。几排农民在弯腰劳动，有男人有女性，边上还有拖拉机、高高的电线和电线杆。对于从小生活在江南水乡丘陵的我，没有见过那种一马平川、一眼望尽地平线的景象，有点震撼，也有点向往。其他还有北京天安门广场、万里长城、东北大兴安岭、内蒙古草原、大庆油田、布达拉宫、都江堰、长江三峡、南京长江大桥、新安江水电站、舟山群岛渔场……面对如此之多的美景，心底不由得划过一个念头：如果能够亲眼去看一看，该有多好！

再是一本连环画《格列佛游记》，彩色的，有点破损，搁在外祖父床后的箱子上，不晓得是从哪里来的。当时我不知道这神奇的故事是真是假，不知道外面的世界究竟是啥样子，更不可能知道故事蕴含的思想意义，只是一遍又一遍地边看边想：真的有小人国、大人国吗？有的话在哪里呢？长大了能不能也去看一看？……

还有几本"文革"后期出版的通俗读物，书名忘了，但大都图文并茂，都有毛主席语录。这时我已经小学毕业，书的内容能够看懂，但许多地名和地理位置却不清楚，于是用积攒下来的零花钱，去新华书店买了平生第一本《中国地图册》，对照着查找地名、地理位置。后来看《中国通史》《三国演义》《水浒传》《杨家将演义》《说岳全传》《徐霞客游记》《老残游记》等等历史、文学书籍时，逐渐养成了对照地图阅读的习惯。

知道了在哪里，想去亲眼看一看的欲望便一年比一年强烈——

看一看风景名胜是否真的特别赏心悦目？

看一看几千年中华文明留下些怎样的无价之宝？

看一看实景实境是否跟书上说的一样？

看一看古人所见所思与自己有什么相同和不同？

看一看天南海北的山川风物究竟何等多姿？

看一看大千世界还有哪些未知的精彩等待自己去探寻？

看一看旅途中有多少浪漫的故事等待自己去邂逅？

看一看地球上不同肤色的人类的生活场景，各是什么模样？

……

如果，如果这一切都没能如愿，我是不是有点愧对这个绚丽的世界，有点辜负此生？

有时甚至会闭上眼睛自问：旅行，难道真是自己与生俱来的心愿、梦想？上天给我一张单程票，让我到人世间走一趟，还没行遍看够，就回天上去了？

应该说，我在20世纪80年代以前的旅行，主要还是一种漫游、随行。尽管从1982年国务院公布第一批国家重点风景名胜区（2007年起改称国家级风景名胜区）和第一批国家历史文化名城起，我就一直关注。但真正把旅行作为一项重要人生内容进行规划，则是从90年代初开始的事情。

谈不上什么抱负，也不算什么信仰，只是一件将少年时代萌生的愿望付诸行动的快事、乐事，一种在"云鹤游天"的感觉中探寻生命意义的方式。当我将此心愿、梦想告诉身边几位挚友时，得到了一致的理解和鼓励。因而每每工作累了，倦了，颈椎压迫脑涨了，一想到接下来又要踏访哪几处山川名胜，然后打开地图，一股奇妙的精气神，便会从心底油然而生，仿佛此刻的我，才是真正意义上的自己……

数十年来，一直指引并陪伴着我的旅途的，是两本自己至今认为内容和编校质量堪称一流的图书：一本是1989年4月上海文化艺术出版社出版的《你想到此一游吗？——中国102个著名景点》，一本是2003年6月文物出版社出版的《中国文物旅游图册》。即便放在今天堆积如山的旅游读物当中，这两本书，依旧显得十分出色。

现在，当我用几十年时间，将中国境内几乎所有的世界自然与文化遗产、国家级历史文化名城、前四批国家级风景名胜区的大部分，以及自己内心向往的国内外其他一些去处基本走完之后，特别想说的几句话是——

第一句话：人的一生，当有自己的心愿、梦想，但凡心愿、梦想，大都会有缘由。

第二句话：只要坚持，心愿、梦想大都有可能实现，所谓困难大都是借口。

第三句话：即使心愿、梦想没能最后实现，只要经历并享受了倾心、追梦的过程，便未辜负此生，去而无憾。

何况，我的梦想大抵已经实现。

这似乎应着了时下流行的一句话："梦想还是要有的，万一实现了呢？"

文学，心灵之笛

文学爱好者有一些共通之处：喜欢读书，敏于观察，善于思考，爱好交游，钟情自然，享受独处，欣赏美并且用文字创造和分享美。

尤其喜欢诗歌与散文杂感。上小学时，同学有一本20世纪50年代东海文艺出版社出版的繁体直排本《唐诗三百首》，是我平生第一本古体诗词启蒙书，一看便爱不释手。同学见我如此喜欢，便干脆送给了我，我也珍藏至今。后来读《水浒传》，又手抄了两本当中喜欢的诗词。再加上风靡一时的毛主席诗词，那种气象、格调、内涵，让人深深倾倒、折服。于是，1978年3月开始，我便摹仿旧体诗词的格律情调，做起了诗词模样的分行文字。

后来又读了不少新诗，尤其是新文化运动中"湖畔诗社"几位诗人和郭沫若、刘半农、徐志摩、戴望舒、艾青、冯至、卞之琳、何其芳等等现代诗人的作品，还有"文革"后一批被称作"朦胧诗派"诗人的优秀作品。外国的则是歌德、海涅、雪莱、拜伦、惠特曼、普希金、莱蒙托夫等的作品。渐渐地，发觉新诗的表达形式更加自由，更适合情感的抒发。

于是，1980年开始又写起了新诗。很幸运，平生第一次向当时的《金华文艺》季刊投稿，热心的编辑、诗人徐家麟（后来我们相识并成了朋友），便从重重叠叠的来稿中选用了我的处女作《夜来香》——一首反思"文革"造神运动的短诗，发表在当年第四期上，并给我写了一封龙飞凤舞的鼓励信，寄来六元稿费。这一年我刚满17岁。稿费和几位诗友下馆子撮掉了，但我由此更深地爱上了诗歌。之后又在全国各地报刊上发表了一些作品，并被圈内圈外一些人归入"朦胧诗"之列。其实，我离朦胧诗派还远，尽管北岛、顾城、舒婷们的诗，在我眼里并不觉得朦胧。我读的最多的是艾青的诗和诗论。若论影响，受艾青的影响可能更多一点。

1982年2月，兰溪历史上第一个新诗社团——大堰河诗社成立，我被推举为社长，并开始编印社刊《大堰河》。

1983年8月，省文联《东海》文学月刊推出一年一度的"新人新作"，自己有幸忝列其中，诗人张德强还作了点评。

后来，1984年8月，我离开家乡赴杭州继续求学去了。

再后来，又陆续在报刊上发表了一些诗歌、散文作品，然后毕业分配到金华，开始了人生新的旅程。

1992年10月，正式出版了第一本诗集《初春的口哨》，诗人、报告文学作家洪加祥还专门写了一篇评论。之后的之后，新诗虽然写得少了，但写诗成了我生活的一部分。诗歌是美的化身，写诗，就是将融化在心灵中的情感、思想，用富有韵律的分行文字吹奏出来。

20世纪80年代中期开始，因为陆续游览了一些风景名胜古迹，也为了寄托、记录、纪念，我开始发表一些杂文式的游记和游记式的杂文，1997年4月结集为《鸟瞰神州》出版。有几篇还被《杂文报》等转载，收进由魏桥、柳琪主编的《浙江杂文选集》（1987—1992）中去了。1989年12月，金华市杂文学会成立，我任副会长兼秘书长。1991年加入省杂文学会，1998年又加入省作家协会。2003年省作协成立作家权益保障委员会，盖因对版权问题略有所专，便一直兼任委员、副主任、主任之职至今。这是后话。

至于旧体诗词，因为小学时代开始的那份热爱依然还在，而且中国古典诗词那种精练、韵味和意境，有一种让你爱过便放不下的感觉，所以，不时仍会写点，多为"旅途杂咏"之类，偶尔公之于众。后来与诗词联赋界的朋友——酸腐味、名利心重的除外——在一起，似乎又多了一种怡情遣兴的方式。当然，大家都有自知之明，汉赋唐诗宋词元曲，后人已经不可能超越。个人以为，今人赋诗填词，能够达到唐诗宋词的中等水平，就算一代大家了。应当明白，今天作为诗词联赋爱好者的学习和创作，一是传承、交流优秀传统文化，二是进一步丰富自己的精神家园。仅此而已。

少儿时代，对作家、诗人之谓敬慕有加，后来与诗人、作家们在一起切磋交流，发现凡是文学创作上卓有成就者，大都比较谦逊。也许大家知道，山外有山，天外有天，参照系不同，不会轻易晃荡，也不敢晃荡。

将自己定位为一介文学爱好者，从文学青年到文学中年，再到文学老年。把一切虚名、头衔彻底看淡，做一个终生的文学"票友"。没有什么不同凡响的作品，也没有什么名利的牵挂，除了喜欢，还是喜欢，多好。

书法：中式休闲

　　书法是中华文化特有的艺术门类。从最早的"博采众美，合而为字"，从先秦时期的甲骨文、金文、石鼓文，到秦汉的篆、隶，再到草、行、楷的出现和演变，经过近三千年的传承、创新、发展，汉字独特的书写艺术，已经成为华夏民族，同时也是全人类的宝贵文化遗产。

　　书法是汉字书写的艺术，但书写却不一定是书法。书写要成为艺术，得具备两个条件：一是审美价值，二是讲究法度。每一种书体，都有各自的美和意趣，不然无法传承至今。爱好书法的人，也大都有自己的审美偏好，并为之倾心倾力。

　　比如我，始临柳公权《玄秘塔碑》，后习二王真行草诸帖，偶摹汉碑款识。经年累月，最后发觉最适合自己表达的书体还是行草书。这与自己1977年购买的第一本法帖——张旭《古诗四帖》会不会有一点关系？

　　书法是一门艺术，于我而言，则主要是修心养性。书法讲技，需要娴熟的技法，却又远不止于技。书法最终讲的其实是道——书写者学养、气质、性情、状态的自然表露与呈现。

　　与其他书体相比，个人觉得，行草书是最能表现汉字线条艺术之美，表达书写者心性，体现笔墨意趣的一种书体。如果撇开汉字书写的演化过程，单从个人的偏爱、审美角度排个次序，应该是大草、小草、行书、大篆、隶书、小篆、楷书。

大草者，狂草也。能写一手上佳草书，乃历代许许多多书家毕生的追求，但最终能够达到者，不多。狂草之难，在于性情与法度的高度协调统一。有性无法，如鬼画符；法严性不至，徒有其形而缺神韵、态势、张力、气度、个性，亦不足细赏。故而，书法史上真正一流的大草大家，少之又少。

小草比之大草，主要在于内敛、淡定、沉稳。内敛而又灵动，淡定而又流畅，沉稳而又富于变化。要将一系列看似矛盾的东西融为一体，没有对法度、线条、用笔、情态等高超的驾驭控制能力，绝对不行。

行书则如行云流水，无拘无束中又要自成面目、风格、神采，殊为不易。行书人人会写，但千百年来能近《兰亭序》《祭侄文稿》《黄州诗帖》者又有几何？

行草书介于行书、草书之间，兼取行书、草书之长，自由随性。

大篆之美在于拙朴，浑然天成。写大篆当入石鼓文，入然后能出，或许是研习大篆并学有所成的不二法门。

隶书容易学死，魏碑更加。凡学隶自成一家者，往往掺入其他书体的笔法笔意。隶书者，篆之捷也。后人学隶，所以罕见大观者，就是隶书（包括魏碑）本身留给学习者创造发挥的空间相对较小。隶书的规范与呆板只隔着一层纸。

行楷是让楷法的规范点画自由"行动"起来。

楷书和小篆如同后来的印刷体，需要功力工夫，书法审美价值却相对不高。现在见到的《说文解字》，主要用的便是楷书和小篆，古文、籀文已经不是原来的形状。作为字典，它的主要功能就是分析字形、说解字义、辨识声读。进入智能机器人书写时代，最有可能先被"取代"的，就是楷书和小篆两种书体。这么说并不是贬低楷书、小篆，恰恰相反，这两种书体，是历来每位书家都要学，也应当下功夫去研习的，就像建房子必须先画图、打基础，但图纸、基础本身不是艺术建筑。

唐代以后，还有仅靠楷书、小篆成为书法大家的么？没有。即便像欧阳询、颜真卿、柳公权这样的伟大"楷模"，他们的成就绝不仅限于楷书。

元代赵孟𫖯更不限于赵体楷书，其篆、籀、分、隶、真、行、草，无不精绝。何况，赵孟𫖯的楷书历来被很多人视作行楷。如果将《道德经》《胆巴碑》《重修玄妙观三门碑记》《秋兴赋》《洛神赋》《归去来辞》等放在一起细赏，你难以分清其楷书、行楷、行书的界限在哪，只会感觉到行笔速度、节奏在一点点加快，像音乐，从恬静、徐缓到悠扬、轻快、飘逸；又像一幅画卷，从静穆、安恬到妍捷、华滋、清远……

但，即便像赵孟𫖯这样诸体兼擅的大家，如果将其行书、草书、隶书、篆书单列出来比较，历史上不少书家的成就并不在其之下。毕竟，任何一个人的时间、精力都是有限的。在书法领域，今人的首要使命不是什么超越、创新，而是学习、传承，在学习传承中体悟、弘扬汉字艺术之美，探寻中华文明几千年延绵不绝、精魂永续的真谛。

抄书——抄自己喜爱的历代经典名篇——实在是一种很不错的方式。一边抄，一边体味、领悟书文之要，或楷或行或草，心手两畅，全无拘束。长则万千言，如《陶渊明集》《书谱》《茶经》《老子》；短则数行数十行，如绝句小令散曲。偶尔也抄录一些自己的诗词习作，甚至还一度尝试用横的竖的书法形式抄写《现代抒情短诗一百首》。几十年下来，俨然成了习惯。

每得闲暇，铺开宣纸，摘一管兼毫，注些许浓墨于砚台，一边赏玩研习，一边品茗寻味。窗外清风徐来，蛙鼓虫鸣鸟啾，如闻韶乐，如临仙山，何等悠乐自在！书法之于我，与其说写字，真不如说是怡养性情的中式休闲。

当然，每每自己的书作被收藏，被点评，被装裱张挂，被展示于厅堂雅室，一种小小的愉悦感、成就感也会油然而生，尽管并不持久。

"废画三千"

确切地说是中国画，不是西洋画。再确切地说，是写意为主的花鸟虫石、梅兰竹荷居多，外加一点点山水。

起初是利用习字之余墨，对着《芥子园画谱》作临摹状，边临边弃。稍后，倾心于竹风荷韵。苏东坡《枯木怪石图》，徐渭《葡萄图》，石涛《竹石梅兰图》，八大山人《荷花水鸟图》《芙蓉芦雁图》《河上花图》，赵孟頫、文同、郑板桥《竹石图》，等等，临了五年又八年，十遍又廿遍，时常临着临着便搁下笔去，总觉难得个中三昧。中国写意文人画那种不可言传、只可意会的境界，确实不像其他绘画一样容易临摹学习。你或许可以学到一点点笔墨技巧，但永远无法复制那种率性、简逸背后的神韵、意趣、精妙。

诗书画印，在一张纸上相谐成趣，这种境界本身就是中国传统文化的精髓之一。没有一定的修养，再讲，也体味不了。

陈师曾说："文人画有四个要素：人品、学问、才情和思想，具此四者，乃能完善。"既是如此，想想自己笔墨难及便很自然。然而，工作、旅行、读书、写作之余偶弄丹青，也是一种身心调节和美的享受，并能让自己提升对美的感知力、理解力。这也许正是很多像我一样的爱好者始终不弃的原因。

有一年搬家整理旧物，偶然翻到一叠20上世纪80年代初自己临摹的钢笔画，还有一位朋友——后来的中国美术学院教授、画家蒋跃1982年10月在一次笔会上给我画的一幅肖像素描，心中不免一阵感慨：画是人非，唯有美与真爱永恒！

不是特别欣赏工笔画，总觉得缺点什么。越是惟妙惟肖，越是一览无余。照相术没有发明之前，工笔尚见功夫，而当摄影艺术发展到今天，工笔画看上去只剩下了工夫。这似乎有点像书法中的楷书、小篆遇上印刷术、计算机软件、智能机器人一样。

格外欣赏林风眠和陈逸飞。能够真正融汇东西方艺术并独树一帜的画家，不是太多，这两位堪称一代大家。寓所墙上挂着两位的《秋林》《芦荡飞鹜》《故乡的回忆》《浔阳遗韵》复制品，每每读之，如闻配乐诗朗诵，器乐是西方的，韵味则是中国地道。

还有两幅油画。一幅是萨符拉索夫的《白嘴鸦归巢》(又名《白嘴鸦飞来了》)。那样的画面和意境，不论平日推门回家，还是旅行在外，看见想见，家和大自然的温情便让人心生欢爱。另外一幅，至今不知名称和作者，只是因为喜欢，便从画廊扛了回来。古今中外的文学艺术作品，从来不乏优秀的佚名之作。

生活在历史文化名城杭州是幸福的，公立私立美术馆、艺术馆、画廊、书画院社众多，展事、雅集活动四季不断。只要你起个意，便能欣赏到各种书画艺术展览，而且说不准，看着看着，就会撞见哪位久违的同好。

李可染先生有一方印章,上刻四字:废画三千。一代写意大师尚且如此谦逊,作为一个仰望者,才涂抹了几百张废纸,恐怕给大师研墨打扇都不够格。这辈子都不够格。

胶卷时代的摄影

小时候摄影叫照相。20世纪60年代以前,个人玩照相机是件奢侈的事,因为你辛辛苦苦一个月那点工资,咔嚓几下就差不多了。70年代似乎好了点,但一般爱好者,也只能拍些120黑白相片。因为不是专业人员,光是购买相机、胶卷和冲洗器材、耗材,也不是笔小钱。相机真正走进寻常百姓之家,是80年代开始的事情。

70年代中期,有位姓金的老乡在浙江图书馆古籍部工作,算得上是位资深摄影发烧友。我平生第一次用食指按快门的感觉,便来自他那台从上往下看的双反相机,至于是上海产的海鸥4A、4B,还是德国徕卡什么的,忘了。

后来又玩过一架折叠式海鸥牌120相机。但是,自己真正拥有的第一台相机,则是1988年4月花了578元买的配上闪光灯的海鸥DF-1单反相机。这几乎是当时自己近一年的工资和奖金!

有了自己的单反相机,就不满足于已有的那点摄影技巧了。

于是,又从新华书店买来一摞摄影专业图书,从西方摄影的起源,一个个流派、一幅幅艺术佳作开始,琢磨研究起来。似乎有了点心得,然后梳理出二三十幅最有代表性的作品,准备写些短文,在《金华日报》上开个"瞬间赏析"专栏。刚写了没两篇,报社编辑便跟我商量说,还是开个"青年书简"专栏吧,以通信的形式,与青年朋友们谈谈理想、信念、人生什么的,更有现实意义,也更合时宜。于是便搁下摄影作品赏析,写了好多篇类似今天谈"三观"的短文,几个笔名变换着用,其实就我一人。

标准镜头的海鸥 DF-1 相机用了没多久，又换了一架摄美（又译作"适马"）配 35~135mm 广角镜头的日本进口单反相机。这两台相机，陪伴我天南海北走过了整整两年时光。那两年，有多篇游记发表时所用的题头照，都出自这两架相机。

不管信与不信，一台相机用久了，不但会产生使用习惯，而且会产生感情，让人难以忘怀。

2017 年 8 月 30 日，我旅行路过广东湛江，晚上躺在床上，在微信朋友圈"这一刻的想法"中写了这么两段话——

"忽然想起一件旧事：1989 年年底，我的第二只单反相机西玛（又译作摄美）服役一年后打算更新，于是在《摄影报》上免费登了几行（哈哈免费）转让信息。数日之后，湛江某农垦场一摄影爱好者来信表示想买，但希望我先把相机寄给他，东西完好再付钱。我回信表示可以，然后专门让人做了只小木盒，相机装进去后四周再填满一圈塑料泡沫，从金华后街邮局直寄湛江。十多天后，一张 1500 元的汇款单便飞到了我办公桌上，旁边还有一段加了三个感叹号的留言！

"一晃 28 年过去了，那位素昧平生的摄友，不知如今可好？那只日本原装的古董相机是否健在？还有，20 世纪 80 年代人与人之间的那份诚信，何时能够复归？"

1990 年 4 月，我又换了架美能达 300 单反相机，配上 28~300mm 变焦镜头。1991 年初又原价卖掉，用上了美能达 700……

2000 年 6 月，从西藏采风回来后，几位新闻界同行在《金华日报》上连发了一组通讯，并选登了一个整版的摄影作品。2001 年春天，一帮摄友去金华南山，搞了最后一次梯田主题创作活动，然后整理、筛选了一二十幅新老作品，冲洗放大后装上镜框，留给金华的朋友作为纪念。

之后离开金华来到杭州。

之后告别烧钱的胶卷时代，进入数码时代。

之后又进入了智能手机时代、自媒体融媒体时代。

2019 年 4 月，华为手机的 P30 Por 4000 万像素徕卡四摄镜头，其拍摄效果在强大的软件支持下，已经媲美甚至超过了从前的进口单反相机。

摄影是一门门槛很低、台阶很高，且偶然性较大的艺术。罗丹说："美是到处都有的，对于我们的眼睛，不是缺少美，而是缺少发现。"

玩摄影，玩的是眼力，又不止是眼力。要是能以过人的眼力，将自然界和生活中稍纵即逝的美的瞬间捕捉下来，并在角度、构图、光影上处理得恰到好处、别具一格，便算入了门。在此基础上，还能够进一步表达出自己的思想、情感，才算真正玩到了家。

古泉收藏

古泉，古钱币也。

在中国，收藏是件非常古老的事情，尤其是古董字画。收藏作为一项大众精神文化活动又很年轻，20 世纪 80 年代才逐渐兴起。而收藏作为一种投资理财的方式、途径，则始于 90 年代。这是我作为一个曾经的收藏爱好者的基本感觉。当然，这里没算邮票、烟标、火花、票券、徽章等等"杂项"的收藏。

我对收藏的兴趣,确切地说是对古钱币收藏的兴趣,始于20世纪70年代后期,终于90年代中期。

1977年农历正月外祖父走后,父母让我整理遗物。其实遗物十分有限,主要就是一些中医古籍和几本蒙学读物。然而也有点小意外,外祖父一只柜子的抽屉底下,零零散散放着三四十枚铜钱,虽然都是不值钱的康熙通宝、乾隆通宝,却也因此令我对古钱币收藏产生了兴趣。此后的十多年时间里,不论走到哪里,只要有一点古钱币的线索,都要想方设法去看一看,喜欢的就掏钱买下几枚。

那时候的收藏,纯属一种兴趣爱好。玩的人很少,不太谈价识价,即便谈,价也不高。事有凑巧,一位要好的中学同班同学,毕业后去了县废旧物品回收公司工作,而且就在兰溪南门三益堂做仓管员。于是每过一阵子,就去仓库的废铜烂铁堆中翻拣一番。每次都有收获,但每次都不会拣太多,毕竟觉得这是公家的东西。

日积月累,几年下来有点模样了,于是便开始琢磨钻研起古钱币来。从《中国古代货币史》《钱币漫话》,到《中国古钱谱》等等各种古钱图鉴。慢慢地,对于古钱币的形制、工艺、文字、锈色及其演变过程,都积累了一定眼光和经验。

20世纪80年代初,百废俱兴,中国钱币学会1982年6月正式成立,著名的金华武义籍经济学家千家驹当选首届副理事长兼《中国钱币》主编。1983年创刊的《中国钱币》,我自然成为第一批忠实的订阅者。

光阴荏苒,转眼到了90年代。1993年6月,我任总编的《信息参考报》全国公开发行。作为经济信息类报纸,我觉得收藏是一个富矿,无论对于报社还是读者。于是,经过一段时间的酝酿准备,1995年4月,以中国经济文化研究院收藏信息交流中心的名义,正式推出了"报中刊"——收藏信息专刊,每周一期。发刊词么,当然由我这个"资深"收藏爱好者自己操刀。这是《信息参考报》创办前期比较成功的版面、栏目之一,受到了当时众多收藏爱好者的欢迎和鼓励。直到今天,仍有一些孜孜不倦的收藏爱好者提起当年这个专刊,话语间流露出怀念之情。

1996年年底,一位藏友看中我手头若干藏品,再三想要。我呢,一则实在时间精力有限,玩不过来;二则眼见市面赝品越来越多,无心恋战,便一次性转让于他。虽然总价直抵当时一套七八十平方米的房改房,但毕竟,自己近二十年的搜罗所获,一日忽易其主,怅然若失之感仍然持续了很久……

今天,当我偶尔从书架上抽出一本二三十年前出版的古泉收藏图书翻阅,或者赏玩自己留作纪念的古钱币时,许许多多关于收藏的旧事、趣事、八卦事,依旧会一一浮现脑海。

很多年没有关注古泉收藏信息了。原先那些个藏友,现在都还好么?是不是因为共同的爱好还时常聚首切磋?还有,那数十枚战国刀币、蚁鼻钱、剪轮五铢、宋元通宝和几枚争论过N次的压胜钱,如今又在谁的手头了呢?

音乐,思维着的声音

人类有没有"世界语"?有,音乐和绘画。

音乐是有节奏、旋律或和声的人声或乐器音响等配合所构成的一种艺术。《现代汉语词典》对音乐的释义:用有组织的乐音来表达人们思想感情、反映现实生活的一种艺术。民间口语表述更加简单明了:吹拉弹唱。

音乐起源于劳动与爱。随着思维和语言发展,并受天籁之声启发影响,由简单逐步变得丰富多彩。今天,在所有艺术门类中,最为大俗大雅、最为抽象又具体的大概就是音乐,因为每个人对音乐的理解、感受不尽相同。有人喜欢听歌唱歌,有人喜欢古筝提琴,更多的人喜欢声乐加上器乐。

音乐的特性近乎神奇:轻柔让人如沐春风,激亢让人心潮澎湃,悠远让人发思古之幽情,清越让人抚去心头之郁结,深沉让人开启对宇宙天地和生命意义无尽地叩问、思索……

我对音乐的喜爱,好像并非来自小学音乐课,而是来自大自然,来自风声雨声、鸟语虫鸣、涧流溪唱。

摆弄过口琴、笛子、同鼓、七弦琴,一样也没弄成,末了只剩下口哨。于是干脆录了一盒磁带,自娱自乐。1992年出版了第一本诗集,书名就叫《初春的口哨》(之前用得最多的笔名就是"哨杰")。素昧平生的封面设计者,还真画了个吹口哨的少年。寥寥数笔,很写意,挺有意思。

现在城市里不少小孩,无论有没有兴趣,都会被家长送去各种各样的乐器班学习。假如目的不是将来成为音乐人,而是增加音乐细胞,提高孩子对美的感受和理解力,即便跟风,也不是件坏事。《流年的飞沫》作者鲍里斯•维昂说过:"生活中只有两件事,即爱情与音乐。其余一切都应该消失,因为余下的都是丑陋的。"这么绝对的话,说得绝对有意思。

音乐与文学如孪生兄弟，最早，大概都是鲁迅先生说的"杭育杭育"派。中国古代第一部诗歌总集《诗经》，每一首都用来配乐吟唱，"诗""歌"一体。之后的两汉乐府到唐诗宋词元曲（散曲），更是将诗与歌的完美结合推向了极致。

数十年来，断断续续写过些歌词，也可以视之为诗。与古代一样，新诗与歌词之间更无分明的界限。吟诵时是诗，谱上曲就是歌词。

著名诗人艾青的《小泽征尔》，则倒过来将音乐指挥诗化了——

把众多的声音
调动起来，
听从你的命令
投入战争；

把所有的乐器
组织起来，
象千军万马
向统一的目标行进……

你的耳朵在侦察，
你的眼睛在倾听，
你的指挥棒上
跳动着你的神经：

或是月夜的行军，
听到得得的马蹄声；

或是低下头去，

听得情人絮语黄昏；

突然如暴雨骤至，

雷霆万钧，

你腾空而起

从毛发也听到怒吼的声音。

你有指挥战役的魄力，

你是音乐阵地的将军！

紧接最后一个休止符，

刮起了经久不息的掌声……

这已不止是诗，而是在用分行的文字画画。

雨果说："音乐是思维着的声音。"很喜欢这句话，曾将这句法国文豪的名言，书赠几位搞音乐的朋友。

但内心深处依然钟爱七弦古琴。关注了好多个古琴微信公众号，早晨醒来或闲暇之时，点开听上一曲，心情随之悠然。如果有朝一日再弄乐器，依旧是它。甚至某年月日，当我像世上所有来者往者一样，悄然告别这个世界的时候，播放的是《高山流水》《梅花三弄》。

戏曲的味道

不是京剧、昆剧、婺剧，而是越剧，尤其是徐玉兰、王文娟主演的《红楼梦》。

京剧号称国粹，票友主要在北京，老

北京。"文革"的畸形产物——革命现代京剧样板戏，曾经风靡一时，深深影响了两三代中国人。这在新世纪出生的一代人看来，实在难以想象。

婺剧是家乡戏，在国内也算得上知名剧种。样板戏流行之时，地方大小剧种都跟着排演，金华戏的腔调从小熟悉而且亲切。20世纪八九十年代，因为工作关系，浙江婺剧团的当家名角我大都熟识，代表性剧目也都欣赏过多次。

追溯起来，金华兰溪还是清代大戏剧家李渔的故乡，然而他当年在金陵自建的戏班唱的是昆曲。李笠翁的才情才干，几百年来能及者寥寥，甚或于无。《李笠翁十种曲》《闲情偶寄》等，是中国乃至世界戏剧史上具有里程碑意义的杰作。许多人喻之为"东方的莎士比亚"，有人喜欢将他和西方戏剧理论家狄德罗相比，我却不以为然。莎士比亚是莎士比亚，狄德罗是狄德罗，而李渔就是李渔！李渔不仅是一流的诗、词、曲、赋高手，也是一流的美学家、出版家。李渔还是园林庭院设计高手。除了他自己的伊山别业（伊园）、武林小筑、芥子园、层园，还有更多为他人设计的亭、台、楼、阁、轩、榭、廊、庑……无关奢华，只关乎艺术、生活、情趣。

曾向几位李渔研究者、戏剧行家请教过一个让我困惑良久的问题：三百多年前，李渔带着李氏家班到大江南北演戏，那唱腔、念白，观众听得懂吗？即便是达官贵人、文人雅士，就一定能够明白？那时可没有灯光、幻灯、麦克风、音箱之类啊！至今没人给出十分满意的答案。

还是回到越剧电影《红楼梦》吧。

"四人帮"倒台之前，这部1962年拍成的电影，跟其他许多优秀影片一样被禁止公开放映。但私底下，主要是"文革"前录制发行的唱片，仍然偷偷地在民间传播。有位县无线电厂的熟人，1976年夏天曾悄悄带来家中放了数日。

我一下子便被深深吸引了。徐玉兰、王文娟等的唱腔甚至念白，每一句都是那么优美动听、深情含蓄。还有林黛玉弹奏的那首玉洁冰清、高雅脱俗、几度循环的古琴曲，后来知道是名曲《梅花三弄》。"花谢花飞飞满天，红消香断有谁怜"，"质本洁来还洁去，不教污淖陷渠沟"，"万般恩情从此绝，只落得，一弯冷月照诗魂"。令人哀惜、伤感，继而起敬。越剧《红楼梦》能够红遍大上海、香港甚至全中国，真不是偶然。

1978年越剧电影《红楼梦》重新公映，兰溪县城官桥十字路口的广告牌上，贴起大幅彩色海报，票价二角——这在当时并不便宜。我接连看了三四遍，同时借来《红楼梦》原著，半懂不懂地从头到尾看完了第一遍。

一位爱好音乐的邻居，当时在兰溪钢铁厂工作，曾以厂团组织的名义，用蜡纸翻刻油印过几套歌曲，除了越剧《红楼梦》，另有刚刚解禁的电影《刘三姐》等。

还不过瘾，又去新华书店买了本徐进编剧的《红楼梦》唱本，64开本，红色封面，定价一角三分。对照唱本，又看了几遍电影，终于将整本电影的唱词、念白全部背了下来！我感觉自己真的爱上了《红楼梦》，爱上了越剧，爱上了徐玉兰、王文娟。

这是一个青春少年终生难忘的隽妙之忆。

尽管，上小学时几个样板戏也大都会唱，而且还"粉墨登场"演唱过《沙家浜》《智取威虎山》选段，但那只是真唱，不是真爱。

之后又看了越剧《梁山伯与祝英台》《碧玉簪》《追鱼》《柳毅传书》《祥林嫂》《孟丽君》《五女拜寿》等等，领略了袁雪芬、尹桂芳、范瑞娟、傅全香、竺水招、张桂凤、戚雅仙、金彩风、吕瑞英等老一辈越剧名家的风采。虽然都很不错，但相比《红楼梦》，总觉略欠一点。不是因为其他，而是因为内容。于是更加钦佩编剧徐进，能将这么一部世界级的长篇名著，改编浓缩成一本薄薄的小册子而不失其精华！

后来买了录放机和《红楼梦》磁带，闲暇之时，听一段"黛玉进府""葬花""焚稿""金玉良缘"，或者"哭灵"，也是一种享受。

再后来有了卡拉 OK，朋友相聚，兴致来时，还会点上几首越剧《红楼梦》选段，重温一下当年的味道。

后来的后来，我去北京，曾四度造访西山正白旗村"曹雪芹纪念馆"。当中，既有对原著作者曹公曹雪芹的敬意，也有对经典越剧电影《红楼梦》的爱意。

2017 年 4 月 19 日夜，忽闻"贾宝玉"徐玉兰仙逝。次日一早，怅然中作一小诗《悼徐玉兰先生》以寄哀思："凉篷一夜雨敲窗，玉瓣凋零断寸肠。犹忆老屋哼越调，从今独自捧《西厢》。"痴迷、沉醉于越剧电影《红楼梦》的那几年，我们家住在老屋——一幢建于清末的老房子，老底子是兰溪县钱业公所。

幸好"林黛玉"王文娟尚在。那一代越剧表演艺术家，健在的已经不多。我想，如果哪一天她们都走了，我的那份越剧情结还会在吗？不知道。

吃茶

喝茶，也叫吃茶，嗜茶善饮者曰"品茗"。

谚云：开门七件事，柴米油盐酱醋茶。对于寻常百姓而言，这些都是生活必需品、凡俗之物。却又很雅：琴棋书画诗酒茶。大俗大雅兼而得之者，唯有茶。

在博大精深的中国饮食文化中，酒与茶如一对孪生兄弟，只是一个偏向感性，一个偏向理性。"茶余饭后"亦作"茶余酒后"，就是最好的注解。

茶的历史有多久呢？茶圣陆羽所著《茶经》上说："茶之为饮，发乎神农氏，闻于鲁周公。"神农即炎帝，比黄帝还早一点点，乃中华民族的人文祖先之一。依照"神农尝百草"的说法，作为药用的茶叶，已经有五千年的历史。茶的历史几乎跟中华文明史一样漫长。

作为饮品的茶的历史有多久呢？据说周汉时期，巴蜀一带即有以茶叶作为纳贡之物的，而《三国志》中更有"以茶代酒"的明确记载，差不多两三千年了。唐代饮茶之风大盛，对茶的认识了解更进了一步，否则陆羽写不出、也不会去写《茶经》。《茶经》乃世界上最早的茶学专著，不仅有学问，还有丰富的思想和艺术，否则自己也不会花一两个月时间，用毛笔去抄写一遍，毕竟它有七千字。

千百年来，种茶、采茶、制茶、烹茶、沏茶、品茶、斗茶、评茶，绿茶、红茶、青茶、白茶、黄茶、黑茶、花茶、咸奶茶、酥油茶，茶具、茶艺、茶楼、茶吧、茶寮、茶摊、茶座、茶点、茶歇、茶馆店、茶博士、下午茶、功夫茶、大碗茶，茶诗、诗赋、茶戏、茶经、茶谱、茶论、茶话、茶人、茶学、茶文化……从阳春白雪到下里巴人，茶的色、香、味、韵，几乎渗入中国人生活的每一天，每一个角落，每一个毛孔和细胞。家家户户，不一定有其他，但都会有茶杯、茶壶、茶几、茶罐和茶叶。

我对茶的认知便始于茶杯茶壶。

小时候，家里来了客人，祖母或者父母，总要先泡上一杯茶，轻轻端到客人面前。如果是饭后，更少不了先给客人沏上一杯，然后再给自己泡上，然后坐着与客人边吃茶、边聊天。那时没有电水壶，烧的是柴火或煤球、煤饼，有时便用刚烧沸的茶壶水直接冲泡。但不可太满，要"浅茶满酒"。

到了盛夏，祖母会用陶瓷茶壶盛上凉茶，搁在地上。虽不及冷饮爽快，但论消暑解渴，并不比酸梅汤逊色。街上也有卖凉茶的，一分钱一碗。

稍长，时不时会去祖母那把松竹梅造型的紫砂壶嘴，咂咂地嘬上几口。待到成年，每去别人家做客，主人往往会冲上一杯绿茶——那时江浙一带基本只喝绿茶。于是慢慢养成了喝茶的习惯。每天上班第一件事，便是打水泡茶。似乎人人都是。出差外地，随身带只旅行茶杯，也似乎属于标配。

相较于酒，品茶讲究更多，故有茶艺、茶道。茶能提神益思、生津止渴，还有养生延年、辅疗美容的功效。20世纪80年代末90年代初，一度很折磨人的慢性咽炎，就是自己坚持喝了几年的绿茶加蜂蜜得以治愈。当然也有戒烟控酒的因素。自己的经历，无须他人代言。

茶从"喝"到"品"，是雅致的逐渐提升。

喝茶，大口、大壶、大杯、大碗喝茶，通常目的在于解渴。谁都需要解渴，都会大喝。

品茶，目的通常不在于解渴。小口、小壶、小杯、小碗，细啜慢呷之中，你才能分辨出汤色明亮与否，香气清纯与否，味道醇正与否，由苦转甘后是否余韵未绝。如果说，喝酒的最高境界是"微醺"，那么品茶的最高境界，则是"韵味"。

苏东坡说：从来佳茗似佳人。一个女子，若能懂点学点茶艺，会更加优雅典致，至少，能够欣赏这种雅致。

生活在山水名城杭州是惬意的。这里不仅有中国绿茶之首"西湖龙井"，还有名茶径山毛峰、九曲红梅。龙井、梅家坞、满觉陇、三台山、虎跑泉、湖畔居……数十平方公里的西湖风景名胜区，处处是问茶绝佳处。日本茶道源于中国，而茶宴，则源于余杭径山寺。某日某时，兴致忽来，独自一人，或者约上三两好友，临湖倚山，沏上一壶龙井或九曲红梅，一续,再续,三续,直至日斜意阑。

人到中年,喝酒慢慢少了,吃茶慢慢多了,也讲究了。

我的第二居所,毗邻富春大岭。这里既是龙井茶产区,更是有两百年历史的红茶——"九曲红梅"主产区。层层叠叠的茶园,布满郁郁葱葱的茶山。

居室摆设不多,却有博古架一只。上置宜兴紫砂壶三把,盖碗两个,"一茶一坐"一副,檀木"六君子"一套,茶宠一只,另有冰裂纹香炉一,龙泉粉青鼎一,花瓶一,茶叶罐若干,均为自用之物。若有客临,则取茶盘托盘相奉共饮。

每每置身其间,尤其午休醒来,山泉水煮沸,沏上一壶好茶,一边浅斟细续慢慢品用,一边读书、写作、习字、画画,或者剥剥山核桃,或者啥也不做,就在花香鸟语中看看山,看看云,看看雨。

这等日子,喜欢,并且珍惜。

打沙袋

确切地说是拳击练习,打沙袋。

20世纪70年代,青少年中一度流行"肌肉崇拜"。谁的臂膀粗、拳头硬、下手狠,谁的话语权似乎就大。这实际上是社会观念扭曲、精神生活贫乏和法制残缺的一种表现。所谓"民指""民团""×联总"等等,本质上都是被各种极左政治势力利用的派性组织,今天看来,可笑而又可悲可叹。却也因此激发了一大批青少年对强身健体的热爱。

受此风气影响,我们家住的老房子也安起了吊环,弄来了杠铃、哑铃、石鼓、拉簧等健身器材。一帮同学也时常来玩得满头大汗。

似乎玩上了瘾,又似乎还不过瘾,于是开始自制沙袋,玩起了拳打脚踢。拳打脚踢是有套路的,绝不仅仅是一种瞬间的血管扩张和肌肉膨胀，一种雄性荷尔蒙的间歇性宣泄。

于是从书店买来《拳击入门》之类的书，没人指导，也不为参加比赛（那时国内也没有拳击比赛），却渐渐知道了真正的拳击运动，技巧名堂相当复杂。什么刺拳、勾拳、直拳、摆拳、影子拳、组合拳，姿势、步法、格挡、退让、躲避、虚晃、反击、控制，还有复杂的规则甚至拳击风格等等，简直就是一门学问。我们自称的"拳击"，无非是拳击沙袋训练，充其量算作健体防身。

自制沙袋一开始用的是汽车内胎，后来改用帆布沙袋。但自制的沙袋都太硬，有时不小心一拳打偏，手指和腕关节极易受伤。事实上我已经伤过多次。最重的一次，右手小指关节脱位，肿痛了十多天。

于是1988年下半年，我专门去杭州解放路体育用品商店，买来一只双层拳击专用沙包，再配上一副红色拳击手套。

沙包是空的，得自己动手填充。于是又从附近建筑工地上弄来几十斤沙子，冲洗后在球场上晾干。再和朋友骑车到郊外一锯板厂弄来一堆木屑，与沙子拌匀装入沙包。那时我住在婺城莲花井石狮子头，隔壁就是天主教堂。门对门一大一小两间房子，沙包挂在小房间正中央。每每无事或者下班回家，对着沙包嘭嘭嘭一阵击打，浑身的肌肉反而觉得放松下来。那种痛快舒畅的感觉，只有自个玩过练过才能体味。有时，击打沙包的声音盖过了隔壁教徒们的唱诵声，便会异想天开：要是上帝听见，会以为是啥？

直到1994年搬进新楼，打了七年的最后一只沙包，实在没地方挂了，只好送给朋友，并从此告别了"拳击"，告别了一段让我终生受益的美好往事。

后来在电视上看到拳王阿里、弗雷泽、霍利菲尔德、泰森甚至邹市明，便自然而然想起《霍元甲》《武林志》《叶问》等影视剧里，东方武林高手与西方拳王比武过招的镜头。其实，中国功夫与欧美拳击，从套路到规则都没有可比性。撇开提振民族自豪感和票房、收视率因素，实在比"关公战秦琼"更加搞笑，笑到脑洞大开，大开之后还真有了现代散打。

当然也有不少共同之处：习武练拳都需要意志、毅力、激情、沉着，更需要智力、智慧，需要受人尊敬的武德。拳王阿里1996年用颤抖的双手，点燃亚特兰大奥运会圣火的镜头，让全世界多少人热泪盈眶！这就是阿里的人格魅力。

哪一项体育运动不是如此呢？

打鸟

不是猎枪，当然也不是弹弓，而是气枪。

20世纪70年代的中小学生，只要是男生，很少有不曾玩过弹弓的。

自制弹弓很简单：一根钢筋铁丝，用老虎钳拗成Y形，两头各留个小圈，系上皮筋或胶管，中间再系一块长形牛皮或猪皮"弹兜"，就OK了。也有用"丫"字形树杈做的，更简单。在我老家兰溪县城，弹弓叫作"石头皮弹"，因为"子弹"大都是南门溪滩或建筑工地上拣来的小圆石头。

弹弓制作容易，但要用到稳、准、狠，却不那么容易。首先，需要一定的腕力、臂力，更需要反复练习——练习拉弓，练习瞄准，练习左右手的协调配合。

光练还不行。真正的高手往往是这样的：拉弓、瞄准目标、松开弹兜，两三秒钟内同时完成，随着"啪"的一下，鸟雀应声而落。高手的瞄准不是直瞄，而是估瞄甚至意瞄。这实际上就是一种感觉，除了千百遍反复练习，还需要天赋。就像《水浒传》中小李广花荣弓起雁落、没羽箭张清飞石打英雄，凭的一定不是直瞄，而是独有的感觉功夫。如果靠直瞄靠练就能百步穿杨、飞石似箭，岂不人人成了花荣、张清？

小学三四年级时，我就读的兰溪县东方红小学（云山小学）第二分部就在大云山麓。每每中午，如果天气晴好，便会约上三五同学，上山用弹弓打鸟玩耍。也常常会遇见蛇——真蛇或者假蛇，假蛇便是小蜥蜴，我们管它叫"四脚蛇"。四脚蛇往往一击毙命，有时也会被打断尾巴后逃脱。

气枪则与弹弓不同。气枪属于射击，要领是眼睛、准星、目标三点成一线，屏声息气，轻扣扳机。

顾名思义，气枪的动力来自压缩空气。最早见到的是下压杆式绷簧活塞型气枪，我们管它叫"压头枪"。这种气枪对枪弹要求不高，没有正规铅弹，粗细合适的铅丝铰成米粒长的一颗颗也能用。记得读小学时，有年春节前夕，下了一场大雪，白茫茫的原野上，仿佛一切都凝固了。我跟着当时的女埠区委武装部长去白露山脚打鸟捡鸟，用的就是这种压头枪和自制的铅丝弹。回来时，两只裤脚湿到了膝盖，战果却颇丰，除了麻雀，还有好多只乌鸦。那时候，农历正月在街头摆气枪摊打游戏或小气球的，用的也是这种枪和弹。大抵两分钱一枪或者三分两枪，打中目标可以继续打。有的还有小礼品。当然都是很旧的老爷枪，准星也不太正，不然摊主就亏了。

后来有一种多冲压式气动气枪，我们管它叫"摇风枪"。这种气枪比较轻，但每打一发弹得泵压好几次，而且用得越久压气次数得越多，不然威力不足。更大的毛病是，有时第一枪未射中目标，等你装好枪弹再咯吱咯吱打足了气补射时，鸟雀大都飞远了。

直到1988年，我终于买了一把单次泵压侧式气枪，到公安部门办理了持枪证，还专门做了个金丝绒的红色枪套。那时尚无《野生动物保护法》，县以上文体用品商店一般都卖气枪，只是价钱较贵，买的人并不是太多。

比起弹弓打鸟，气枪厉害不止一点点，而过程的乐趣，只有喜欢打鸟的人才能体会。

　　打鸟最好的季节是冬天,越冷越好。因为冬天麻雀肉厚,加上木叶尽脱,隐蔽性较差,打鸟的人不太会追跑得满头大汗。偶尔也会有斑鸠、八哥、鹁鸪和不知名的鸟雀。空手而归的日子从未有过。味道最鲜美的当然是麻雀,"一只麻雀十八碗汤"嘛。更喜欢油炸着吃,加上佐料,一等一的下酒菜,还为此起了个雅名:糖醋飞天。

　　打鸟不仅需要体力,还需要观察力、沉着稳定的心理和与人沟通交流的能力。不管是结伴而行,还是独自一人,一路上各种各样的情况和问题都可能遇见。

　　比如体力,每次朝出夕归,一天下来至少十几里、几十里路,并且不是公路、机耕路,而是山路、田塍路。或者根本就没有路,双腿走到爬到哪里,哪里就是路。有时为了追击一只已经射伤的斑鸠之类,一口气跑上数百米是常事。

　　比如方位,一般每次确定好大方向后,一早先乘公共汽车或轮船到达某个公社(乡镇)所在地,然后往县城方向,一个村庄一个村庄边打边走。有时就在某个乡镇的某几个村庄之间反复搜寻猎物。那时不比现在,没有手机,没有网络,更没有卫星定位系统和百度地图,靠的就是自己的方向感、判断力,否则会越走越远。因此常常在头一天,用白纸对着《兰溪县地名志》上的地图画好路线图,放在口袋里,以备不时之需。

　　再比如解决肚子问题。那时打鸟不带干粮,轻装上阵。渴了,就到村民家讨口水喝。中午饿了,就到集镇上的小饭店、代销店买点吃的。或者找一户农家,商量做点土菜灶饭,付点钱,偶尔也会到熟人家做不速之客。

　　记得有一年冬天,与另外两人到朱家乡深山里头的芦山村打鸟。村上有一熟人,是附近坞口林场场长。寒风中见我们从天而降,意外得有些惊讶,随即让家人准备菜肴——五六种地道的山珍野味,还有尚未酿透的红曲米酒。边吃边聊中,听得出他对我们的那份兴致,既有些好奇,又有点羡慕。我们呢肚子正饿，也顾不上客气，狼吞虎咽，推杯换盏，将一桌酒菜一扫而光。后来，没过几年，说是鲍场长农历正月因为一次意外事故，走了。我怅然若失了许久。芦山，不仅人好，而且风景如画。

还有一次，一个人乘船去汇潭。汇潭村地处兰江西岸，正对岸是洲上。香溪和梅溪，一南一北在此汇入兰江。汇潭沿江多沙质地，故盛产甘蔗、棉花和蚕桑。村上的老支书，每年农历腊月都要背上一两捆红皮甘蔗到家里来，祖母也都要备点小年货，让我塞给他带回去。这天中午，老支书忽然见我背着气枪站在家门口，"呀"的一声，简直不敢相信自己的眼睛。尽管便菜便饭，却是满满绵绵的情谊。

最美不过春节正月，家家菜肴丰盛，只要你开口，农家大都热情款待。有时还会邀你一道喝上两碗自酿的"缸米黄"，拉拉家常。乡下人家的淳朴善良，让你如沐春风。

谢别农家，挎上气枪，手提"战利品"，走在乡村小路或者江边陌上，仰望蓝天白云，环顾远山近水，那份快意，那份野趣，那种独步天地间自在畅达的感觉，实在比一枪命中目标更令人回味！

20世纪80年代开始到90年代初的十年多时间里，因为打鸟，兰溪的所有乡镇（1983年前称"人民公社"）我几乎都踏遍了，有几次甚至到了建德、浦江和原金华县境内。即便后来去杭州读书，寒假回家也不耽误。毕业后分配到金华工作，冬季的星期天，依然经常回兰溪背上气枪去乡下转悠。有时候，与其说打鸟，不如说是"走在乡间的小路上"，寻找并感受苏小明歌声中的田园诗意。

1989年11月，单位组织活动，去罗店靶场比赛小口径步枪射击。两位部队转业的拿了第一、二名，还有一位连长转业的，十发子弹与我环数相同。经过加赛，结果还是我拿了第三名。许多同事感到纳闷："你又没当过兵，怎么会打枪呢？"我说："气步枪可是奥运会比赛项目呐！"

还有一次，与几位朋友驱车去兰溪东风水库、高潮水库（后来改叫

"兰湖",成了兰溪一处休闲旅游景点)打野鸭,用的是双管霰弹猎枪。野鸭的机敏不亚于麻雀,而霰弹的瞄准也不同于铅弹,靠的不是三点成一线,而是野鸭惊飞时一刹那的距离和角度把握。高潮水库不像芝堰水库那么幽深,四周的山和树林比较平缓。每到深秋,洁白的芦花在夕阳中摇曳,淡淡的有些迷乱的剪影,寂寞中透出一种原始的柔情。

世殊事异。随着《野生动物保护法》施行,枪支包括气枪管理日趋严格。麻雀,也从50年代末的"四害"之一,逐渐成了保护对象。尽管迄今为止,仍有不少人对于麻雀究竟属于益鸟还是害鸟,心存疑问。

小小的不起眼的麻雀,过去成群结队在房前屋后、田间树头时,是那么喧噪。三十多年后的今天,当我把它们画上宣纸、写进文字时,已经变得异常安静,但安静中依然不失机灵。

国际关系与投资基金

事情得从1980年说起。时任美国总统卡特是民主党人,之前一年,出于国家战略利益,美国刚刚与中华人民共和国正式建交。按照美国的选举制度,民主、共和两党的党内提名已经开始。卡特当然谋求连任,但最后败给了共和党候选人里根。两党党内初选提名都会有竞争,有时还很激烈,比如里根就曾经与卡特的前任、共和党的福特总统竞争过候选人提名。我同寝室的一位同学,没有弄清党内提名竞选与两党总统候选人竞选的区别,却要与我打赌卡特的提名竞选对手一定是共和党人。结果我赢了半斤饼干。原因在于《世界知识》杂志我几乎每期必看,并经常翻阅《参考消息》。

那时,改革开放才刚刚起步,中国人对国内外大事的了解渠道非常有限,主要就是《人民日报》、中央人民广播电台,连中央电视台的新闻也不容易看到,因为电视机尚未普及。涉及国际问题的,除了"新华社消息",就是《参考消息》。所谓"大内参",普通百姓只是听说过,甚至从未听说过。

天下大事,"天下"不止国内,也包括境外国外。喜欢、关注天下大事者,似乎跟天性、跟所从事的工作有点关系。我就说不太清自己一开始为什么会喜欢,反正就是感兴趣。

关注天下大事,前提是需要看许多相关的文章和书,并会诱使你去看更多相关的书和文章。"国际关系学",那时大概只有少数高校才会有这样的专业课程。国际关系涉及很广,政治、经济、军事、文化、历史、地理等等。我曾经非常羡慕外交官职业,后来逐渐知道,做一个称职的外交官是多么不易。

如果长话短说,个人的体会是:要理解和把握当今世界的国际关系,特别是国际政治、经济、军事关系,最好的一个切入口,就是第二次世界大战。因为之后数十年的世界格局,大体上就是二战的产物。反映二战的影视片之所以拍不完、看不厌,应该也与此有关。然后,从二战开始向两头延伸考察:上溯二战发生的原因和进程变化,再上溯至第一次世界大战的原因和结果,基本上就可以弄清 19 世纪末、20 世纪初世界的基本格局和脉络;往下,则可以通过朝鲜战争、中东战争、越南战争、阿富汗战争、北约华约对峙、中美和解、苏联解体、美国一强独霸的六七十年历史,进行一一考察。通过考察,最后会自然而然得出一个结论:20 世纪世界上发生的所有重要历史事件、历史人物,只要放在二战后特定的时代背景下去分析,都会显得很正常,很合乎逻辑。二战后整个冷战时期,甚至苏联解体之后的世界格局,基本上就是北约和华约两大阵营的对峙及其延续。

2017 年,高举"美国优先"大旗的特朗普总统上台后,可能对二战以来形成的地缘政治格局、世界秩序、国际关系带来极大的不确定性、不稳定性。人类社会再次面临"百年未有之大变局"。但究竟是怎样和多大的变局,现在还不清楚,有待我们持续观察。贸易战、科技战、经济战,也许只是这个大变局的开始。中华民族的复兴之路,可能比原来想象的更加复杂崎岖。

这样说看似简单,其实真要弄懂弄通,并不容易。19世纪之前西方的历史很长,一直可以追溯到古罗马古希腊时代,甚至更早。美国的历史尽管只有两百多年,但它的许多制度设计,值得全世界研究。东方的历史,特别是中华五千年文明史,从殷商开始有明确文字记载的就达三千多年。除了历史,还必须时时关注当下,关注国内外时事新闻,观察了解它们的动态、走向。

我始终认为,作为一个当代中国人,能够了解自己的全部历史当然最好,但至少,要了解中国的近现代史、共和国历史,了解鸦片战争发生时,中国和世界处于一种什么状况。鸦片战争之后,中国为什么会被西方列强一次次打败,签了那么多丧权辱国的条约,丢了那么多土地,赔了那么多款。然后才能懂得,为拯救中华民族于危亡,康有为、梁启超、孙中山、黄兴、陈英士、陈独秀、李大钊、瞿秋白、毛泽东、周恩来……那么一大批仁人志士,经历了怎样的艰难困苦,最后找到一条民族解放和自立自强的道路。也才能懂得,为什么说邓小平是一代伟人,因为主要是他,使中国用了短短40年时间,许多方面赶上了西方国家两百多年走过的路程。

历史是不可以假设的,也不可以重新选择。一代人有一代人面对的世界、历史责任和历史使命。无论你身处何位,你对人类、对社会、对国家、对家庭、对他人、对自己,总是一种存在,有一份责任。每每看到互联网上那些无知的、偏激的、高级黑的、民粹主义的、虚无主义的言论,就会觉得我们的教育,包括历史教育,确实不那么成功。

还是回到正题。

国际关系包含内容甚广,但归根结底是经济关系。所谓国家利益,主要就是经济利益。进入 21 世纪后,国家间的意识形态色彩已经比冷战时期淡化很多,经济全球化、多边主义成为大的趋势。这对中国持续扩大开放、推进改革是非常有利和必要的。当代中国人,可以说都是改革开放的受益者,只是受益程度有所不同。如果连这一点都不承认,那就是一种执拗的偏见了。或者,就是你自己的人生实在太失败了。

为什么要把国际关系与投资基金放在一起呢?因为投资基金,本身就是改革开放的产物,股市、基市是改革开放的产物。改革开放使中国打开国门,加入 WTO,成为经济全球化的最大受益国之一。而经济全球化,使中国人的金融投资,包括股票、基金投资行为与国际政治经济关系日益紧密。

能够赶上这样一个历史大转折的时代是幸运的。

1992 年 7 月开始,我在对股票、基金几乎一无所知的情况下,便购买了好几家股份制企业发行的投资基金。有的没有赚钱,有的翻番赚钱,也有的最后成了股权凭证。

1993 年,我又开通了个人股票交易账户,却没有时间琢磨和买卖股票。90 年代中后期,我倾己所有,委托一位对股市颇有钻研的朋友去操作股票。结果呢,几年下来,股票分文未赚,而同一时期的基金倒是涨了不少。于是有所醒悟:中国的股票,至少在现阶段,不是随便哪一个人都可以玩的。"价值投资"固然美好,但也许只是一种愿望,因为压根没人知道并告诉你真正的"价值"在哪。但投资基金可以,因为有专业团队,你不用去天天关注个股,不会被一时一事一传言所左右。你只要看大的趋势,这个大势就是国内外政治经济形势。

因此,进入 21 世纪后,我陆陆续续买了些开放式基金,并开始尝试定投。平时几乎不闻不问,等到股市行情涨到一定程度,感觉与国内外政治经济形势明显偏离甚至背离时,便毫不犹豫一次性全部赎回,然后继续忙别的事情去了。就是这样的简单操作,竟然让我成了 2001 年、

2007年、2015年三波大行情的获益者。后来看到股市里有个"吃鱼吃一段"的理论，说的正是这个意思，不禁一阵感慨。

如我这般对股票操作知之甚少的基金投资者，之所以能够赚钱，靠的不过几条：一，只买基金不炒股；二，用闲钱，做定投；三，凭直觉，不恋战。直觉从何而来？来自对国内外政治经济形势的关注，来自对国际关系的理解判断。当然，也可以说运气还行。

投资基金，不仅更加充实了我的生活内容，又给一些费时、费力又费钱的兴趣爱好增加了一层物质保障，甚好。而我乐意把这些写出来，既是向"和平与发展"的既往岁月表达感恩之情，也因为自己对"世界百年未有之大变局"下的中国和世界未来，依然抱有信心和期许。

一记十三篇，该打住了。人的一生，真正美好的、值得回味再三的岁月，其实并不是太长。不知不觉间，居然将世上自己感兴趣的玩意，几乎尝了个遍。

前些天，"一代大侠"金庸先生去世，华人媒体一片怅然。据说多年以前，有人曾问金大侠："人生应如何度过？"先生回答："大闹一场，悄然离去。"

我呢，大约算作：玩儿一场，悄然离去。

心满意足了。

2018年11月初稿，2019年7月改定。

江湖·家国·情怀

在广袤的中国版图上，遍布着无数血管似的大江小河，但省以江名的只有两个：浙江和黑龙江。而在星罗棋布的湖泊当中，叫作西湖的却委实不少。

这看上去有点奇怪，其实相当正常。

省以江名，我认为得具备几个条件：第一，必须是大江，小江小河没这资格；第二，江河的流量、流域面积，它在一个地区的经济、政治、文化、交通航运、日常生活等方面的影响，必须处于绝对主导的地位；第三，江河从源头到入海处，至少它的干流及主要支流，只在某一个行政辖区之内，这样才可以避免矛盾、争执。同时具备这三个条件的，全中国只有浙江和黑龙江。

如果再考虑历史的因素，黑龙江以"将军"、省名之，不过清代的事情，而且之后因各种历史事件的影响，其称谓、辖区直到新中国建立后才基本稳定下来——这还不算与内蒙古自治区之间行政区划的几度变化。浙江则不然，自唐宋"两浙"，特别是元明行省制（布政使司）设立以来，省以江名，一直延续至今。浙者，折也，谓江流曲折蜿蜒。尤其萧山渔浦至钱江四桥一段，更如同反写的"之"字，故浙江又叫折江、之江。因杭州古称钱唐（公元前222年，秦始皇设钱唐县，唐代改钱唐为钱塘），后通称钱塘江。

钱塘江发源于浙皖交界处的安徽休宁县境内。进一步细考,其源头有二:南源在休宁县何田乡青芝埭尖,进入浙江开化县境后称马金溪;北源在休宁县冯村乡五股尖或六股尖,上游分别叫率水、横江,为新安江源头。马金溪以下各段分别称常山港、衢江、兰江,兰江在建德梅城与新安江汇合后称富春江,过萧山闻家堰后至入海处,包括整个杭州湾,一般称钱塘江。大江大河各段有各段的名称,这在中国,乃至全世界都是普遍现象。中国第一江长江也是如此。

钱塘江的源头历来说法不一。从流量和流域面积上看,南源大于北源;而从长度上看,北源又略长于南源。撇开长期以来种种争议的理由,个人认为,钱塘江南源、北源均为干流,加上江山港、乌溪江、婺江、义乌江、东阳江、武义江、寿昌溪、分水江、渌渚江、浦阳江、曹娥江等支流,省内其他如甬江、灵江、瓯江、飞云江、鳌江、苕溪等水系,均不可与钱塘江水系同日而语。浙江"七山二水一分田",二水,最重要的就是钱塘江水系。钱塘江是中国境内水质最好的大江大河之一,这与浙江"七山"有关,与整个水系从源头到入海处基本在一个省境内有关。钱塘江水系哺育了全省数千万人口,是浙江名副其实的母亲河。

钱塘江也哺育了我。我生长于兰江之畔,求学于钱江、婺江之滨,又先后谋事于兰溪、金华、杭州。50多年后的今天,蓦然回首,自己的生活轨迹,竟然始终没有离开钱塘江水系。我是吃着钱塘江的水长大的钱塘江的儿子!

钱塘江的儿子便是之江的儿子。"之"字的上头那一点,便是世界文化遗产——杭州西湖。

一说西湖,人们马上会想到人间天堂,想到西湖十景,想到白居易的《杭州回舫》:"自别钱塘山水后,不多饮酒懒吟诗。欲将此意凭回棹,报与西湖风月知。"想到苏东坡的《饮湖上初晴后雨》:"水光潋滟晴方好,山色空蒙雨亦奇。欲把西湖比西子,淡妆浓抹总相宜。"

　　西湖的称呼,最早便出自大诗人白居易这首《杭州回舫》。西湖,西边的湖,一个普通得无以复加的名字。然而,就是这么个普普通通的名字,千百年来让多少文人墨客、才子佳人、帝王将相、普罗大众为之倾倒,为之吟咏礼赞。"三面云山一面城",这云,是双峰插云的云,是宝石流霞的彩云,是风荷柳浪中飘荡于蓝天碧波间的精灵;那山,是湖光山色的山,是中国山水画中层层叠叠、深深浅浅、迷迷蒙蒙、影影绰绰的山,是一年四季在阴晴雨雪中变幻不定的背景。

　　如果时间回溯两千多年,西湖只是一个与钱塘江刚刚分手的潟湖,一处沧海桑田的寻常水泊。没人说得清楚,千百年来,究竟是西湖山水本身蕴含的诗性,激发了文人骚客的创作灵感,还是诗人的万千佳句,让西湖变得更富诗情画意。一个自然之湖,两千多年后,居然演变成了一处世界公认的文化景观。

联合国教科文组织这样评价西湖：杭州西湖以"西湖十景"及诸多历史遗迹为代表，体现中国传统园艺、绘画、诗词文化元素，还反映出中国农耕文明独特的景观审美传统，对13至20世纪东亚地区的园艺景观也有显著影响。西湖是历史上最能体现中国传统文化核心价值的审美实体，是东方审美体系中最具经典性的文化景观。与世界上以自然景观著称的湖泊相比，西湖的人文景观最多；与世界上以人文景观著称的湖泊相比，西湖的自然景观最美，是自然美与人文美完美结合的典范。

多么精妙而恰如其分的评价！

让人沉醉的是，这样的人间仙境，今天竟离我咫尺之遥，仿佛自家的后花园。就连我曾经的办公楼，名字中都带"西湖"二字。假如我是一只飞鸟，只要向着天空轻轻拍打几下翅膀，就可将西湖美景尽收眼底。再拍打几下翅膀向东，向南，然后向西，就能看见钱塘江大潮，看见京杭大运河，看见黄公望的《富春山居图》及西溪湿地。

"江南忆，最忆是杭州。"

"未能抛得杭州去，一半勾留是此湖。"

"湖山信是东南美，一望弥千里。使君能得几回来？便使樽前醉倒更徘徊。　沙河塘里灯初上，水调谁家唱？夜阑风静欲归时，惟有一江明月碧琉璃。"

"接天莲叶无穷碧，映日荷花别样红。"

"山寺月中寻桂子，郡亭枕上看潮头。"

"长忆观潮，满郭人争江上望。来疑沧海尽成空，万面鼓声中。弄潮儿向涛头立，手把红旗旗不湿。"

"天下有水亦有山，富春山水非人寰。"

"钱塘江尽到桐庐，水碧山青画不如。"

……

更为有幸的是，苏东坡、陆游居然还是我的"街坊邻居"，只是时间上相隔了近千年。

我曾经的办公室，窗外便是东坡路，往南是学士路。一座城市，以两条最繁华地段的道路去命名、纪念一位老"市长"，全中国也许都是独一无二的。东坡路北庆春路口，则是宋代抗金名将、民族英雄岳飞的遇害处——风波亭旧址。风波亭，让清风波影平添了几分悲凉。而陆游纪念馆——尽管不能肯定是其当年旧居——包括陆游塑像后面那首《临安春雨初霁》："世味年来薄似纱，谁令骑马客京华。小楼一夜听春雨，深巷明朝卖杏花。矮纸斜行闲作草，晴窗细乳戏分茶。素衣莫起风尘叹，犹及清明可到家。"至今吸引着各地的游人，前来凭吊追怀。每每春夜，淅淅沥沥的凉雨，伴着簌簌竹风敲打雨篷时，陆放翁这首诗便会浮现脑海；晨起移帘，那晴窗香茶、矮纸行草，仿佛就同自己的居室一般。

浣纱河畔，众安桥一带，南宋时称"北瓦"，乃京城临安最大的民间娱乐场所。长长的御街——现在的中山路，从皇城一直通到这里。

浣纱河今天成了浣纱路，但在陆游生活的年代，浣纱路北端是一座高畅别致的井字楼，底下往北过竹竿巷、永福寺巷，便是泥孩儿巷。泥孩儿巷、竹竿巷往西，中间还有几条窄窄的白泽弄、山子巷等巷中巷。"小楼一夜听春雨，深巷明朝卖杏花。"陆游诗中的卖花郎，便是在这几条深巷中来回叫卖。

清新隽永的诗句背后，其实透露的是诗人一颗爱国忧民的心。一夜听雨，为什么？睡不着啊！陆游一生，是力主抗金却壮志未酬的一生，是"僵卧孤村不自哀，尚思为国戍轮台。夜阑卧听风吹雨，铁马冰河入梦来"的一生，是"死去元知万事空，但悲不见九州同。王师北定中原日，家祭无忘告乃翁"的一生。陆游力主抗金北伐，也曾一度见到希望，无奈南宋王朝的多数既得利益者，已经铁了心偏安江南，铁马冰河终究难易铁心笙歌。这一切陆游也逐渐察觉，因此他的满腔热血，只能日复一日、年复一年地在笔底抒发、毫端纵横。

苏轼何尝不是如此。纵使满腹才华、乐观豁达，却因为正直而"不识时务"，苏轼一生在以王安石、司马光为首的改革派、保守派之间两边不讨好。数十载宦海沉浮，足迹遍及九州，反而成就了中国历史上一位诗文书画巨擘。苏东坡前后两度任职杭州，加起来不过五年，却因为任上大规模疏浚六井、西湖，使百姓安居乐业，为后人留下了无数佳话和无尽财富。"天下西湖三十六，就中最美是杭州。"这话只有苏东坡能说，说了世人才信。

虽然不知再早两百多年的白居易，当时住在杭州哪里，但从他吟咏杭州的200多首诗词中，处处可见白刺史白"市长"出入湖山、疏浚河道、走街穿巷、体察民情的身影。尤其是《钱塘湖春行》："孤山寺北贾亭西，水面初平云脚低。几处早莺争暖树，谁家新燕啄春泥。乱花渐欲迷人眼，浅草才能没马蹄。最爱湖东行不足，绿杨阴里白沙堤。"湖东白沙堤不是白堤——尽管人们更愿意将白堤当作白沙堤——而是今天钱塘门外六公园到少年宫一带的湖堤，后已湮没，却是白居易当年的最爱。而爱的真谛，是一种情怀，一种以国为家、大家即国、爱国甚于爱家的情怀。没有这种家国情怀，就不会对湖山对百姓有真爱挚念，写不出也留不下千古传颂的诗篇。

近千年后，同一条路的另一头，又一位筑"风雨茅庐"于庆春门内的著名作家郁达夫，也曾这样赋诗赞曰："楼外楼头雨如酥，淡妆西子比西湖。江山也要文人捧，堤柳而今尚姓苏。"出生于富春江畔的郁达夫，不但胸怀坦荡、才华横溢，更是将国家危难、民族存亡置于个人情感之上，大爱无疆，直至牺牲自己的生命。论家国情怀，中国现代文学史上没有几人能够与之比肩！

今天的庆春路，是杭州唯一连贯西湖和钱塘江的通衢大道。一江一湖，让人见到、想到的不仅仅是自然造化的美，人文传承的脉，更是一种支撑心灵、忧乐天下的情怀。

没有钱塘江，就没有浙江文化的根；没有西湖，杭州便失去了历史文化之魂。

有人说：家是最小的国，国是千万个家。我说：没有家哪来的国，但是如果只有家，而没有了国，那每一个选择生活在这片故土上的人，去哪里安放自己和祖先后代的灵魂？

2018 年 8 月

永远的大堰河

　　一生读过不少新诗，见过不少诗人，亲历过不少富有诗情的往事，后来不少都淡忘了。但是，有一些诗、诗人与诗情的往事，让人终生难以忘怀，甚至越到后来，越是清晰如初。艾青和艾青的诗便是这样。

　　坦率地说，艾青与我并无多深交谊，更谈不上什么渊源，然而缘分不浅。艾老在我心目中，是一座令人仰止的高山，一座现代新诗的里程碑，"艾青"二字相当于"缪斯"，是缪斯女神在中国的化身……

　　最先细读艾青的诗，是在 20 世纪 70 年代末 80 年代初。

　　《光的赞歌》《在浪尖上》《鱼化石》《古罗马的大斗技场》《彩色的诗》《小泽征尔》《酒》《盆景》《虎斑贝》……一种明显有别于其他老一辈诗人和新崛起的"朦胧诗派"的诗风，驱使我去搜寻更多的艾青在三四十年代的诗作：《大堰河——我的保姆》《透明的夜》《北方》《煤的对话》《太阳》《向太阳》《复活的土地》《雪落在中国的土地上》《我爱这土地》《旷野》《献给乡村的诗》《他死在第二次》《吹号者》《火把》《黎明的通知》……

　　然后是 50 年代的《宝石的红星》《在智利的海岬上》《一个黑人姑娘在歌唱》《藏枪记》《双尖山》《礁石》《黑鳗》及其《诗论》《中国新诗六十年》《从"朦胧诗"谈起》……当我读完，很多是一遍又一遍地读完之后，一个深沉的、挚热的、磅礴的、奔放的、意象奇特而又明快的、无所束缚而又充满韵味和节奏感的"诗坛泰斗"形象,便开始占据我对新诗认知的统领地位。

于是,1982年2月,当兰溪历史上第一个新诗社团成立时,便以"大堰河"名之。而我,则被众诗友推举为社长。社刊《大堰河》,也在那个文学的时代、诗的时代开始,不定期推出诗社成员和外地诗友的习作。

很巧,这年5月,艾青重返诗坛后第一次回到老家金华。当他得知故乡成立了以他的成名作命名的诗社时,便勉励我们:"好啊,办起来了,那就把它办好!"

这是艾青与诗社、与我个人结下的第一重缘分。

也是在同一个月,兰溪县文联召开纪念毛泽东《在延安文艺座谈会上的讲话》发表40周年座谈会,我上台朗诵——动情地朗诵了艾青的长诗《大堰河——我的保姆》。

而当10年后,艾青1992年5月再次回到故乡时,我已在金华市委宣传部工作多年。这次回家,艾老的活动排得满满,尽管此时的艾老已经82岁。饱受多年眼疾折磨的艾老,已经坐在轮椅上,需要别人推着走了。一位内心充满激情、充满对人民对土地深沉的爱的大诗人,被人推着走的感受,我们只能从他的目光中,去想象那份复杂与无奈。

这次回乡的一项重要活动,是在金华县傅村镇(现属金东区)畈田蒋村举行大堰河墓碑揭碑仪式。艾青故居也同时修复开放。我随时任市委宣传部副部长、市委讲师团团长郑宇民和县委宣传部部长同车前往。仪式庄重简洁。我相信,可爱、可怜、可敬的"大叶荷",已经在九泉之下,听见乳儿内心的呼唤。因为一首诗,一个卑微的名字,成了一条天下没有却又闻名天下的不朽之河!

这天,我在笔记本上留下了一段话:艾老一言未发,大智若愚,双眼浸透了对世事的理性的沉思……

而在当天上午,学者骆寒超在金华市人民大会堂作了一场艾青研究报告,艾老亲临现场并讲话。大会堂座无虚席,两边过道上也站满了人。艾老的讲话,一如既往地充满幽默感。对,是幽默,不止是风趣,幽默比风趣更加需要智慧与思想。

艾老是被五六个敬慕者连轮椅一道抬上主席台的,我是其中之一。抬上去还行,抬下来的时候,因为上面只有两三人,下面接的人没想到突然一下会那么沉,差一点滑落下来,幸好我们台上的人还有一只手没松开……我额头上顿时渗出一丝冷汗。

两年之后,1994年5月的一天,我随金华市委常委、宣传部部长陈崎嵘(后来担任中国作家协会副主席、书记处书记)等人去北京看望艾青老人。此时的艾老,已经住进协和医院的病房里。看见老家来人,艾老的精神一下子饱满起来。在向艾老汇报了家乡的有关情况后,屋子里便开始充盈起艾老一贯的幽默和众人的笑声。

艾老要我们四个人吃点东西,夫人高瑛告诉他:"刚刚在家里吃过了,这里只有饼干。"

"饼干也有各种各样,不一样的饼干,不一样的味道!"于是大家听艾老的,每个人都尝了一两块。然后又聊起家乡的金华火腿、火腿文化、酥饼、佛手,艾老一一谈了自己的看法。

我讲起两年前在大会堂抬轮椅的事,说:"那天万一失手,可要闯大祸了!"艾老却说:"没那么严重。一个人,让人抬着总不是件好事,人抬人是很原始、落后的,这样不好。"艾老一语双关,让大家顿觉诗人暮年,思想依旧那么深邃,富含哲理。

然后有人提议合影并征求艾老意见,艾老欣然说:"好啊!"然后我又倚着

艾老,留下一生唯一一张两个人的合影。确切地说,是一个曾经的追"星"族,离艾青这颗"恒星"最近、最真切,也是最后一次亲密的拥抱!

这,算不算又一重缘分?

两年后,1996年5月5日(为什么都是5月?),艾青,这位中国现代文学史上曾两度引领一代诗潮的吹号者,将休止符静静地画在了中国的大地上。

当月下旬,艾青夫人高瑛阿姨等人便应邀来金华,商量落实艾青墓、艾青纪念馆及艾青小学、大堰河中学筹建命名事宜。我作为最先的参与者之一,除了做好具体工作,也提了一些个人的看法和建议。

两年之后的1998年,艾青纪念馆正式对外开放。

艾青墓则更特别——没有墓碑,没有墓志铭,更没有高大的门楼牌坊,一排排用花岗岩铺就的台阶,一步步向上缩小为一个耸起的三角形;两侧用粗犷的花岗石砌成。寓意无需更多解释。它静静地卧在武义江、义乌江与婺江交汇的三江口南岸,四周是高高的松柏雪杉。因为叫艾青公园,一般人不会去注意上面镌刻着"艾青(1910—1996)";也许一些人并不知道,这片台阶就是艾青之墓,他们甚至会常常坐在整洁的台阶上小憩,或者看书,或者晨练,或者歇阴乘凉。这就是"人民的诗人"——

> 假如我是一只鸟,
> 我也应该用嘶哑的喉咙歌唱:
> 这被暴风雨所打击着的土地,
> 这永远汹涌着我们的悲愤的河流,
> 这无止息地吹刮着的激怒的风,
> 和那来自林间的无比温柔的黎明……
> ——然后我死了,
> 连羽毛也腐烂在土地里面。

为什么我的眼里常含泪水？

因为我对这土地爱得深沉……

这样的诗句所透出的，已经不是一般的什么"情怀"！

又过了两年（为什么都是两年？），我与几位朋友一道去新疆，途经石河子——艾青与夫人高瑛曾经"流放"过的地方，我提议一定要去看看久闻的"艾青诗歌馆"。恰巧是周一，闭馆，但当管理人员得知我们一行是从艾青故乡浙江金华来的，便愉快地破例开门亮灯，还与我们作讲解交流。金华与石河子，地处中国东南和西北两个不大不小的城市，因为艾青，因为两条似有若无的"河"，使一座江南历史文化名城，与一颗"戈壁明珠"诗意地联系在一起，走进无数中国人的心灵深处。

也走进我的生活乃至生命深处。我的书柜上，文学艺术类图书数以千计，但"全集"只有两部：一部《鲁迅全集》，另外一部就是《艾青全集》。与其说我的一生与文学、与诗歌有缘，真不如说是与大堰河、与大诗人艾青有缘。

似乎还不够。2001年年底，我调离金华到省城，我那辆开了数年的工作用车,居然也调配给了艾青纪念馆使用。一年多后,当我偶然得知时,禁不住对这一重太过意外的缘分感叹:艾老啊艾老,假如真有来世,我定当像您说的那样,继续用嘶哑的喉咙歌唱!

……

艾青先生去世10周年、20周年时,我便想写点文字,但一直不敢动笔,也无从落笔。

2018年12月24日,是很长的阴雨天后,难得的一个晴日。我在老家约上当年的两位诗友——曾经的大堰河诗社副社长——驱车又一次去畈田蒋村,瞻仰了艾青故居、大堰河旧居,又一次拜谒了艾青墓,又一次参观了艾青纪念馆。

是为了重新寻找一点记忆,寻找几位故人抑或灵感?

似乎是,又似乎不是。

冬日的太阳照进车窗,也照耀着高速公路,照耀着茫茫田野、丘陵和山岗,一切都是那样温煦、明亮、迅疾。

我忽然想起30年前,1989年,金华市教委曾组织编写过乡土教材《可爱的家乡:金华》。这本第一版第一次印刷即20多万册的图书,最末一章由我执笔。我引用了艾青著名的《光的赞歌》中的一段,并以最后两句作为全书的结束语——

让我们从地球出发

飞向太阳……

艾青,一位以爱、以光、以太阳为毕生追求的伟大诗人,永远与土地、与人民、与世界同在。

2019年1月

远去的兰江

兰江的故事实在太多，随便掬一捧，都是满满的回忆。

钱塘江有两个源头：南源和北源。北源为新安江，中间有一个名声更响的千岛湖。溯江而上，是安徽省黄山市，古代叫徽州。北源的源头，就在黄山市休宁县境内。

南源源头也在休宁县境内，只是流向不同。北源往东，南源往南，往南进入毗邻的浙江开化境内叫马金溪。然后是常山港、衢江，衢江与婺江在兰溪马公滩汇合后叫兰江。兰江由南往北，在建德梅城与新安江汇合后称富春江。最后在杭州双浦、闻堰、浦沿、下沙一带拐上几个大弯，进杭州湾东流入海。

大约80年之前，从衢州直到杭州，沿江都有茭白船，也叫江山船、高拔船、花舫，是男人们设席待客、寻欢作乐的场所。兰溪茭白船数量最多，清末极盛时达90余艘，后逐渐减少。抗战期间因日机轰炸，茭白船最终销声匿迹。茭白船的故事，也从此留在了郁达夫、曹聚仁等人的文章里。这也从一个侧面，印证了兰溪"小上海"曾经的繁华。

地处"三江之汇、七省通衢"的兰溪，因水而兴，邑以溪名。直到20世纪70年代，从驿前码头开始，自南往北依次为南门码头、水门码头、西门码头、柳家码头、朱家码头、张家码头、王家码头（即航运码头）、下卡码头。沿岸石阶间停泊的大小船只,除了承载货物和最后一拨渔民的生计,更承载了兰溪人无数美好的回忆。

美好的回忆首先是一江碧水。衢江、婺江汇合后,江面豁然开阔,中间一个巨大的沙洲,俗称中洲背。中洲背与西门码头之间,有一座长长的浮桥。夏日的傍晚,这里是兰溪城里人消暑嬉戏的天堂,也是一道优美的风景线。

从南门溪滩至航运码头,岸上水中尽是密匝匝的人和船。大人、小孩,男人、女人,洗衣的、游泳的,木杵声、嬉闹声,机帆船、摇橹船、打鱼船……

最爱莫过于横渡兰江。那时的兰江水,清澈得几乎可以直接喝。而且自东向西,几个"水跟斗"钻过去,便觉越游越清,因为从衢江下来的水,比婺江更加清澈见底。等你游着游着,脚底心踩上中洲背光溜溜的鹅卵石时,三五成群的小鱼,会朝你腿上轻吻几下,然后消失在水草丛中……

跳水的感觉更爽。尤其当你站在轮船顶棚或者西门浮桥的船头,收腹吸气,纵身一跃,江面上溅起的水花,会让你想起《水浒传》中的"浪里

白条"张顺、"混江龙"李俊……长在兰溪城里,尤其是男生,如果上了中学还不会游泳,自己都不好意思说。

然而,要练就点好水性,大都会有故事,甚至还有几分惊险。

比如我,小学三年级的一个夏日,与四五位同学凑一块,走路去女埠乡下玩耍,因为有位同学的姐姐"下放"在那"修地球"。一帮人沿着兰江西岸走啊走啊,仿佛快到目的地了,却被一条小河挡住了去路。怎么办?大家一商量,天这么热,索性就玩玩水回去算了,于是一个个脱光衣裤跳进河中。

那时我还不太会游,刚刚学会点潜水,兰溪人叫"钻水跟斗"——大概有点像蚊子幼虫孑孓(跟斗虫)在水里的模样。谁知,小河看似不深不宽,水流平缓,但人下到河里,水一没过肚脐,整个身体便开始飘浮起来,并会不由自主地朝更深处慢慢浮移过去……

等到双脚悬空,脑袋瓜霍地一下惊醒过来,水已没过头颈!我本能地拼命手脚并用,扒着河底的杂草砂石往岸边挣扎,一边咕嘟咕嘟连灌十几口水,总算爬回了浅滩!几个同学因为分得较开,竟然没有发现,即使发现了,以当时半斤八两的水性,可能谁也救不了谁。

"好了伤疤忘了痛",这话似乎特别适合学游泳的人。第二年夏天,我又侥幸逃过了一次更危险的游戏——

那时的西门浮桥,由一长串木船、水泥船,架着厚厚的木排横贯兰江。船与船之间,两头各有粗大的铁索相连。铁索低垂在江面,映出一道道优美的弧线。游泳游累的人,常常会抓着铁索歇一歇。也有人喜欢从一根铁索,钻个"水跟斗"到另一根铁索,没什么意思,就是好玩。

我也跟着玩,而且觉得踩水和钻"水跟斗"的技术长进了不少。开始还比较小心,渐渐地,便有点麻痹大意了。有一次,江水比较急,一个"水跟斗"下去,刚刚潜过半条船,便钻出水面伸手去抓,不料铁索太高,一下子没有抓到,跃起又抓,还是没有抓住。于是人一下子滑落船底。

船底几乎是平的，上面布满了河蚬、螺蛳和滑腻腻的污泥苔藻。以前的人不懂，说船底有吸力，人一旦误入船底，便会被吸溺毙。其实不是什么吸力，而是人体的浮力，加上窒息前那一刻的惊慌失措。

那一刻不惊慌是不可能的，幸好我还没完全失措：四只手脚使劲往一个方向乱颠乱划，终于从船底下挣脱出来，在船的另一头抓住了铁索！浑身上下擦出一道道血痕，也不知道吃了多少口水，那么突然，甚至连喊声"救命"都来不及！而浮桥之上，人来人往，全然不知底下发生了什么，似乎什么也不曾发生。

那个时候，年年夏天都有人在兰江游泳溺亡，游泳的人却年年挤满兰江。奇怪的是，两次历险过后，我感觉自己的水性，反而一下子比之前好了许多。

西门悦济浮桥、中洲至溪西的辅济桥和南门浮桥，是兰溪20世纪70年代尚存的三座浮桥。其中，悦济浮桥历史最为悠久，始建于北宋熙宁年间，宋人范锷撰有《悦济浮桥记》。明代唐龙《兰溪八景》诗中，有五首吟写兰江，其中一首《巨浸卧虹》单道这景致："松舟百叶浮江上，铁缆千寻贯水中。月下独横题柱笔，一来一往踏长虹。"一千年来，悦济浮桥屡废屡兴，已然成为兰溪历史文化的重要标志，更是兰江上、兰溪人心上一处独特的景观。

浮桥东侧的西门城楼，是民国时期拆城拓路后仅存的古城楼。1985年9月9日，西门城楼与沿江古城墙相依相拥四百多年后，颓然倒坍。据说，西门城楼圮倾时，尘土飞扬、盘旋于兰江上空，久久不肯散去，令人唏嘘。

1995年6月重建后，时任兰溪市委书记郑宇民亲撰《重建西门城楼记》。短短两百余字，透出一种强烈的历史感、使命感、紧迫感，给人启迪，催人奋发。

兰溪的文化旅游资源比较深厚，旅游业起步也比较早，可以说是"起了个大早"。然而20多年过去,相比周边县市,起色并不很大。甚至已有千年历史的悦济浮桥,因为个别并不充分的理由,居然也一拆了之。这种与时代趋势、百姓意愿颇不一致的违和感,的确难以让人认同。几次回兰,老家的同学朋友都问我对此"怎么看",我说"向前看",相信有朝一日建回去的理由,会比拆掉更加充分。

兰江大桥建成通车于1975年4月,桥头镌有郭沫若的手书大字。40多年后的今天,每当夜色降临,站在桥上远眺,唐代诗人戴叔伦《兰溪棹歌》"凉月如眉挂柳湾,越中山色镜中看。兰溪三日桃花雨,半夜鲤鱼来上滩"的意境,依然隐约可见。只是一江倒影之中,多了不少高楼大厦,多了几分亮丽璀璨。

先前的兰江大桥,老城这头是个很大的圆形引桥。骑车上桥,要爬一个360度的大弯坡,有点费劲,有点不易,但一旦踏上正道,便可一往无前地跨过兰江了。

兰溪的重振之路,但愿也是如此。

2018年10月

老　屋

　　这是一幢建于清末的老房子——兰溪县钱业公所。

　　它坐落于兰溪市区云山路，之前称工农路，再之前称新民路。如果时光倒逝130年，在清光绪十三年（1887年）的《兰溪县城图》上，老城墙、老城门尚在，这条路称东南内城弄街。右侧章府里有章文懿祠（章懋故居），左侧隔新民旅馆、明著堂，为徐氏宗祠。1996年10月，钱业公所与徐氏宗祠一道被列为兰溪市级文物保护单位。

　　关于钱业公所，今天能见到的只有这么一段文字：清光绪以后，兰溪商埠更趋兴盛，行业增多，事务冗繁，原有商帮组织渐不适应，故需另设非同乡纯同业关系的组织，时称同业公所。清末至民国初，由绍兴帮、宁波帮以及本埠的钱业商人联合成立"兰溪县钱业公所"，址设今云山路45号（原工农路54号，后改为51号）。每天上午进行同行议息，同业各家或其他商家在沪杭的存款、欠款都在上午买进卖出，贴息七分到八分或高至一角，当场办好汇划手续，收付汇率。现款紧张的时候，也有倒贴息的，都在上午结算清楚。这种制度性的安排，近似于近代金融业票据交换制度，是兰溪商埠经济繁荣发展的客观反映。

　　可以说，钱业公所见证了当时兰溪的繁盛，一定意义上，也是兰溪曾经被称"小上海"的历史见证。

就在这幢老房子里，我度过了从童年开始的难忘的 17 个春秋。老房子的每一个角落，都是那样熟悉而亲切。

由于众所周知的原因，到 20 世纪 60 年代，城里的私房比例已经极小，公房则全部由县房管会统一管理维修。但这幢老房子不是，因为它归属马路对面的县委干校。我们入住的时候，只听上了年纪的人说，这里老底子是钱庄（银行雏形），因为大门上方"钱业公所"四个大字和钱业公所青石墙界，早已粉刷遮去。

老房子很大很气派，完全不是现在马路拓宽抬高之后的模样。沿街一楼原本有两栅窗，左右一对装饰性的砖雕门楼。中间高大的青石门框后面，是两扇厚重的包铁大门，门上整齐地布满大大小小的半球形门钉。门后两米开外，是一道长长的青石门槛，每到夜晚，只要 T 字形门杠当中一杠，莫说小偷，强盗也甭想进去——这与兰溪钱庄总部的身份和需要也相符合。

房子共有三进。第一进东西各一间屋子，二楼则空空荡荡，也没有楼梯。第一和第二进之间有五个台阶，狭长的天井两边到底。第一、二进像是彼此独立的单元，不知是否有防火的考虑？因为天井东端就是一个很大的由四块石板围成的太平池，池水不深，却四季不涸。

第二进为大厅，应该是当年兰溪大小钱庄老板议事、办公的场所。南边两侧是青石栏杆，东侧的已经不在，只剩下几个脚孔。70 年代县委干校（后更名党校）搬迁，老房子交给房管会之前，大厅可以排演或者打乒乓球。

大厅后面为第三进，中间一长方形天井，东西两侧是卧室。对，卧室，而且设计建造时应该就是，因为地面铺设了木地板。最北边是一小厅，青砖地面。天井向东通往厨房，厨房挺大，最里头又是个小天井。厨房有扶梯可上二楼，尽管扶手只是根粗大的麻绳。扶梯下还有一间厕所，这在当时十分难得。唯一不知用途的地方叫"井堂后"，究竟是消防通道呢，还是作为钱庄另有用途？背靠着它听了十多年蟋蟀的叫声，却一直不得而知。

这么大一幢老房子，起初只有四户人家。划归房管会后，住户逐步增多，原先堆放杂物和游行用具的二楼，也渐渐住起了人。

老房子不但设计讲究，做工也堪称精美。比如牛腿，每一只都是镂空雕刻而成，寓意则为聚财生宝或福禄寿喜，大抵出自东阳木雕艺人之手。飞檐黛瓦马头墙，散发着浓浓的徽派建筑气息。我们入住的时候，虽然已历经六七十年的风雨，但整幢房子除了几根屋柱略有蛀损，基本保存完好。尤其用糯汁砂灰夯压打磨出来的地面，那种坚实、细腻、光洁的质感，远非后来的普通水泥地面能比。

住在老房子的岁月不仅美好，而且承载了我许许多多从童年、少年直至离乡求学的故事和梦想——

老房子的春天,总是伴随燕子的呢喃如约而至。大厅后面屋梁下那个燕窝,应该跟老房子差不多岁数了吧。每年春天,祖母或邻居总会在燕窝下挂块纸板什么的,一来接住鸟粪,二来生怕雏燕不小心又掉出燕窝。

水池边的万年青似乎永远长不高,不像鸡冠花,撒点种子下去,不久就会开出鲜艳的花瓣。池中有些杂鱼,不多,生命力倒很顽强。还有乌龟和鳖,但是难得一见。

从楼上晾衣的窗口望出去便是大云山。大云山为金华山之余脉,也是兰溪的标志之一。年复一年的春风,从大云山徐徐吹进老房子,暖煦煦的,让人睁不开惺忪睡眼,然后又听见祖母在说:“开春啦!”

老房子的特点是夏天特别凉快。

那时候,夏天不像现在这么热。午睡时,常常将一把麦秆扇拿在手上,摇着摇着便睡着了。迷迷糊糊中,一两只长脚蜂在天井的屋檐下嗡嗡作响,于是慵懒得不想起床。偶尔还会听到外祖父打个很长、很惬意、很有特点的哈欠:啊呵呵呵——嗨呀。

晚饭后天黑下来的时间是外祖父的,《西游记》《三国演义》《封神榜》《聊斋》的故事,似乎永远讲不完也听不厌。外祖父带着徽州口音的兰溪话,成了我和邻居们至今不能忘却的怀念。

后来外祖父走了。吃罢晚饭,兰江里游泳回来第一件事,就是搬块凉水擦好的床板到大门口,一头搁在长凳上,另一头搁在台阶上,再洒点水,然后就可以躺在上面数星星了。那时候没有汽车,自行车也很少,所以不必担心谁撞着你、你碍着谁,家家户户都一样。

秋风萧瑟燕南归。凉丝丝的秋雨,先是淅淅沥沥地落在瓦背上,然后滴滴答答汇聚到屋檐底的水槽里,然后顺着水筒窸窸窣窣下来,最后哗哗啦啦地消失在天井的下水道里……秋雨和春雨播放的像是同一首曲子,只是色调不同,一个金色,一个绿色。

音乐声中我慢慢长大，一切都在长大。

先是红小兵，后是红卫兵，虽然都带"兵"字，却只摸过学校文艺宣传队演出用的红缨枪——全民皆兵的年代哈。

小学毕业的时候，我有了自己平生第一只书架。说是书架，其实就是床后靠墙的两根柱子间钉了两条木板，藏书么，也有一百多册。

"文革"后期，一场奇怪的"批林批孔"运动刚刚过去，又来了一场更为莫名其妙的"评《水浒》运动"。虽然当时不知背后的政治因素，但《水浒传》却因此看入了迷。放学回家后，常常身子趴在床上，书摊在脚踏上，一直看到天暗，暗到祖母喊上几遍"吃饭了"，才十分不舍地合上书本。

那时候冬天几乎都会下雪。大或不大，天井的青石板上一目了然。大了就堆个雪人雪老爷，小了就来回踩上几串脚印，也是饶有趣味。

原先住的四户人家，因为里面两户都姓王，年龄也相仿，所以总有些同学、街坊分不太清谁是谁家，况且后来真的成了一家。

邻家长辈是位南下干部，50年代的县委宣传部部长，"文化大革命"中挨批斗靠边站了。有时——一段时间甚至常常——下班回家或闲着没事，他便用山东话喊我下象棋，当时只觉得好玩，后来才明白主要是因为棋逢对手。有时捉了几只苍蝇、蟑螂之类的，放在天井里玩蚂蚁大战的游戏，邻家长辈也会过来蹲着看上半天。

老房子的冬天透着阴冷，不过，那时几乎每家都有火熜。火熜有铜的、铁的，也有竹篾包着陶盆的。祖母的铜火熜大概用了几十年了吧，布满小孔的盖子黄里透亮，既可烘手，又能暖脚。因为大部分时间父母不在身边，兄弟姐妹的日常生活便围着祖母转。年迈的祖母就像寒冬里的铜火熜，驱走严寒，驱走阴湿，直至最后一点炭火半夜里悄然成灰……

80 年代，我们几家陆续搬离了老房子，倏忽已过三四十载。《庄子》云："人生天地之间，若白驹之过隙，忽然而已。"小时候听外祖父这般感叹，我还不懂；等我懂时，外祖父已经溘然长逝。

直到今天，逢年过节回兰溪老家，除了到祖母和外祖父坟上祭扫，偶尔还会回老房子去看一看，发下呆，仿佛从杂乱失修的老屋里，能够再翻拣些许旧而不破的记忆。

好在老屋已成文物，老屋所在的天福山街区，2015 年 4 月更是被住建部、国家文物局公布为第一批 30 个中国历史文化街区之一。不管旧城如何改造，应该都不会拆，也不可以拆。何况，在兰溪经济重振、文化和旅游不断融合的背景下，说不定哪天老屋被修葺一新，重新恢复四五十年前甚至一百多年前的模样，成为千年古城的一处旅游景点了呢。

2018 年 4 月

陌上花开

走进"陌上花开",内心便有一种穿越的感觉。

不是穿越回汉乐府诗《陌上桑》,尽管那是一首绝美的民歌:"日出东南隅,照我秦氏楼。秦氏有好女,自名为罗敷。罗敷喜蚕桑,采桑城南隅。……"

也不是穿越回"陌上花开,可缓缓归矣"。尽管据《十国春秋》记载,这是"陌上花开"的出处。钱镠,乱世中一个盐贩子出身的武将,做上吴越国王之后,居然能对夫人说出如此温婉深情的话语,实在让人讶异。

这里说的"陌上花开",是位于兰溪老城云山路51号的一家特色餐厅。如果时空往回穿越三五十年,这里也曾是兰溪县城知名度颇高的一个吃处——工农路居民食堂。

20世纪六七十年代的工农路居民食堂,不仅是周边居民搭伙吃饭的地方,也是工农路居委会的办公场所,还是居委会召集居民开会学习的大会议室。

这是幢清末到民国初期的徽式老建筑,面阔很宽,前后四进,中间有三个天井,最里头通向一个晾晒衣物的小杂院。天井四周的梁柱上,有许多精美的木雕图案和牛腿。大门很高,高出马路十来步台阶。不知道老房子最早作何用处,反正我知道它的时候,这里一天到晚就两个字:热闹。

　　天刚蒙蒙亮，食堂里便飘出了阵阵粥香。在这里吃早饭的，大抵是家住附近的居民。也有远至南门外一些习惯吃食堂饭的人。除了粥，还有热气腾腾的豆浆、馒头、两分钱一碟的小菜和三分钱一根的现炸油条，却一直不烤带饼。带饼油条的口感，似乎一直是南门饮食店的好。

　　吃午饭的人相对少些，最多的当然是吃晚饭——兰溪人叫"吃夜饭"的。小学四五年级时，大约有一两年，几乎每天放学回家后，都要拿着"杭州篮"，去居民食堂给外祖父提饭。那时的饭有两种：一种是食堂统一用陶钵蒸的，通常半斤一钵；另外一种是先买饭票，然后按自己的需要量米蒸饭。外祖父属于后者，而且那只独一无二的平盖砂罐，不怕烫手的烧饭师傅，每次都会帮着先从木蒸笼里端出来放进篮子。

　　偶尔去得早了，开饭时间没到，我便会去大门内东侧赵会计办公室兼卧室转转。赵会计是个极和气的长者，理个平头——虽然早已谢顶，白白净净的国字脸，有点发福。每次见到我等小辈，总是笑眯眯地说上几句话。床里面的墙壁上,挂着一张赵会计自己的黑白头像。从没问过赵会计是哪里人,但听口音不像兰溪人,至少不是城里人。

也会到卖菜的窗台上瞧瞧。70年代的居民食堂,一毛钱一碗的青椒肉丝就算荤菜了。番茄炒鸡蛋八分,其他素菜如茄子、黄瓜、冬瓜、豇豆、落汤青、红烧豆腐之类,一般只要五分甚至三分钱一碗。居民食堂的常客,不少是干体力活的,只要吃饱饭就行。二角九分一斤的黄酒,即便喝,大抵也就一碗,半斤。然后坐在食堂第二进的长条桌椅上,将着饭菜,慢慢吃上半天,嗓门也越吃越大。

居委会主任那时叫主委,有点补贴,估计也不多。"文革"时期的主委,其他做些什么事不清楚,但晚上召集居民不定时开政治学习会,大概是最重要的。除了挨家挨户口头通知,还要念文件、读报。我至今印象很深的一个镜头是:1971年"九一三事件"(即林彪叛逃事件)后,相关文件材料的传达学习,直到1972年夏天还在居委会进行。当时的主委是位瘦瘦的中年妇女,姓汪。略卷的花白头发,戴副近视眼镜的汪主委,念文件的声调超级催眠,直到最后一声"散会",挨着祖母睡着了的我才迷迷糊糊地醒来,然后拎上各家自带的竹椅、小矮凳,随一大帮与祖母差不多年纪的人,慢慢腾腾地回家。

"文革"结束后,晚上的政治学习会基本不开了。有段时间,大约1977年下半年吧,我时常和高一几个同学一道,晚上去居民食堂听说书——兰溪人叫"讲大书",内容为《说唐》《乾隆皇帝下江南》之类。一角一位,有杯茶,吃瓜子则要另外花钱。

说书的是位面色绛紫的中年艺人,坐东朝西,桌上放个满是茶垢的搪瓷杯。每天讲着讲着,正到精彩处,只见他右手举起惊堂木,"啪"地猛敲下桌子:"欲知后事如何,且听下回分解!"这叫卖关子。吃这碗饭的人,想想也是。"薛仁贵征东"的故事,便是从那时开始知道,尽管不太知道薛仁贵征讨的就是高句丽,而高句丽王朝的历史,直到今天还是那么复杂敏感。

再后来,居民食堂的功能慢慢变了,我也离开兰溪老家赴杭求学。工农路居民食堂,渐渐地变成了一个曾经的名字,一段记忆。

工农路与云山路合二为一后,云山路成了横贯兰溪老城东门外到南门码头的一条路。"阡陌"一词,出自陶渊明《桃花源记》:"阡陌交通,鸡犬相闻。"阡,原意为南北走向的土埂;陌,即东西走向的田间小路。云山路果然是一条东西走向的路。

苏东坡一千年前任职杭州通判时,一次去临安,有感于吴越国王钱镠"陌上花开,可缓缓归矣"书及里人之歌,兴作《陌上花》三首。其中一首云:"陌上花开蝴蝶飞,江山犹是昔人非。遗民几度垂垂老,游女长歌缓缓归。"

陌上花是美的,陌上花开的季节,让人感怀过去,也让人憧憬将来。

2018 年 8 月

祖母与外祖父

1919 年（民国八年）暮春，北京城早晚还有些凉意。

在西方列强操纵之下，以第一次世界大战战胜国名义参加"巴黎和平会议"的中国代表团，不但合理主权要求被无理拒绝，和会居然还明文规定将德国在山东的特权，全部转让给日本，而北洋政府竟准备在对德和约上签字。消息传来，群情激愤，北京大学、北京高等师范学校（现北京师范大学）等学校的 3000 多名青年学生，5 月 4 日下午在天安门前举行集会和游行示威，进而爆发了一场轰轰烈烈、影响全国的示威游行、请愿、罢课、罢工、暴力对抗政府等多种形式的爱国运动。这一重大历史事件，后来被称为"五四运动"。

然而，在远离京城一千多公里的浙江兰溪县城，一切似乎都没有发生。

几乎同一时间，兰溪城隍庙世德路一严姓大户人家，刚刚来了个十二三岁的小丫鬟。小丫鬟姓叶，1907 年（清光绪三十三年）冬天生于衢江边上的樟树潭村（现樟潭镇），因此取名冬妹。这个小丫鬟就是后来我的祖母。祖母曾经裹过脚，但四五岁时清廷覆灭进入民国，又把裹脚布解了。所以，祖母的双脚，比大清女人要大，比民国女人要小。

祖母在严家一做就是十余年，直到 24 岁，才嫁给了比她小 4 岁的祖父。我们迄今为止不知道什么原因，那时一个女人，24 岁才嫁给一个 20

岁的米行学徒出身的俊秀后生。

祖母与外祖父原本没有一点点关联。

外祖父姓詹,名厚坤,字载凡,安徽歙县人。歙县通常叫作徽州,清代徽州府衙即在歙县。

外祖父比祖母大整整10岁。外祖父出生在"戊戌变法"的前一年,即公元1897年(清光绪二十三年)。虽然已经甲午战败,但地处"吴头楚尾"的徽州,完全没有风雨飘摇的感觉,一切都在按照祖上的老规矩进行。秀才出身的外曾祖父,刚让作为长子的外祖父念完私塾,大清国的黄龙旗,转眼变成了中华民国的青天白日满地红。

此时,兴盛了数百年的徽帮虽已衰落,但外出经商,依然是山多地少的徽州人的重要谋生之路。金华一带,历来是"徽州佬"较为集中的地方,随处可见的徽派建筑即是明证。1865年,原籍歙县的大画家黄宾虹,也因此诞生于金华城内。

民国初年的一天,淡淡的晨雾还没散去,歙县新安江畔的深渡码头,便挤满了人。已经成年的外祖父,因为拒绝父母包办婚姻,身着长衫,与几位同乡一道弃岸登舟。先是顺流至严州梅城,然后溯兰江、婺江直抵金华。随身物件不多,却有一对竹制的书箱,里头装满中医古籍与杂书,另有徽墨数块和一方小小的歙砚,砚底写有四字:詹厚坤置。

金华的徽州籍人,大多跟随乡族长辈而来。经商需要打拼,也需要资本。没有什么资本的外祖父,只能在粮行帮同乡打理生意。然而,徽商"贾而好儒"的特质也在外祖父身上深深体现出来——

外祖父面容清癯,额角高高,高高的额角下是高高的鼻梁,上面架了副近视眼镜。酷爱读书,除了《伤寒大全》《眼科秘旨》《白喉》之类,还爱看《三国演义》《聊斋》《封神榜》《西游记》一类杂书。不仅爱看,看了还能记住。不仅记住,还能完整地绘声绘色地讲述出来。

在金华谋生的20多年里,外祖父既幸运又很不幸。幸运的是,而立之年终于娶了美貌端庄的外婆——一位张姓大户人家的小姐——尽管是庶出,然后就有了我母亲。不幸的是,我母亲刚刚五岁,梦想之舟正要扬帆远航,年轻的外婆,却突因脑溢血撒手西去。紧接着,1937年9月,又因日军对金华火车站的一次轰炸,家中房屋燃起大火,除了拼死抢出的部分书籍和铺盖,其余家什,包括外婆的一套嫁妆,尽遭焚毁。一声长叹,为了女儿不想续弦的外祖父,不得已携我母亲从金华来到兰溪。

先是在南门外几家米行做"样盘先生",即负责确定进出大米成色、价格的伙计,主要凭靠眼力和手感经验。算是技术活吧,薪水比其他店员略高,所以生活还算安稳。作为独生女的母亲,也开始读书识字。

可惜好景不长。1941年12月7日,日本偷袭珍珠港,太平洋战争爆发。1942年5月,浙赣会战打响,浙赣铁路沿线的金华、兰溪、衢州一带,成为日军和中国军队争夺的重点地区。城里百姓纷纷去乡下逃难,兰溪县城几乎成了空城。

外祖父带着母亲去了离城15里的东乡麻车桥村,借住在一郑姓大户人家的堂前。堂前挂着用粉金纸装裱的四条屏:福星高照庆华堂,禄在其中大吉昌;寿比南山松柏茂,喜生贵子状元郎。70多年后的母亲,依然清楚记得这几句吉言。

栖身之处有了,谋生手段自然是做郎中。

"詹载凡中医内科"白纸黑字往大门口一贴,便有病人前来寻医问诊。一传十、十传百,很快,四乡八邻都知道庆华堂来了位詹先生,待人宽厚,方子管用,且诊费随宜。在兵荒马乱、极度缺医少药的农村,行医既是谋生,也是积德。

而在此之前,另一个阮万通米行的账房先生——祖父王庆荣,也拖着一家四口逃往北乡马涧一个叫后潘的村子。这是两家人彼此不知道,也不可能、没理由知道的事。正如不知道这一年的5月28日上午,一个叫酒井直次的日军中将师团长,在兰溪城北一里坛附近,踩上一枚中国军队埋设的地雷，一命呜呼了。

比外祖父家更为不幸的是，祖父因奔波劳累过度，加上淋了一场雨，不幸染上"七日伤寒"。1944年农历正月廿六，33岁的祖父无奈地抛下祖母和四个幼小的孩子，撒手人寰。作为家中长子的父亲，这时才13虚岁，最小的二叔年仅2岁。这对祖母一家无异于天塌地陷！然而，生性坚强的祖母，硬是想尽一切办法挺了过来。作为一个旧社会的下层劳动妇女，身处异乡，举目无亲，却要一个人撑起五口之家，当中的艰难困苦，实在让后辈们难以想象！

第二年，即1945年8月，日本宣告投降。下乡避难的百姓，包括祖母、外祖父一家，又重新回到城里。未满13周岁的父亲，9月就去南门驿前码头的余大恒米行做了学徒。外祖父则与另外一个熟人，在南门驿前码头合伙开了爿小本经营的粮店——永隆米行。

祖母一家与外祖父一家的关联由此开始。

余大恒米行、永隆米行中间只隔了条马路。因为父亲能吃苦，肯动脑筋，人又孝顺，深得老板唐桐华信任，三年学徒刚刚出师便做了出纳。母亲是独生女，加上徽州人读书重教、勤俭治生思想的影响，外祖父咬牙让母亲小学念完后继续到私立担三中学（兰溪一中前身）读书。那时女性读书少，学费也高，担三中学一学期就得两担谷（折价）。因而没等三年读完，母亲便辍学到附近几所小学教书"打零工"去了。

门对门，面对面，青春韶华，相识、相知、相爱。一切都那么自然，仿佛是上天的安排，清贫和辛劳已经互相忽略。

1952年年初，两家人一合计，索性一起租住到了章府左巷四号，祖母和父母住在楼下，外祖父一个人住在楼上。楼下有浓浓的母爱，楼上是深深的父爱。

章府里乃明代名儒名臣章文懿公章懋晚年的居所。章懋官至南京国子监祭酒、南京礼部尚书，曾讲学于女埠渡渎枫山书院，世称"枫山先生"。其为官清廉刚正,生活俭朴,学问精深,故章府里几百年来兰溪老城尽人皆知,是兰城的重要地标之一。

1967年,又从章府左巷搬到了章府门口工农路54号(后改51号,时属县委干校)——一幢建于清末的老房子,最早是兰溪县钱业公所。在这里,祖母和外祖父度过了一生中最后,也是最为幸福愉快的时光。

那时候的幸福愉快,并非以金钱物质作为衡量标准。

祖母没读过书,却比许多读过书的人更讲人品道德,更重人情礼数。凡是熟悉、了解祖母生活经历的人,都对祖母宁可守寡也不辱贞节、宁可负重也不向命运低头的性格佩服不已。早在后潘村避难丧夫之后,村里就有人提出要给祖母立牌坊。

祖母什么苦都吃过,什么活都能干。由于父亲20世纪50年代开始便不断在城里、乡下来回奔波忙碌,母亲60年代初也随父亲调去黄店供销社工作,家中兄弟姐妹的柴米油盐等日常生活,便由祖母全管了。

清明节到了,清明粿祖母是一定要做的,而且要做三种:白皮咸菜粿、糖皮猪油粿和艾青色的芝麻白糖粿。各有各的味道,印模上还有好看的图案,中间再用红、白、青三色组合点缀一下。剩下的粉团,祖母就任由我们想象,做成各种各样的动物形状,虽然没啥味道,我们却一样吃得有滋有味。

清明一过便是立夏。兰溪人立夏习惯吃带饼油条,六分钱一副。有时祖母还会煮点红枣汤。

门上插菖蒲,是端午节家家户户除粽子外几乎都会有的。傍晚时分,祖母还要点起一大把艾蒿,堂前屋后来来回回地熏,尤其是厨房和"井堂后"。祖母说:"端午多熏两遍,热天蚊虫少点。"

夏至吃馄饨。祖母虽然是南方人,但喜欢吃面食,一家人便跟着从小喜欢面食。于是常常我们家做豆腐馄饨,山东邻家包韭菜饺子。

中秋节则吃月饼,苏式月饼。那时广式月饼并不多见。吃完月饼,再到祖母的紫砂壶里嘬两口浓茶，那种"同甘共苦"的感觉，至今犹在舌尖。

一年到头最盼的就是过年。那时候年味浓，从南门外到北门城头，前街后街小猪市，摩肩接踵的人流，四乡八镇的叫卖喧闹，直到农历大年三十中午才慢慢消停。此时，噼噼啪啪的鞭炮声，已经开始响起。

厨房里几户人家忙着做年夜饭的时候，外祖父则在自己房间的桌上，用红纸头给我们几个外孙、外孙女包压岁钱——通常是每人十枚两分的硬币，后来似乎改成五分的了。20世纪六七十年代，我们没觉得这是多了还是少了，反正就是压岁钱，而且要等年夜饭吃好，外祖父用煤头纸擦过嘴巴，然后才从长棉衫袋里慢慢地拿出来，一个一个递给我们。我们则一个一个道声："谢谢公公！"

外祖父平时自己一个人烧饭做菜，油盐酱醋跟祖母搁在一张桌上。后来晚饭不烧了，就做一两样菜——大抵是素菜，然后身着藏青色的长衫，到附近工农路居民食堂用砂罐蒸好饭，我们放学回家，再拿"杭州篮"去提下。外祖父有退休金，尽管不多，但对一向"节俭治生"的徽州人来说，足够了。

外祖父带给家人及邻居们最大的乐趣是讲故事。

只要天气暖和，特别到了夏天，吃罢晚饭，便早早地给外祖父预备好竹椅，还有旱烟筒、烟丝盒、煤头纸和火柴，然后等着外祖父开讲西游记、封神榜、三国演义或聊斋故事。这在那时简直是种享受，甚至今天回想起来，依然是种享受。其实，外祖父看我们听得津津有味的样子，大概也是一种享受，不然怎么会日复一日、年复一年地讲给我们听呢。

外祖父十几岁便离开了老家，然而60多年乡音未改。"日游神，夜游神，山神土地怕水神……"那种发音和腔调，能懂、易记、难学，不知道该叫徽州兰溪话，还是兰溪徽州话。

那时全家老小很少上医院，有点小病小痛，只要外祖父拿笔开上几味中药，再到南门药店抓回来，服上几帖就好了。外祖父的晚年生活，如同他开的方子，简单而实用。

1973年冬天，外祖父去照相馆拍了一张照片，笑容非常自然、平和、慈祥。放大后装入镜框，下书"七七老人詹厚坤"，挂在房间的屋柱上。外祖父为什么要拍这张像？当时没人去多想。直到两三年后，外祖父身体突然变坏，我们才从外祖父的笑容里，明白了一个80岁老人的用心。

外祖父走后，父母让我整理遗物。主要就是一些线装中医古籍，其中最有纪念意义的有两本：一本是外祖父青年时代用行楷手抄的《本草》，大约三万来字，流畅而不失工整，封面有"詹载凡抄"四字。另外一本是上海福禄寿书局20世纪40年代印行的柳公权《玄秘塔碑》残本。这两本小册子，成了启发并激励我后来在学书道路上一直前行的两盏明灯。

另有一套线装《李修园医书五十种》，是外祖父早年从歙县老家带出来的，每种封面均盖有外曾祖父的篆体姓名、字章。1937年9月在金华遭日机轰炸前尚存廿八种，轰炸中又失八种。事后，外祖父写了张纸条夹在书中，上写："……遗失原因：是被日本鬼子丢燃烧弹焚毁。诚可痛心。"外祖父一生钟医爱书之情，跃然纸上！

2006年4月5日，清明节。我从淳安千岛湖乘坐快艇，专门来到歙县深渡镇的古码头寻访，遥想当年外祖父担着行李告别故乡的情景，脑海里却浮现出《兰亭序》中的几句话："虽世殊事异，所以兴怀，其致一也……"一种完全莫名的感慨。

也许是外祖父的离世，触动了祖母内心深埋已久的痛。

1977年清明前夕，祖母忽然跟我说："小刚，清明节我们到后潘去一趟。"祖母一辈子叫我小名，我则跟祖母同一张床睡到小学毕业。

祖母已经很多年没有到后潘村了。那时的农村，几十年都没有太大变化。后潘村的一山一水、一草一木、一桥一巷，祖母都是那样熟悉。许多上了年纪的人，跟祖母还能彼此叫出名字。房东潘卸务一家，仍然像当年一样善良、纯朴、热情。甚至院子里的香泡树，依旧是30多年前的模样,只是长得更高更大了。

那天,祖母在祖父坟前哭了很久很久。我平生第一次见到祖母如此悲伤凄切。我默默地走开,让祖母一个人跪着、蹲着、坐着、哭着、诉着,尽情释放内心深处 30 多年的郁积⋯⋯直到红烛泪尽,纸钱化蝶,在寂静的山坳里飘散、飞零⋯⋯

回来后一连数天,祖母很少说话。我知道,在祖母心里,后潘虽好,终究是一生的刻骨铭心之地。此后祖母再没有去过,但是每一两年,都要让我替她去祖父坟上祭拜一下。后来我写了篇散文《秋祭》,1986 年 6 月登在一家文学刊物上。此时的祖母,已经躺在床上、藤椅上为主了,但听着我一字一句地念完,祖母脸上还是露出了一丝淡淡的慰容。

这年秋天,农忙时节,祖母走完了操劳忙碌的一生。祖母走时,一家人仿佛有种预感,全部都在身边。没有什么特别的病痛,就像一根蜡烛,燃呀燃呀,照啊照啊,直到蜡炬成灰,最后静静地、悄悄地熄灭⋯⋯

祖母祖父的合葬墓与外祖父的坟,时间上相隔了十年,相距却不过百米。

祖母一生与外祖父一生,有许多共同之处:都在中年时失去了另一半,都为了子女不再失去母爱、父爱,毅然决然地一个人挑起了另一半的重担。后来,又因为父亲母亲的结合,在同一幢老房子中,继续倾注着后半生的母爱、父爱,直到平静地离开这个世界。祖母与外祖父,用自己的大半生,做到了中国俗话中不容易做到的一句话:儿女亲家,亲如一家。

在 20 世纪的中国社会,祖母与外祖父的一生,就是绝大多数中国人命运的缩影。千千万万个祖母、外祖父一样的家庭,历经几个朝代的更替,在动荡不安的时间之流上漂来泊去,度过了艰辛、困厄、平凡而又自足的一辈子。虽然普通,普通得近乎卑微,却构成了那个时代最为真实的中国故事。

2018 年 6 月

父亲的相册

父亲走得有些意外、仓促。

那年清明，祭扫完祖母祖父和外祖父的墓回家，我还跟父亲开玩笑说："侬已经比奶奶、外公去世时都大了，伟大领袖毛主席也就侬这个年纪呐！"

父亲乐乐地笑笑。

那是父亲一直以来的表情，至少从我有记忆开始，父亲就是这样。不知道是天生乐观，还是少年时代的苦难，造就了父亲后来乐观、通达的性格。

父亲12岁便失去了父亲，下面还有3个幼小的弟妹，并且因日寇侵占兰溪县城避难在偏远的乡下，一家人吃了上顿不知道下顿在哪里。然而，作为家中长子，父亲与祖母及弟弟妹妹们，竟奇迹般地熬了过来。当中的艰难困苦，仔细想想，其实也不算什么奇迹。如果一定要说奇迹，那就是血泪中泡大的苦瓜，最后都一样苦尽甘来。

父亲心中的苦尽甘来，大概从学徒还未出师就开始了。1946年秋天父亲拍的一张照片，稚气未脱的微笑中，已经流露出乐观向上的精神。没有这样一种精神，父亲不可能学徒一出师就做了米行出纳，不可能20岁便成家立业，不可能抚养着6个孩子却从不叹苦言累，不可能40年后还特地去杭州看望当年的米行老板，让耄耋之年的老掌柜感动流泪……

父亲心中的苦尽甘来，让父亲觉得成年后遇到的种种困难，比起少年时代，都算不了什么。退休后父亲写回忆录《我的一生》，对少年时代经历的苦难，说得并不太多。字里行间，反而让后辈们感到，那时候生活尽管艰难，却也不乏趣味——父亲已经把种种生活的不幸与磨难，看作成长的必然经历。

父亲心中的苦尽甘来，在他生前整理的十五六本相册里，完整地呈现、诠释出来。父亲喜欢照相。从学徒开始，人生的每一个阶段，父亲都留下了照片。每张照片背面，父亲都会写上时间、地点、合影者名字。父亲的表情里，几乎没有严肃二字，始终带着微笑，一种自信、从容、通达的微笑。

父亲这一代人，已经将个人命运、家庭命运，与国家、与社会变革紧紧维系在一起。这是个人的选择，也是历史的选择。他们有激情，有目标，有追求，并为之奋斗、寄望终生。虽然在今天看来，不少奋斗目标有些陌生，有些过时。但那就是时代的真实烙印，而不能简单地看作时代和个人的局限。"后之视今，亦犹今之视昔。"如果仅仅看成局限，那么，我们今天谋划、追求、奋斗的一切，也必将被后人诟病。

我甚至认为，没有那一两代中国人，在中华民族最艰难困苦的时候，以个人和家庭牺牲、付出为代价，我们后面这几代中国人，不可能这么快就有今天的美好生活。只要认真读过中国和世界近现代史，然后不抱偏见，都会得出这样的结论。假设是没有用的，历史无法假设；否定过去是容易的，但是，今天就是从过去一步步走过来的。

父亲不是南下干部，却是南下干部和组织培养出来的第一批本地干部。20世纪七八十年代前，县以下基层干部，包括领导干部，与普通群众没什么两样。

父亲对农民感情至深。

父亲在原女埠区委工作时间最长，那里有九个公社（乡镇），十万人口。全区的每一个村，哪怕是最偏远的小村，父亲都走过。每个大队（行政村）干部和一些普通农户的家庭情况，父亲都清楚。他们把父亲当作朋友、亲戚，家里遇到什么困难，总要来找父亲。即使80年代初父亲调回城里，甚至退休了，也是一样。而父亲，也把能够为乡下人解决一点困难和问题，当作一件愉快身心的事情去做。父亲一生三下农村，三上县（市）委、人大机关，留下了许许多多以"三农"为背景的照片。这与父亲少年时代在乡下避难的经历密切相关，我想。

父亲内心，对外面的世界也一直非常向往。80年代之前，父亲出远门的机会很少，也没有那个条件。退休后，一向节俭的父亲，和老朋友老同事一起，游览了不少风景名胜。每次回来后，父亲都会将留影精心挑选出一部分，放进相册。父亲一生的心满意足，在这些照片中，体现得最为充分、自然。

父亲那一代人，亲身经历了各种外患内乱，目睹了中国社会从动荡贫穷到安定小康的整个过程。痛恨谁、热爱谁、感恩谁，最为直观、朴素、真切。那一代人体验的苦难与幸福，反差强烈而巨大。先苦后甜，那一代人比我们这一代人，以及我们的后代，更懂得什么叫珍惜、知足，什么叫自立自强。任何以轻率的口吻，去质疑、否定甚至嘲讽那一代人曾经的言行，都是脱离实际、浅薄无知的。那一代人值得历史尊敬并永远铭记。

父亲的相册中，有许多张在兰溪市慈善总会时的工作照片。兰溪市慈善总会副会长，是父亲一生担任的最后一个社会职务，也是父亲最乐意从事的义务劳动。这时的父亲，虽已年届七旬，但以慈善事业为自己的工作生涯画上句号，既是缘分，又不止是一种缘分。

父亲的笑容是温暖的，达观的，圆满的。它让我更深地体会"父可敬、母可亲"，更深地懂得面对生活的态度，并常常给予我力量。

2019年6月

牵 手

母亲的手已经皱皱巴巴，并开始有些发颤。尤其是拿着放大镜看报纸的时候，抖得更加厉害。毕竟，九十来岁的人了，老了。

母亲的手原本不抖，不但不抖，而且是那样有力。

母亲抱我在怀里的样子，已经记不得了。记忆最早最深的，是小时候在黄店的日子。

"文革"开始第二年，我们一家又从黄店搬回城里。因为我才四岁，便一个人跟着父母，继续住在女埠区委区公所。

母亲那时在黄店供销社工作。供销社距离区委两三百米，之间有条砂土路。路的两边，一边是一口很大的池塘，塘沿有五六棵高高的乌桕树——那时兰溪称作"乌桕之乡"；一边是稻田，附近农民的春耕夏作、秋收冬种，都在里头。

就这一小段路，母亲牵着我的手，走了一年又一年。

那时候一切政治挂帅，乡下也是。政治学习是必不可少的，不过呢，主要也就是晚上组织全体职工学习"老三篇"，念文件，读报纸。

夏天的夜晚，供销社前后两幢房子中间的空地上，先泼点井水，然后一人一张凳椅，一把麦秆扇，就像乘风凉一般，单调中倒也不乏惬意。每每还有三两只壁虎——兰溪人叫"吸壁龙"——在墙灯边上，慢慢悠悠地爬爬停停,享用着小飞虫送上门来的美餐。

随着供销社主任一声"散会!"大家便一道起身,放好凳椅,然后各自回家。母亲则拿上一只手电筒——那时乡下很少有路灯,牵着我的手,一晃一晃照着砂土路,走回区委宿舍。每次走到池塘边,母亲的手都会下意识地把我的手攥得更紧,然后说句:"走好唻!"这个时候,我会觉得母亲的手,特别有力。

有时月光很亮,照在砂土路上,像条白蒙蒙的长练。母亲就把手电筒关了。一边走,一边看着圆圆的月亮,一边听着此起彼伏的蛙声。知了叫了一天,困了,歇息了。萤火虫们则一闪一闪地飞来飞去,把夏天的夜空,织成童话般的梦境……

一晃,五十多年过去了,那个手电筒和萤火虫晃晃闪闪的镜头,母亲牵着我的手的样子,仿佛就在昨天。

然而今天母亲真的老了。那双曾经与祖母一起把我们兄弟姐妹抱大的手,那双后来又抱过我们兄弟姐妹的儿女们的手,那双跟随父亲为一个大家庭操持了一辈子的手,老了,开始颤颤巍巍了。

好几次,母亲看着父亲生前整理的相册中,有一张母亲1973年在黄店甘溪边参加劳动的照片,肩上挑着两畚箕砂石,总要嘀咕几句:"看看,那时候多少有劲,怎么现在就变成这个样子了呢?……"我安慰母亲:"谁都一样,都年轻力壮过,都会从爸爸妈妈,变成老爸老妈、老头老太。"

母亲的话语,不禁又让我想起从前的祖母与父亲,也想起多少年后自己的妻子与儿子。

那时,从县城到黄店,往返都要经过中洲背,经过兰江上两座浮桥。浮桥两端,有几块窄窄长长的跳板。每次踏上跳板,母亲都会牵牢我的手,小心翼翼地走过来、跨过去。

那时的兰江水,比今天的杭州西湖更加清澈见底。

　　我的家离西湖近。父亲去世后，母亲跟着我一道生活，转眼已五个年头了。母亲也很喜欢西湖。以前父亲在时，每年春天或者秋季，都会一起来杭州小住几日，都要到西湖边走走，看看。那时父母亲身体健朗，不用我们搀扶，一口气可以从六公园走到平湖秋月。

　　完全不像现在，去西湖边走一趟，还要特地起个意，下点决心，然后我牵着母亲的手慢慢地走才行。今天的几百米，似乎比十多年前的几公里，还要漫长。

　　但我还是鼓励母亲尽力去走。哪怕牵着手，走得再慢一点。哪怕累了，中间歇一歇，接着再走。因为我清楚，母亲的体力，的确已经一年不如一年，一天不比一天了。

　　假如，某一年，某一天，母亲连我牵着手都迈不动了，甚至连手都牵不了了，西湖再美，也跟母亲没有了关系。

　　再或者，只剩下心中无尽的怀念。

2019 年 5 月

郦红玉老师二三事

在一些人的感觉里,兰溪中小学校中,历史最长的肯定是兰溪一中。其实错了,是云山小学。

云山小学前身为学宫,即官办县学,历史相当悠久。如果从清乾隆二十三年(1758年)的云山书院算起,已有260多年。如果从清光绪二十七年(1901年)的云山学堂算起,也有近120年历史了。

学校原址在今云山小学东边。对面不远,是兰溪建县1300多年的重要地标之一——大云山。进入校门,先过一座桥,中间是笔直的石板路,左右两排青石栏杆和绯红的夹竹桃。桥底下一个长长的池塘,古代叫作"泮池"。池水不深,上面长满了水葫芦和浮萍。过了桥,跨上十来步石阶再往前,是一大两小三个拱门。平时一般便从西侧的小拱门进出。直到20世纪70年代,还依然保留着旧时学宫外面这一格局。

民国时期,校名数易。新中国成立后,改称云山路小学。"文革"期间,又更名东方红小学,尤其是工宣队(工人毛泽东思想宣传队)进驻后,还一度改叫瓷厂"五七"学校。伟大领袖毛主席"五·七指示"中的一段话,校广播站经常播放,至今记忆犹新:"学生也是这样,以学为主,兼学别样,即不但学文,也要学工、学农、学军,也要批判资产阶级。学制要缩短,教育要革命,资产阶级知识分子统治我们学校的现象,再也不能继续下去了。"这，就是那个年代学校教育的总纲。

赶上这样的年代读书、教书是荒唐的，然而也是有趣的。我们和郦红玉老师正好一道赶上了。

郦老师是当时为数不多的宁波农学院毕业教小学的女教师之一，是我们东方红小学70级春一（3）班班主任。

换上今天流行的词语，郦老师不但是位美女教师，而且是个运动达人。她的游泳，尤其是她的正板直拍，曾经横扫全县所有女乒乓球运动员，夺得女子冠军，并代表兰溪夺得金华地区女子亚军。那时郦老师才20多岁，初为人母。能够在郦老师的教鞭指引下念完整个小学，算得上是一种幸运。至少我这么认为。

五年半（我们那一届很特殊的学制）时间里，郦老师留给全班同学的美好往事实在太多，以至于我今天提取这段记忆时，都似乎有点难以取舍。

二年级时，我们从学校本部搬到了东面相距一百多米的第一分部——严氏宗祠，本地人叫姓严祠堂。我们班的教室在青石台阶上边南侧，与下边两教室隔着一个长长的天井。

那时的小学班主任，除了体育、音乐，其他语文、算术、思想、写字（毛笔）、劳动课等，全部都教。除了课本，还要一遍又一遍地学习"老三篇"以及《雷锋日记》等等。

有一天下午，自习课，郦老师给全班同学念《雷锋的故事》。当念到童年的雷锋回家，看见饱受欺凌的母亲已经悬梁自尽，小雷锋扑上前去，紧紧抱住母亲的双脚，大声哭喊着"妈妈！妈妈！"时，郦老师哽咽着再也念不下去了。许多低着头的同学，开始还没发觉，等到抬头看见郦老师正一边哽咽、一边用手帕在擦眼泪时，许多同学，特别是女同学，一下子"哇"地哭了起来……

今天的小学生肯定无法理解这一幕，就像无法理解"忆苦思甜"，无法理解"天上布满星，月牙儿亮晶晶，生产队里开大会，诉苦把冤申"是什么意思。但在那时,每一位同学的哭都是真实的,感情是纯朴脆弱的,老师的哽咽,无法不让自己的眼眶湿润。

还有一次,大概也是两三年级吧,学校统一组织到人民路电影院看电影《智取威虎山》。这是每学期难得的文娱活动,尽管已经看过多遍。看着看着,我的肚子突然痛了起来。郦老师得知后赶紧走过来,坐在我边上,一面帮我轻轻揉着肚子,一面鼓励我坚持住。可我实在坚持不住了,整个人痛得一次次滑落座椅——那时的木座椅是长排形的。

见我这样,郦老师背起我便往人民医院走。接下来的情形我已记不太清,也许是昏昏沉沉睡着了。但我依稀记得,从人民医院出来,郦老师背着我,穿过延安路,翻过牛角尖,沿章府左巷弯弯曲曲的台阶,一步步慢慢地拐下来,把我送回家中。

祖母见状,一边让我上床躺下,一边泡茶向郦老师道谢。郦老师看我已经好些了,便叮嘱我:"吃了药再睡一下,就会好的!"茶也没喝一口,就告辞回学校去了……

那时的学农、学军,主要就是种菜和搞"军事活动"。只要听说又搞"军事活动",同学们便来劲了:一则可以去郊外游玩,又可借机让家里准备点好吃的干粮——大抵是六分钱一副的带饼油条之类。水壶是每个人自备的。

"军事活动"有一项很好玩的内容,叫作"捉敌"。所谓"捉敌",就是把写有敌军长、师长、团长、营长、连长、排长、班长、士兵的小纸片,提前让"先遣队"埋在活动将要经过的路边上——通常是东郊茆竹园一带。我因当过几年体育委员,所以常常被郦老师抽去先遣队。埋"敌军"是有讲究的。士兵数量最多,随便放在路边的石头下、草丛中即可。官阶越高,纸片数量越少,埋的地方也要最难找,有时会让先遣队员们绞尽脑汁。

等到全班大部队到达预定地点后,郦老师便一声令下:"捉敌活动开始!"同学们于是立刻四散开来,各显神通,把"敌军"一个个"生擒活捉"

出来。最后，谁捉到的"敌军"官阶最高，谁就是第一名！因为"军事活动"，像六洞山、黄大尖这些地方，我在小学里便去了多次。

五年级时，我们又从大云山麓的第二分部搬回了本部。我们班的教室，在大礼堂西边，是全校最高的教室。而学校的菜园，又在教室西北边更高的地方。

菜园很大。从北面围墙的塌落处，可以远远看见郊外高低错落的山丘、稻田、农舍。四周还有一些杨树、冬青树、法国梧桐及灌木。每当早晨和傍晚，都会有许多鸟儿飞来叫去，却也不觉得吵闹。最多的是麻雀，偶尔还会到教室的窗台上轻轻蹦几下，然后"呼"地又飞走了。

大部分班级的菜地都在这里。春夏或者初秋，有萝卜、番茄、豇豆、芥菜、落汤青、油冬菜、扁豆、丝瓜、南瓜、茄子、辣椒、小白菜，还有其他。每每到了摘收的前一天，郦老师就会在讲台上问："哪位同学回去问问这两天的菜价？"

"我去！我去！"马上有同学争着举手。

第二天下午，等到把菜摘收完毕，放在讲台边或者教室门口，然后按每斤低于市场一分、两分钱的价格，卖给需要的同学。劳动委员和组长则协助称秤、收钱、记账。这大约是班级活动经费的唯一来源了。个别家庭困难的同学，郦老师有时会把剩下的菜头菜脚，免费让他们带回家去。

种菜需要肥料，除了人粪尿，学校各班级养的猪牛栏粪，还得拔草积肥。于是我们每周的劳动课，常常是去郊外田间陌上拔草，竹篮则各自从家里带去。因为拔草，自己又认识了许许多多原本叫不出名字的野草，比如牛筋草、紫云英、飞廉、马唐、蕨菜、水芹、犁头草、狼尾草、蒲公英、狗牙根、苍耳子、七叶一枝花……

因此，在我看来，郦老师其实还教了一门学校课程表上没有的课：植物。

2018 年 6 月

看小人书的日子

20世纪70年代中期，也就是在我读小学高年级和初中时，我的星期天和节假日，不少是在兰溪县城的几家旧书摊（店）里度过的，而且经常一坐，就是半天。

那时候，除了革命样板戏，没有多少文化娱乐活动。能看上连环画，哪怕是成年人，也算一件有滋有味的事了。

看连环画小人书是要花钱的。虽然不贵，像《三国演义》《水浒传》《杨家将》《说岳全传》一类"文革"前出版的"老"书，大体两分一本或三分两本。"文革"中出版的"新"书，只要一分一本，薄点的一分两本。

说"本"，有些不太确切，确切应该叫"册"。因为许多连环画，一套往往有几册、十几册、几十册。像《三国演义》，一套60册，全部看完得花一块两角，《水浒传》看完也要近一块钱。因此说"不贵"，也是相对而言的。

那时的自来水价格，跟看小人书差不多，两分一担或三分两担。几乎人人喜欢的"著名兰溪小吃"带饼油条，三分一块（根），六分一副。凭票供应的"白市"豆腐，六分一斤。经济牌香烟，八分一包。大米，不算粮票一角三分七一斤。普通蔬菜水果，每斤也就几分钱。学校门口的爆米花、炒玉米，两分甚至一分一小杯。这样对比下来，贵与不贵，就看你自己的需求和取向了。

我算是幸运的。每年的压岁钱,都有一点点积余。已经参加工作的两个姐姐,也会从不多的工资里,不时挤出一点零花钱给我。而我,则一次又一次地,把其中的大部分,心甘情愿地"转交"到书摊(店)主人手中。

人民路浴室(夏季为冷饮室)斜对面那一家,大概是兰溪县城"老"书最多的。看的人最喜欢的也是"老"书。有时,一本书要几个人轮着看。店主是位老大妈,头发花白,手脚麻利,"定价"说一不二。因为位置好,生意也好。加上又是"文革"后期了,"老"书只要不过于"封、资、修",在屋里头有偿看看,似乎也没人来管,比如《封神榜》《西厢记》《红楼梦》之类。《金瓶梅》倒是真的没有见过,有没有不知道。

除了这一家,解放路水门、桃花坞口和东门火烧基对面几家,"老"书也有不少。那时,兰溪县城有四万多居民,是名副其实的"城里",不然,也不会1985年5月成为浙江省第一个县级市。

东门火烧基对面这家,摊(店)主是位瘦瘦的、文质彬彬的老先生。他家面积不大,就一间排门屋。因为主人比较随和,"定价"比较随意,看的人自然也多。后来,1983年10月,兰溪一批古体诗词爱好者成立了"兰江诗社",我作为"大堰河诗社"代表应邀参加。这时我才知道,这位文质彬彬、拄着拐杖的老者,居然是位诗词修养很深的老诗人,是兰溪诗词界的几老之一。合影留念时,我刚好站在他身后。拍完照片,我弯腰握住他的手,问他还认不认识我?他呆了一下,然后呵呵大笑:"认得认得,你曾是我家里的常客啊!"这时的他,早已不开书摊(店),估计也开不动了。这就是不少那一代文化人的真实生活状态。

小人书摊(店)的好日子,一直持续到"四人帮"倒台之后。1977年正月,这类书摊(店)一下子冒出很多,有些就直接摆在街道两侧,成了后来八九十年代马路书摊的雏形。原来几家小人书摊(店)的生意,慢慢便被分散稀释掉了。更主要的是，之后各种各样的书刊出版物，如雨后春笋般地涌将出来。县图书馆也恢复了读者借阅。"文革"期间被禁映的一大批优秀电影，如《红楼梦》《刘三姐》《大浪淘沙》《阿诗玛》《早春二月》等得以重新放映，人们的文化娱乐生活，逐渐变得丰富多样，有了更多的选择。我也就此告别小人书摊（店），开始阅读其他文艺书籍去了。

却是一个时代不能抹去的印记。

那时的连环画小人书，尤其是"老"书，因为特殊的时代原因，许多都出自一流画家之手，如丰子恺、叶浅予、张乐平、王叔晖、刘继卣、陆俨少、程十发等。20世纪80年代，连环画从创作到市场，都经历了从鼎盛到逐渐褪色的过程。虽然，直至90年代，一些出版社还推出过一些质量上乘的中外名著连环画。然而，看小人书的日子，终究已经成了一代人的记忆——纵使是美好的记忆。

进入21世纪后，有几次，我与一些出版社的人谈起这段往事，大家无不感慨唏嘘。

聊以慰藉的是，1997年，兰溪诸葛大公堂开放不久，偶见里头柜台上摆着一套上海人民美术出版社出版的线描《三国演义》连环画。虽是1979年再版的，半新不旧，却是一册不差。一番讨价还价，最后以300元成交。权作记忆的珍藏了。

其实呢，还有其他很多曾经一遍又一遍地看过的小人书，至今也都没有忘却。比如《鸡毛信》《三毛流浪记》《东郭先生》《敌后武工队》，比如《我的大学》《没头脑和不高兴》《孔老二罪恶的一生》，比如《草原英雄小姐妹》《林中响箭》……

2019年7月

"雅号"趣谈

雅号,即雅名、绰号,也称诨名、外号。老家兰溪有人认作野名、野号,反正都含"诙谐、戏谑"之意。

雅号古来有之。最出名的当数《水浒传》中108将,个个都有诨名、绰号。

从"三十六天罡星"及时雨宋江、智多星吴用、豹子头林冲、青面兽杨志、小李广花荣、花和尚鲁智深、行者武松、神行太保戴宗、黑旋风李逵、浪里白条张顺、拼命三郎石秀……直到"七十二地煞星"神算子蒋敬、笑面虎朱富、一丈青扈三娘、母夜叉孙二娘、鼓上蚤时迁等等。记住了诨名绰号,便记住了人,记住了此人的身份、地位、武艺、相貌、性格特点。《水浒传》得以跻身中国古代四大名著,除了其他,诨名、绰号取得高明、传神,应该也是一大因素。至少我这么认为。

我们这届学生,1975年下半年上中学时,正巧赶上"评《水浒》运动"。于是很多同学便看《水浒传》,并记住了伟大领袖几段有名的评语:"《水浒》这部书,好就好在投降,做反面教材,使人民都知道投降派。""《水浒》只反贪官,不反皇帝。摒晁盖于108人之外……宋江投降了,就去打方腊。"

还把鲁迅先生的一句话也扯了进来:"一部《水浒》说得很分明:因

为不反对天子,所以大军一到,便受招安,替国家打别的强盗——不'替天行道'的强盗去了。终于是奴才。"

当时无人知道,也不可能、没理由知道掀起这场运动者的政治意图,就是觉得《水浒传》好看、好玩。实际上,在此之前,兰溪城里有几家书摊,已经半公开地有偿借阅包括《水浒传》在内的"文革"前出版发行的连环画。人民路冷饮室(冬季为浴室)斜对面那家最多,两分一本或者三分两本,几年下来,被店主"缴"去不少零花钱。好在来来回回,多从后官塘爬乘手扶拖拉机,跳上跳下,不花分文。

梁山好汉有诨名、雅号,我等也可以有。事实上不少同学原来就有,没有的就动脑筋补上。于是乎,根据一些初中、高中同学的姓名谐音、身材相貌、言行特点等,起了一堆雅号,男同学居多。不少叫着叫着,便传开去了。有的同学真名一下子唤不出,雅号倒是一辈子记得牢牢。

给同学取雅号,也要讲究分寸。尤其带有人格侮辱色彩,或者容易误解的,尽量不取。带脏字的,也不宜取。实在难取的,只好暂且放过一马了。

金大侠金庸先生绝对是起雅名、花名的顶级高手。"飞雪连天射白鹿,笑书神侠倚碧鸳。"看过金庸武侠小说的人,大概对此无不叹服。以至于金庸迷马云创建的著名的阿里巴巴集团,"风清扬""逍遥子""铁木真"……从高管到普通员工,都有"花名",而且大都来自金庸武侠小说。花名,就是雅名、雅号、绰号、化名。

如此看来,雅号是中性的、善意的,有时甚至可以算作昵称。就像今天的微信群、朋友圈里,很多人都有昵称。千万不要因为当年读中学时,曾经有过一个雅号而懊恼,可能这个雅号听上去并不大"雅";也千万不要因为没有雅号而遗憾,遗憾也没用,现在想再补一个,难了。

人的一生是趟单程,没有返程。40年前,那样简单的校园生活,同学们并不觉得乏味。今天回想起来,甚至还有几分快乐、有趣,难道跟雅号没有一丁点关系？试想,假如同学之间,都一本正经地连名带姓相称,是不是缺了点什么？彼此间的距离,会不会反而感觉拉远了？

男同学的雅号,女同学大都知道,老师们其实也知道;有的女同学也有雅号,有些彼此间常叫,有些私底下叫叫。

本人也有个雅号:杰杰皮,杰皮。谁取的忘了,但有一种常见的打击乐器"铜钹",兰溪话就叫"杰杰皮"。还有比这更妙的谐音么!

感觉中,凡是叫我雅号的,平时关系都比较近,听着不但不反感,而且还有几分特别的亲切、亲密。如果是女同学叫的话,那简直就近乎亲昵了。

一晃,从兰溪二中毕业已经40周年了。人生许多美好的东西,正渐渐离我们远去。但终归还有一些值得回味的记忆,雅号,可能就是其中之一。

互联网时代,那些抄来抄去、东拼西凑,然后粘贴在各种同学会纪念册上的文字,看多了,实在乏味、无聊、无趣。倒不如将班上同学的雅号搜罗整理一下,附在通讯录上,然后一起说着笑着奔六、奔七、奔八……

这难道不是件有趣而令人愉快的事？

2019 年 1 月

此文为高中毕业40周年同学会纪念册代后记,略有删节。

再谈读书

我始终认为，读书，或者说阅读，是件极私人化、个性化的事情。

每一个人，禀赋、环境、条件、经历、需要、目标、方向不同，决定了一个人喜不喜欢读书、读什么书，实在不必横加干涉。

有的人基本不读书，看上去活得也还行。有的人读了一辈子书，看上去却活得并不出众。难道就能以此作为评判读书是否有用的标准么？当然不能。因为评判的标准，并不是从一小部分人、某个特定时期、某几种社会现象中简单得出的。如果从历史的长河和整个人类社会去观察、分析、比较，读书与不读书，结果肯定是不一样的。这一点不用怀疑。

培根说：知识就是力量。确切地说，是力量的基石。一个人，将所学的知识消化、吸收，转化作一种智慧、本领、方法，才能成为改变命运和生活方式的力量。只要人类社会存在，获取知识的最重要途径——读书——包括但不限于上学读书与读纸质书，就一定为世人所看重、尊重。

问题来了：读什么样的书才是有用的呢？这个问题，绝对不同于学校考试试卷，没有统一的标准答案，也不可能、不应当有。

知识的海洋是无穷无尽的，每一个人所处的人生阶段不同，环境不同，求知欲望、实际需求和撷取也会不同。即使是处在同一阶段的人，比如同窗，哪怕一个寝室上下铺的同学，除了教科书，读的课外书一定是不同的,甚至五花八门。尤其是课外书,你很难说哪些有用、哪些没用,因为那纯属个人爱好,没有什么功利性。许多书看上去没用,其实很有用,甚至有大用。这方面的事例比比皆是、俯拾即是。

有一邻居,"文革"前期小学毕业,因故没能继续上学,却酷爱看书,尤其是各种文学书,像肖洛霍夫《静静的顿河》那样的巨著,都能静静地看完。后来,这位邻居从养蜂开始,一步一个脚印地做到一家上市公司的高管,直至退休。当然他的人生学历,早已远非小学。另有一位老乡,目不识丁,但脑筋活络,胆大。20世纪末21世纪初,意外赶上房地产兴起的大潮,在省城盖了几个楼盘,赚得盆满钵满。然而,一趟又一趟的澳门赌场,再多的钱,也是"肉包子打狗——有去无回",加上市场形势一变,最终以破产收场。这两个再熟悉不过的人和事,本质上说明一点:读不读书,结果完全不同;读不读书,比读什么书更加重要。同时也印证了一句话:人生没有白读的书,每一本都算数。

我也是如此。上大学时,我用了差不多两年时间,将《现代汉语词典》(1983年第二版)从头到尾看了一遍,每晚睡觉前翻上几页或十几页。而之前读中学时,已经将《新华字典》翻了一遍。有什么用吗?我自己也不知道。记得住吗?确实,基本上看后都忘了。但我相信,一定有益处,而且很久很久甚至这一辈子,都给我的工作、学习、生活带来了益处。我想,可能是其中的一部分,已经在看的过程中潜入自己记忆、思维、灵魂深处,不知不觉被消化吸收,成了精神力量的一部分。

因为看的书很杂,爱好也杂,我慢慢成了一个"杂人"。称"杂家"那是夸奖。作为一介杂人,尤其看重读书的个体属性,无关别人,也无须他人介入。当然,如果你担任相关公职,处于某个特定岗位上时,则理所当然地又要从社会的角度,倡导公众——众多个体的集合——多读书,并且帮助、引导读者选好书、读好书。这不矛盾,而是角色转换。

近日看到一份榜单,是广东省2018年南国书香节上推出的"改革开放40年40本书",每一本都堪称经典。浙江省自2016年开始,推出了浙版好书月荐榜和年度榜,也受到广大读者的好评。类似的图书荐读活动,形式很多,从中央到全国各地,各个层面都有。但也有一个度。在读书问题上,行政力量不可能、也不应当做越俎代庖的事。

有"小邹鲁"之称的金华市,1998年曾组织开展过一次规模、影响较大的"评藏书百家,读百种好书"活动,党政群相关部门和新闻媒体悉数动员,最后还编辑出版了《读书·藏书·用书》一书。我作为组委会办公室主任、主编,是整个活动的策划、组织和具体实施者。后来,又因为工作关系,协助参与了全省全民阅读活动。

现在,当我离开市、省新闻出版管理岗位几年之后,重新从一个读者的角度,回过头去审视这类荐读活动时,不免会有一些新的感悟。归结起来,主要有三:

第一,向广大读者推荐优秀读物,乃出版管理部门的社会责任和义务。荐读、评选活动要有专家、作者参与,但主体是广大读者,是社会公众,不能本末倒置。活动组织者的主要任务就两项:将好书从海量的出版物中认真筛选出来,并推荐给读者;倡导一种开卷有益的社会文明风尚。

第二,全民阅读是活动,但千万不能以搞运动的思维、短平快的思维、出政绩的思维,去组织开展阅读活动。互联网时代,人们获取信息的渠道很多,也很便捷。如何使活动效果不仅限于活动现场,不把热不热闹看成成功与否的标志,让更多的自媒体主动参与到全民阅读活动中去,从上到下都需要进一步转变观念和方式方法。

第三,既要向着大众,也不能忘记小众。大众喜爱的畅销书固然是好书,但阅读,归根结底是件私人化、个性化的事情。不少小众书,价值并不亚于大众书,区别无非是在社会影响和经济效益上。这部分"小众",恰恰是打心底里爱书并且懂书的人。组织者的活动方案里,应当给他们留出一块空间。

经常看到一些媒体上的文章，说中国人的每年平均阅读量与发达国家相比，是如何如何之低。这应该是事实，没有办法在短期内改变。

任何一个国家、民族，阅读习惯、人口素质都有一个慢慢形成、提高的历史过程。想想1949年新中国成立时，四亿六千万同胞的识字率才多少？不到百分之二十。新中国成立之初的"扫盲"运动有成效，但之后一次接一次的政治运动呢？我们在搞阶级斗争的时候，人家在读书；我们在串联游行喊口号的时候，人家在读书；我们在破"四旧"大革文化之命的时候，人家在读书。可想而知，结果怎么能够相提并论！既然荒废了一两代人的宝贵时光，只能用一两代人的时间慢慢再弥补回去，完全没有捷径，不用自欺欺人。

每每看到网络上"小时无法无天，中年无知无畏，老来无羞无耻"之类的评论，除了苦笑，深感个人能做的非常有限，但又觉得应该做点什么。于是，前些年清理办公室和书房时，忽然冒出一个想法：何不拿出自己多年来收藏的几千册图书，建个微型公益性图书馆？

这一想法，立即得到小区业委会的响应和支持，并专门腾出一间办公用房，购置了书柜书架，然后分类登记、盖章、上架。没有多久，在杭州郊外一个四面环翠、云山簇拥、户户露台的小区，一家小小的公益性图书馆悄然诞生了。

我的期望很简单：既然读书是件十分私人化、个性化的事，那就让掩映在鸟语花香中的山居生活，再添一分熏陶心灵的书香。

2018年8月

三谈读书

算起来，自己大学本科一共读了九年：电大汉语言文学专业、企业管理专业两年，浙江省委党校马克思主义理论专业两年，浙师大政教系政教专业三年，复旦大学哲学系研究生课程进修班两年。那一张大学文凭，实在堪称"大杂烩""百衲衣"。

如今回过头看，似乎也挺不错：大杂烩鲜美，营养丰富；身披百衲衣，或有点来路不明的高僧的模样。

1979 年兰溪二中高中毕业后参加高考，得 307.5 分（当年录取分数线 300 分）。好大学上不了，能上的不想去。县招生办主任让父亲带话给我：浙师院毕业不一定都当教师的。我索性一口气填了复旦大学等几所名校，然后在"是否服从调剂"一栏，写上"不服从"三个大字。因为当时自己主意已定：一不当教书匠，二则复读一年再考。

复读在当时太平常不过，能够复读两三年考上大学的，都不简单。因为恢复高考那几年，大学录取率极低，低得足以让今天的大学生怀疑人生。

一年后，我还是没能如愿：专科线过了十几分，本科线差一点点。数学得了 47 分，被普遍视为捞分课的政治，好歹也有了"不明显进步"，从 58 分提高到了 59 分。

得，先工作再说吧。那时候，城镇户口比农业户口有个很大优势，就是不用担心没有工作。这个优势，后来看其实是劣势。农家子弟因此读书特别刻苦。

彼时的我，已经开始痴迷上了新诗，并逐渐成为老家兰溪一群诗歌爱好者的头领。

1982年开始读了两年电大，还没毕业，不知哪里传来一个消息：按照胡耀邦总书记"党校要开门办学"的指示精神，省委党校将面向全省招生，主要培养市、县两级党校师资力量。这也许是个改变人生道路的机会！经过一番认真准备，如愿以偿。

毕业后分配至金华工作，接着又考入浙师大政教系在职读了三年，拿个本科文凭。90年代，复旦大学哲学系与金华合办了一期研究生课程进修班，我又在职读了两年。自知英语水平有限，硕士学位就甭想了。何况，读这个班，一来是奔着俞吾金、吴晓明这些仰慕已久的哲学名师去的，二来是圆一个"旦复旦兮"的旧梦。去复旦大学教室里坐坐，教科书翻翻，校园里走走，校门口留个影，如此罢了。

真正的读书，读进去，读有所思、有所得、有所乐，进而能用善用，老师的授业解惑和教科书上的系统框架，只是一部分，更重要的得靠自己课外去充填。尤其是像我这种读杂书、作杂文、干杂活的人，与搞学术研究做学问的人相比，还真有些不同。

陶渊明"好读书，不求甚解；每有会意，便欣然忘食。"五柳先生率真，萌而不卖。

杜甫诗云："读书破万卷，下笔如有神。"谁敢说不是？

欧阳修言："余平生所作文章，多在'三上'，乃'马上''枕上''厕上'也，盖惟此尤可以属思尔。"令人起敬的大家！

苏东坡："粗缯大布裹生涯，腹有诗书气自华。"大文豪的才情，裹都裹不住啊。

朱熹曰："读书有三到，谓心到、眼到、口到。"朱老夫子把心到放在第一位，耳听提都不提。

张潮说："文章是案头之山水，山水是地上之文章。"张公读书读得多有意趣！

培根的话富有哲理："读书在于造成完全的人格。"

莎士比亚："生活里没有书籍，就好像没有阳光；智慧里没有书籍，就好像鸟儿没有翅膀。"诗一般的语言。

歌德："读一本好书，就是和许多高尚的人谈话。"读其书，信其言。

最喜欢的当然是那句："读万卷书，行万里路。"还有一句："要么旅行，要么读书，身体和灵魂，必须有一个在路上。"

……

引用那么多，并非一定为了说明什么。只是，读了一堆大学课本和更多的课外书，自知不是做学问的材料，却又偏偏一辈子喜爱读书。然而，"吾生也有涯，而知也无涯"。书海茫茫，总得有所指引。除了个人兴趣爱好，像20世纪90年代《青年必读书手册》（自己不少书就是在它的导引下读完的）一类优秀引导性读物，现如今更多网上线下负责任的荐书榜单，选得得当，都会让人受益匪浅。

汉语中有几个词很有意思：读书，看书，念书，学习。看书，能发出声音来念最好，当然也可以默读。读书又指上学，也可以泛指学习。学习的目的性最强。它们的共同点则是：读书，既要入眼，更要入耳、入脑，心手合一，方得要旨。

几十年来，每每读完一本好书，便会想：

读书，的确是使人一步步向愚昧揖别，向真理靠近，向内心觉悟、谦逊、强大迈进的不二法门。如果另有蹊径，谁能告诉一声？

读书，要读教科书，但仅限于课堂上读教科书，是远远不够的。现在的年轻一代，相比于他们的前辈，教科书、教辅书已经读得够多，但如果出了校门就不再读书或很少读书，那原来所学的知识，很快就会干涸，很快会还给学校和老师。文凭也会缩水，就像今天有些大学，在某些方面甚至不如古代的私塾。

读书，与文凭、学历、学问有关，与一个人的认知水平，"三观"形成，为人处事的原则、方法、结果更加有关。按照培根"读书在于造成完全的人格"的观点，读书应当是人生的必需品。

读书，要成为一件愉悦之事，得看你读什么书，怎么读。读书既是广交朋友，又是与自己相处。相处得好，乐趣不请自来；相处不好，兴味全无。这就需要兴趣爱好。一个有兴趣爱好——低级趣味除外——的人，一定是一个喜欢读书的人，因为他（她）需要从阅读中丰富和提升自己兴趣爱好的品质。有一个普遍现象：一个人有没有、有什么兴趣爱好，基本上会在书房、书柜、书架上体现出来。如果一户家庭，装潢十分考究，却连一个书架甚至几本像样的书也没有，这户人家的生活，其实是有缺陷的。

读书，既要读有字之书，也要读无字之书——自然与社会。一个人阅历丰富，又能时时处处用心思考、感悟，本身就是一本好书。与这样的人相处，你可以学到许多书本上没有或学习、感受不到的东西。这叫实践出真知。

故而，一个人不管身处何位，是何学历，是何角色，不管是少年青年、中年老年，不管再富再穷、再忙再空，都请不要忘记读书。

最好，能将读书作为生活的一部分，乃至生命的一部分。

因为，人生的绝大多数困惑，答案都在阅读与思考之中，只是，你自己是不是已经找到。

2019 年 4 月

"名人名言"的力量

如果有人问:名人名言为何那么受人推崇？我的回答是:因为富有力量。

再问:为什么会富有力量？再答:因为它们经过时间,经过实践,经过无数人反复检验是真理——尽管不一定是绝对真理。

古今中外的名人,不管是思想家、政治家、科学家、文学家、艺术家,他们之所以有名,是因为他们经历过比常人更多的磨难,比常人更有天赋并且更加勤奋,为人类的文明进步做出了杰出贡献。

1981年年底,我花了五角七分,从新华书店买了一本上海人民出版社出版的《名人名言录》。此书当年5月第一版第一次印刷即达60万册(增订再版情况不知)。可以说,在当时,千千万万个读者,都因为其中许许多多富有哲理、发人深省、给人启迪的警句格言,终生受益,甚至因此改变人生。我可能就是千千万万中的一个。

这本《名人名言录》,我前前后后细读了多遍,其中特别喜欢的,还用红笔一一画出,至今铭记于心。而且,从这本书的"名人索引"中,我知道了从丁肇中到瞿秋白(因按姓氏笔画为序)等许许多多的中外名人。一位18岁的青年,近40年后仍然深深记住的一本书,应该算得上是挚友,是莫逆之交了。

但是，真正激励、鞭策自己一生的两句座右铭，却来自另外一本叫《效率手册》（北京科学技术出版社 1983 年 9 月出版）的 1/60 开本的小册子。这是当时看来相当新颖特别的一本书：没有多少文字，大部分是空白的 1984 年度周计划表、记事页。

记事页上方，每页都有一两句古今中外的名人名言。我特别记住了其中两句。一句是大发明家、企业家爱迪生的："任何问题都有解决的办法。无法可想的事情是没有的。可是你果真弄到了无法可想的地步，那也只能怨你自己是笨蛋，是懒汉。"另外一句是阿根廷著名作家科尔顿的："要审慎地思考，但要果断地行动；要宽宏地谦虚，但要坚定地反抗。"

这两句座右铭，在后来几十年的人生道路上，一直陪伴着我默默前行，甚至成为两盏在我遇到困难、感到迷茫困惑时的指路明灯。

每个人的一生，不论你是大人物还是小人物，是普通人还是卓越者，在学习、工作和生活当中，都会遇到各种各样意想不到的困难、风浪，会面临让你做出人生道路抉择的关口、时刻。但凡此时，我的脑海中，自然而然就会浮现出这几句话，并一遍又一遍地提醒、告诫、激励自己。事实证明这是有用的。因为，自己几十年来的每一次山穷水复，最后都是柳暗花明。具体事例举不胜举。

过去我们常说，人是要有一点精神的。精神从哪里来？上一代人的精神，许多从毛主席语录、毛泽东思想中来，从艰苦奋斗的实践中来。这也是一种力量的源泉。在大庆，在大寨，在红旗渠，在郭亮挂壁公路，我亲眼见到并感佩那个时代的精神。我们这一代人及我们的后代，尽管条件、环境完全变了，但我相信，每一个个体，乃至整个社会，仍然需要一种催人上进的精神动力。尤其是一个有梦想、有人生方向的人，内心更需要一种精神支撑。

梦想，是用来实现的。梦想有了精神的支撑，实现的概率往往就高。

就像现在,我在兼顾很多不能不顾的事情的同时,实现了心中踏遍神州的人生梦想。我在感恩这个和平进步的时代的同时,也感恩自己的亲人、朋友和同事,并且要特别感恩爱迪生、科尔顿等等古今中外的名人名言给予我的力量。没有这些比金子更加宝贵的名言,有些事、有些人生的关口,我也许难以坚持下来,也许实现不了自己的人生梦想。

然而,写这篇随笔,除了有点个人的经验、感受之外,还有另外一重对于时政的感触。

中国自鸦片战争开始,在经历了一百多年的外患内乱之后,从1978年年底,进入了长达40年的改革开放的和平发展时期。40年,当年的老一辈基本已经过世,年轻一代已经变老,更年轻的一代,则基本没有了"贫穷没有尊严、落后就要挨打"的切身体会,甚至已经没有这样的概念。

没有切身体会和概念,又没有去认真追溯历史,对和平发展环境的来之不易就没有感觉,容易麻木,以为天下太平理所当然。对于"天下兴亡,匹夫有责""位卑不敢忘忧国"一类改革开放之初震响社会的名言警句,便不太关心知晓,好像与己无关。

天下真的会一直太平么?中国真的可以高枕无忧了么?国家的兴衰真的会与己无关么?中华民族复兴之路、和平崛起之路真的会如理想中那样一帆风顺么?现实是残酷的。当某些人空喊"科学无国界"的时候,不知道巴甫洛夫早就说过"科学没有国界,科学家却有国界",也忘了巴斯德更早就讲"科学虽然没有国界,但是学者却有自己的祖国"这样的名言。只有当太平洋彼岸突然对华为公司下达一纸禁令之后,才让许多中国人惊醒过来。

经济全球化,不等于一切全球化。你想全球化,有人却要自己优先。你要和平发展经济的权利,人家认为这是一种威胁,是对世界秩序的改变,是政治问题。而当"军事是解决政治问题的最后手段"时,战争,是否真的离我们非常遥远？更何况，一场"没有硝烟的战争"是否已经打响？

诚然，这篇小小的随笔，无法阐释如此重大的命题。我只是想借这个题目，提醒一下自己和自己的同胞：今天的世界并不太平，而且可能越来越复杂多变，面临新的"百年未有之大变局"。中国人爱好和平，不等于世界就会给你和平。中国希望和平崛起，不等于世界就会鼓掌欢迎。中国必须有大国定力，珍惜、维护、利用好来之不易的每一年、每一个月甚至每一天。要真正深刻改革自身，刮骨去毒，该放的彻底放开，当守的坚决守住。不管国际风云如何变幻，不管你身处何方，你的血管里，都流淌着中国人的血液。你的尊严，你的财产，你的美好生活，千百年来从没有像今天这样，与你的祖国的命运如此休戚相关。祖国强大、富裕、文明、安定，你不论生活在中国哪一个地方，或者世界哪一个国度，才会更加自豪，更加自信，更有底气和尊严。否则，你可能就是一个没有安全感的"盲流"，或者一个二等、一点五等公民，至少内心隐隐会是。

一代伟人周恩来曾说："我们爱我们的民族，这是我们自信心的泉源。"

屈原两千多年前感叹："路漫漫其修远兮，吾将上下而求索。"

永远的民族魂鲁迅先生讲："惟有民魂是值得宝贵的，惟有它发扬起来，中国人才有真进步。"这话过时了吗？完全没有。

类似这样的名人名言，比起当下许许多多的"心灵鸡汤"，更加发人深省，更加让人直面世界，也更有理由成为中国人的座右铭。

如果说，我的座右铭，给予的是我个人的力量，那么，中国人的座右铭，将给予整个民族、整个社会以力量。只有凝聚了这样的力量，中华民族的复兴之路，才不会半途而废。共建人类命运共同体的理念，才会不断为世界各国加以推动和实现。

2019 年 8 月

一篇感言的补记

本来,三年前的一篇即兴感言,完全没必要再去补记什么,因为不值得。

一个人年逾半百,转一转向,调整点节奏,改变下生活方式,是件极寻常的事。人生需要知所进退,适时转向。每个人都要懂得转向,因为迟早都要面对。往小里说,转向是为了找到更合适的方向、更美好的自己。再往小里说,转向是一个人自我选择的权利,属于最基本的人权之一。也就是说,是一件私事。

转向不是懒惰、却步、躲避,而是调整角度,以另一种转速,另一种姿势,做自己更喜欢的事情。付出没有减少,只是更加乐意,更加自由自在。

我的朋友圈——包括但不限于微信朋友圈,有几类不同的人:

一类活到老奋斗到老,且从不言老,目标高远,追求知行合一,始终以造福芸芸众生为己任。

一类干一行钻一行成就一行,在一个领域甚至多个领域,都是行家里手,大咖高手。

一类一生做自己认为正确的事,即便身在曹营,内心也一直惦记并默默做着恢复汉室的事,期待有朝一日回到蜀汉。

一类几十年如一日坚持自己的业余爱好，把爱好融化在自己的骨髓里，从而使生活洒满阳光，哪怕偶尔也有风吹雨打。

身跨几类的也不在个别。作为朋友，我不想，也无须给他们安上各种冠冕衔称。

还有一类，目标、方向似有若无，快乐、幸福似有若无，物质、精神似有若无，但都遵纪守法，不妨碍社会，不怨天尤人，年复一年、日复一日地过着小家庭的小日子，平凡、平静、平淡、平安，偶尔开心放松一下，然后又复归之前。这一类其实也不错，至少不能算错。

无论属于哪一类，我都抱着敬佩、感恩或者尊重、包容的心态，去珍惜这份拥有。

拥有这样一个朋友圈，生命不会感觉孤独。身体和灵魂，总能够在经意与不经意间，找到合适的旅伴。而友情的深厚长短，也随时间之流的漂荡，在结识与不忘中变得愈发真实自然。

对人待己、为人处世的态度和方式，也随时间之流的漂荡，因为了然而变得坦然淡然。甚至同样一句话、几个字，比如《论语》中的："克己复礼为仁。一日克己复礼，天下归仁焉。为仁由己，而由人乎哉？"比如《大学》中的："为人子，止于孝；为人父，止于慈。"比如："仁义礼智信，温良恭俭让。"中年之前与之后读，感受、体悟大不相同。

这一方面说明，自己的生理年龄确实不再年轻。这毋庸讳言。另一方面，似乎也在提醒自己：人生渐过壮年，心理年龄不能颓老，更不可变得昏聩颠顸。

而要保持一颗年轻的心，你可以等到两鬓斑白再去努力，也可以鬓毛未衰就调整转向。我选择了后者，提前为身体和灵魂的后半段旅程，开启舒心适意的模式。

回想当时，一些朋友听闻我决定转向，换个"江湖"行走时，纷纷前来讯问证实。而当我把那篇即兴感言，通过微信或打印给这些朋友看

后,他们皆报以理解、赞许、欣羡的掌声和鲜花。尽管个别掌声和鲜花是出于礼貌,但我相信,绝大多数是发自内心——现代都市人群内心真实、复杂的情愫。

有朋友回复:感言中许多话,说到自己心坎里去了。

我于是反问:那还迟疑什么? 等待日落吗?

2019 年 7 月

旅行与修行

　　一说修行，许多人立刻会想到宗教，儒教、佛教、道教、基督教、伊斯兰教，甚至瑜伽。依照教义，沿着经典典籍的指引，把身体和精神融化在毕生的追寻之中，这就是修行。但确切地说，只是修行的一种。

　　生命，人的生命，乃至一切生命，本无意义可言。生命的意义在于赋予，你赋予生命什么，它的意义就是什么。你赋予多少，生命的意义就有多少。赋予的前提是学习、思考、认知、交流，然后才有可能产生各种观念、价值及其衡量尺度。生命也无所谓长短，夭折与期颐，在时间的长河中几乎是一样的，不一样的只有意义。

　　因为想知道生命的意义和价值，便有了信仰，有了追求信仰的力量、勇气、坚持，以及追求的过程。宗教、宗教徒都由此而来。

　　但信仰不限于宗教。一切虔诚地追求内心归属的人，一切赋予过程真善美的思想、言论、行为，都是修行。修行可以有目的地，也可以没有，意义寓于过程之中。

旅行就是一个过程——赋予自己的生命真、善、美的过程,赋予自己精神和肉体以意义的过程。因此,旅行的过程即是修行的过程。

真、善、美,可以很大,也可以很小。"大"到齐家治国平天下,"小"到修身正心诚意,格物致知,由外而内,由体而心,无形的杳杳冥冥,有形的点点滴滴。可以有仪式感,也可以没有;可以在庙堂之上,也可以在乡野坊间。

一切都在路上,路上便是心上。

比如,途经某个地方,某条马路,恰有一枚铁钉或一块石头掉落在人行道上,你可以绕开走,可以视而不见,也可以俯下身去捡起来再走。

一位老人摔倒在地,你可以悄悄走开,可以当看客,可以当作没有看见,可以怀疑是不是讹人,也可以上去轻扶一把,或者用手机拨打一个呼救电话。

公交车上，有扒手贴近前面的乘客，拉开挎包拉链正欲行窃。你可以视若不见，可以闭上眼睛，也可以暗示一下乘客，或者通过司机给乘客提个醒，甚至直接用恰当的方式予以制止。公交车一个急刹车，边上有人跟跄前仆，你可以自顾抓牢扶手，也可以一边迅速伸手用力拽住他或她，从而化险为夷。

高铁入口处，一位女士怀抱刚刚满月的婴儿，一边手提肩挎两三个大包小包。你可以自己走自己的，因为时间很紧；也可以主动走过去问声要不要帮忙，然后帮助她把包一直提到她的座位上放好，然后在她一连串的"谢谢"和目送中，赶紧跑回自己的车厢，列车正好缓缓开动……

骑着自行车在非机动车道上，突然被一辆逆行的电瓶车撞倒，双手着地，膝盖上渗出了鲜血。你可以打电话报警，可以将电瓶车司机怒揍一顿，可以要求对方送自己去医院做检查并作出赔偿，也可以确定无大碍后接受对方真诚的道歉，以宽容、平静、原谅的语气让对方接受教训，不要再逆向骑行，然后挥手示意对方：你走吧。

不给一路上穿着僧尼服饰"化缘"的男女任何施舍，却毫不犹豫地第一时间给地震灾区、洪水灾区或突遇意外的急需者伸出小小援手，并且匿名，之后忘掉，不求任何回报。

选择后者即为修行，一点也不高大上。

比如，旅途中偶遇一位老农——其实也不算老——六十来岁。两个儿子建房成家，需要五六十万元。老农从河南许昌农村老家到广东打工十九年，辛辛苦苦积攒了三四十万元。两个儿子相差两岁，小儿子有了女友准备成家，大儿子还没有。他不知道钱应该先给谁，怎么个给法。他为此困扰了很久，寝食不安，而自己的身子骨，已经无法再打十九年工了。

基于交谈而建立的信任，他问我该怎么办。我告诉他：首先，你没有包办儿子成家建房的义务，法律也没有相关规定。相反，两个儿子对父母有赡养终老的义务。你可以根据自己的意愿，给两个儿子一定的支持，至于怎么给、给多少、何时给，至少有两种办法——一是你和妻子商量后，自己做出决定；二是将实情告诉两个儿子，让他们自己协商一致后，再向你们提出来，如果无法协商一致，一个都不给。而且，不能把钱全部给完，给多给少还要与将来的赡养义务相一致，并以书面形式写下来。

善良敦厚的老农双眼一亮，直拍大腿："第二种办法真好！我为啥就想不出来呢？"然后双手握住我连声道谢，眼角泛着泪花。

一个简单的问题，让一位苦恼了很久的老农茅塞顿开，心情豁然开朗。这，难道不是修行？

乘坐邮轮，行驶在浩瀚无垠的大海上，你一定会惊叹地球是圆的，天空也是圆的。然后就会想起哥伦布、麦哲伦、郑和、指南针，想起哥白尼、布鲁诺、伽利略、达尔文，想起《天方夜谭》《鲁滨逊漂流记》《山海经》，想起千百年来为了探寻地球和天空的奥秘，一代又一代人献出了毕生的智慧和心血，包括各种各样的奇思异举，甚至生命。尽管这个过程还在继续，但前人的不懈追求，令后辈如我肃然起敬！

乘坐飞机，在绵绵河山之上，在茫茫云海之中，在蓝天碧空之下，你一定会感慨人类是那么渺小而又伟大，人类生活的星球是那么千姿百态。从北京到纽约，从上海到悉尼，从杭州到巴黎，从东半球到西半球，从北半球到南半球，你一觉尚未睡足，便满目异域景致、风情、腔调了。当你亲眼见过古罗马大竞技场、埃菲尔铁塔、曼哈顿、圣彼得大教堂、古埃及金字塔、伦敦塔桥、布拉格广场、悉尼歌剧院、卢浮宫、维也纳金色大厅……你的眼界和境界，会变得更加高阔；你的那颗中国心，在感受、体验、比较美的同时，会变得更加谦逊。

乘坐高铁,迅驰于大江南北,穿山越岭,朝发夕至,日行万里。在梦一般不可思议的节奏中,遥想大禹、张骞、司马迁、郦道元、法显、玄奘、鉴真、沈括、李时珍、徐光启、徐霞客,遥想李白、柳宗元、苏东坡、李清照、陆放翁,遥想朱舜水、顾炎武、魏源、黄遵宪、康有为、潘德明……相比他们,今天的交通工具速度是快了,但我们能够感悟、领略和留下的东西反而少了。我们的一万里,在时间的长河中,不及他们曾经的一百里、几十里。在历史的轨迹中,自己能做和所做的一切,是那么微不足道。在这些具有伟大思想和献身精神的历代旅行家面前,我非但没有一丝暗喜、半点自豪,甚至感到无比惭愧。唯能表达内心者:"高山仰止,景行行止。虽不能至,然心向往之!"

乘坐汽车或者步行,在赞叹中国人的衣食住行,三四十年来变化如此之大的同时,你还会看见,还有那么广大的农村偏远地区,那么多的底层农民,一日三餐啃着苞谷、辣椒,在简陋的土窑、茅屋里遮风避寒。现代文明的阳光,还没有普照他们的生活。即使一些城镇,也有许许多多的人挤在脏乱不堪的街头巷角,为了生存,日复一日、年复一年地拼命奔忙。不敢生病,好不容易攒了点钱,耗尽三代人的积蓄凑齐房子首付搬进楼房,却又从此沦为钢筋水泥的奴隶……经常看见遇见这些,你就没有理由再盲目自吹,睁眼说瞎话。你的灵魂和内心,会变得更加平静、安静、安详,对自己当下的拥有愈加珍惜满足,对社会底层多一分怜悯和关怀,对虚荣奢华少一分崇尚与追慕。

这,难道不是修行?

在地球46亿年的生命中,人类历史只是微不足道的瞬间。五千年的中华文明,更只是这瞬间的一角。即使是这一角,伟大的先人所留下的宝藏,已经让后人穷竭一生而仅见一斑。大漠孤烟,沧海桑田,烟笼雾绕,碧水青山,天堑通途,塞上江南。大自然的造化,天工与人工的完美结合,九派一脉,绵延不绝,让我们的每一次遇见,每一段旅程,每一次身体与心灵的体验,都变得绚丽多姿,并且充满中国气质、东方韵味及"天人合一"的精神内涵。

"冷对青霜剑,敢铸千古词。"

"巴东三峡巫峡长,猿鸣三声泪沾裳。"

"故人西辞黄鹤楼,烟花三月下扬州。孤帆远影碧空尽,唯见长江天际流。"

"千山鸟飞绝,万径人踪灭。孤舟蓑笠翁,独钓寒江雪。"

"水光潋滟晴方好,山色空蒙雨亦奇。欲把西湖比西子,淡妆浓抹总相宜。"

"千古风流八咏楼,江山留与后人愁。水通南国三千里,气压江城十四州。""只恐双溪舴艋舟,载不动、许多愁!"

"山重水复疑无路,柳暗花明又一村。"

"我欲倒骑玉龙背,峰巅群鹤共翩翩。"

"我愿平东海,身沉心不改。大海无平期,我心无绝时!"

……

读这样的诗,你一定会想到远方,一定不会仅仅想到远方。

2018 年 7 月

文化和旅游

2018 年 3 月,春暖花开之际,有两个被称为"史诗级"的重大事件将载入史册:一是十三届全国人大一次会议表决通过了宪法修正案,出台了力度空前的机构改革方案。二是美国总统特朗普,突然对中国发起了大规模贸易战。这位商人出身的新总统,似乎更多的是在"让美国重新伟大"的选举口号下,意图用商人的手段,迫使中国这个世界第二大经济体就范。

修宪无疑将对未来中国和世界政治、经济格局带来深远影响,贸易战或者其他什么什么战,还有什么香港牌、台湾牌、南海牌、半岛牌、石油牌等等,究竟会对中国的复兴之路带来多大影响,也未可知。

大的不谈,就谈点小的或不大不小的。

在国务院机构改革方案中,有几处让人眼睛一亮,其中包括:组建文化和旅游部,将文化部、国家旅游局的职责合并;组建国家林业和草原局,将国家林业局和原属其他部门的自然保护区、风景名胜区、自然遗产、地质公园等管理职责整合,并由新组建的自然资源部管理;同时组建生态环境部,不再保留环境保护部。对此,本人先举一只手表示赞成。

几十年来,大概没有多少中国人(更甭谈外国人),能够真正弄清楚国家级风景名胜区、国家历史文化名城、国家几 A 级旅游景区、全国重点文物保护单位、国家级自然保护区、国家地质公园这类称号、概念的确切含义及相互间的关系。这还不包括省级及省级以下的相关称号、概念、关系。

这似乎正常，似乎又不太正常。而不太正常的原因，很大程度上缘于"庙"。

上面所列的六个"国"字头称号、牌子，分别出自中央政府的五个"庙"：住房和城乡建设部、国家旅游局、国家文物局（归口文化部管理）、国土资源部、环境保护部。有没有道理？按照原来"庙"的职责分工，都有道理。现在好了，改革之后，上述机构及其职能将进行整合归并。相应地，各种称号、牌子也自然要适当归并整合。

一点感想：文化部和国家旅游局合并，不仅仅是两个部门、机构合并，更重要的是文化和旅游本质上的融合。文化和旅游，世界各国都有，但

中国有中国特色。中华文明是世界四大古代文明中唯一延续至今的文明,中华文化的血脉,已经在东方这块古老的大地上流淌了五千年。其中有明确文字记载的,就有三千多年。

放眼世界,还有哪一个国家,至今尚存4296处(截至2017年年底,不含港澳台地区,下同)全国重点文物保护单位?哪一个国家尚存134座国家历史文化名城?哪一个国家能有244处国家级风景名胜区?哪一个国家能有249处"世界级精品"的AAAAA级旅游景区?至于列入《世界遗产名录》的数量,只有意大利——古罗马文明中心——与中国在伯仲之间。如果加上历史文化名镇、名村,加上省级及省级以下的各类名城名镇名村、景区、文物保护单位,再加上数量众多的丰富独特的非物质文化遗产,更是一个难以用数字表达的恢宏概念。这既是中华文化的家底,也是中国海量的旅游资源。当代中国,在人民生活已经普遍富裕起来,国门已经打开的情势下,如果还不懂得、不能够、不抓紧将庞大的文化、旅游资源整合起来,不只是遗憾,简直是罪过!

两点期待:一是,文化和旅游部要真正统筹全国的文化旅游业。不仅在名义、称号、牌子上,更要在本质、规划、管理上。一个国家和民族,制度是骨骼,经济是血肉,文化是灵魂。理顺、融合文化和旅游的体制机制,正是一件关乎灵魂、骨肉的大事。

古人云:"读万卷书,行万里路。"今人讲:"读书是精神的旅行,旅行是身体的阅读。"又讲:"身体和灵魂,总有一个要在路上。"钱钟书先生说得更直接:"如果不读书,行万里路,也只是个邮差。"

这些话,不仅表明人们对文化和旅游、旅行的关系理解之精辟,而且非常富有哲理。试想,一个有着如此灿烂深厚的传统文化、如此广袤而美丽的山川地貌的国度,能够引导人们把文化和旅游深度结合起来,让人们在旅游的过程中,接受中华文化的熏陶,感受天地之大美,精神世界变得更加充实,更加朝气蓬勃,更加富有生命力和创造力,难道不是深层意义上的"文化自信"么!

二是,政府机构改革后,能够适当整合各种称号和牌子,着力提升称号和牌子的含金量,至少做到名副其实。经过几十年的批准公布,"国"字头的各类文化、文物、旅游、风景名胜的称号、牌子,在数量上已经足够多。要坚决遏制称号、牌子一批不如一批、"一蟹不如一蟹"的势头,把工作重心从数量质量并重,转到注重质量上去,不再批建没有多少文化内涵的景区景点,尤其要坚决制止各类短视的、毫无审美价值的伪文化、假古董和各种破坏性开发行为。正确处理好人文资源、自然资源的开发利用与生态环境保护之间的关系,给子孙后代留下取用不竭的财富,而不是包袱。

中华文化延续数千年而不衰,虽然近代以来,经历了一百多年的摧残磨难,但依然屹立于世界文化之林。今天的中国人,已经开始从"为了生存"走向"为了生活",而且是有品质、有尊严的生活。也就是说,人们对于文化、旅游的内在需求十分巨大。另一方面,来中国旅行观光的外国人也日益增多。当然,不必讳言,因为近现代的积贫积弱,因为"文化大革命"导致的文化断层,因为旅游业作为"无烟工业"的兴起时间不是很长,中国浩浩荡荡的游客大军,无论在文化知识储备还是个体的行为习惯上,都有诸多先天的不足。这对我们文化和旅游产业的软硬件建设,包括各级政府相关主管部门自身,也提出了许多新挑战、新要求。

不妨再来一点展望:如果,我们能把世界上旅游潜力最丰富(没有之一)的国家的各种文化资源、自然资源、游客资源整合好、规划好、建设好、管理好、引导好,让中外游客在旅途中充分感受、体验、阅读、欣赏博大精深的"中华文化丛书",并在润物细无声中,使每一个个体变得更加丰满、更加文明、更加谦逊而自信,那将是一幅何等诗意壮观的画卷!

为什么还要"留一手"呢?因为,"地球人都知道",中国的事,做比说困难十倍。而要真正做好,则是无数倍。这就需要时间和实践,对政府机构改革的科学性、合理性、有效性进行检验。

如果，五年，十年，甚至更长的时间后，我的上述两点期待、一点展望，经过各级政府和全社会的共同努力，成了伟大的现实，那么，我剩下的另外一只手，还有必要再举么？

2018 年 3 月

历史文化名城保护刍议

首先说明一下，这不是论文。论文我看过许多，令人叹服的不少，书生纸上谈兵的也不少。

也不是资料介绍，介绍性文字、图片、视频等，网络上和纸质的都很多，且十分精美。

这里，只是作为一个历史文化爱好者，一个旅行者，在游览过130多座国家历史文化名城，数量更多的历史文化名镇、名村，以及部分国外著名历史城市之后，生发出来的一些感触、想法、议论。仅此而已。

一

历史文化名城在中国和世界各国，都有两个基本内涵：一是具有深厚的历史文化底蕴，二是曾经发生过重大历史事件并留有实物。

目前，国内的历史文化名城及名镇、名村，主要分国家与省两级。至2019年，由国务院批准公布的国家历史文化名城已有135座，省级的更多。名镇、名村由省级政府批准公布。名镇、名村还有地市一级的。

个人觉得，现在历史文化名城的总数已经够多，甚至过多了。因为名城及历史文化街区、名镇、名村，事实上就是一个存量，一批一批、一个一个地公布下去，"一蟹不如一蟹"的结果是必然的。

　　毫无疑问,国务院1982年公布的第一批24座国家历史文化名城,底蕴最为深厚。1986年公布的第二批38座也相当不错。1994年公布的第三批37座大体还行,但已经有一点照顾、平衡的感觉。进入21世纪后陆续增补的36座,与前三批存在明显差距,个别的只能说是勉强入列。

　　从第一批历史文化名城公布至今,近40年过去了。现在,如果用同一个眼光、标准,去衡量135座国家历史文化名城,给人的观感已经出现分化:大约七八成保护、利用得很好,二三成保护、利用得并不好,有的甚至还遭到了严重破坏。这从住房和城乡建设部、国家文物局通报批评过的名单中可以看出来,虽然名单可能已经给某些名城留了情面。

二

　　国家历史文化名城,是含金量极高的一块金字招牌。而且,随着时间推移,还会越来越高。这块牌子,不是哪个地方政府、哪个城市想要就可以给的。它不仅仅是很高的荣誉,更是很大的责任。

　　按照不同特点,国家历史文化名城分为七类,即历史古都型、传统风貌型、一般史迹型、风景名胜型、地域特色型、近代史迹型、特殊职能型。这样的分类有合理性，也有不尽合理与无奈之处。事实上，许多历史文化名城属于交叉型、综合型。

我国的历史文化名城保护，可谓"适逢其时"又"生不逢时"。

说适逢其时，是1982年公布第一批国家历史文化名城伊始，整个中国社会正从十年浩劫中走出来，走向全面改革开放。经济快速发展，人民生活逐步从温饱到小康，再到富裕；从物质需求为主，逐步转向物质与精神文化需求并举。这给历史文化名城的保护，提供了史无前例的契机和财力支持。

说生不逢时，是因为从20世纪90年代开始，整个中国，进入了前所未有的大拆大建期。房地产的爆炸式开发，给历史文化名城保护带来巨大冲击。坦白点讲，就是迅速的、大规模的、不可挽回的破坏。其程度，超过了之前历次战争和城市建设改造带来的后果。

中国的历史文化名城保护，就是在这样的背景下一步步艰难前行，有成功，也有失败。个人"有幸"目睹、见证了这一复杂痛苦的过程。这是西方国家的历史城市（二战中少数城市除外）都没有过的残酷经历。

三

今天我们见到的国家历史文化名城,即便所谓的历史古都型,都基本不是一个"城"的概念,而是一两个、两三个幸存下来并经修复的历史文化街区,加上一批历史建筑,其中相当一部分为国家级和省、市、县级重点文物保护单位,然后还有数量、种类不等的非物质文化遗产。

有一种说法:如果没有"文革"的破坏,中国保存完好的古城比比皆是。每闻此言,我便反问:如果比比皆是,那还有多少价值? 物以稀为贵,这是任何事物最基本的原则。

其实我的意思并不是说"文革"破"四旧"的破坏不大,而是说,经历过"文革"浩劫而能够幸存下来,才更加体现出稀缺性、珍贵性和无价之值。

还有一种说法:如果没有20世纪90年代以来的房地产大开发,中国的古城保护会好很多。这也已经是假设。今天对90年代以来"大跃进"式的大拆大建,你可以痛批痛骂,但也只能从中吸取经验教训,因为你已经无法改变,无法再回到从前。

我的意思是,城市面貌总是在发展变化,人们对居住条件、生活环境的需求总是在不断提高。中国人精神层面的需求,对历史文化遗存价值的认识,包括审美观念和水平,总是一点点、一步步、一代代地在提升。

回想一下,也就二三十年前吧——

多少人不在为城市飞速长大长高、市容市貌日新月异而欣喜?

多少地方不在为房地产拉动GDP奔跑感到自豪?

多少党政官员真正想过如何保护历史文化遗存?

那些有识之士和历史文化保护主管部门的呼声、意见,当时听进去了多少?

有多少市民甘愿为历史文化名城的保护利用,主动作出配合、让步和牺牲？

还不是因为最近一二十年，人民生活水准快步提高，有了点闲钱，有了点时间，要出去走走看看了，才猛然发现从前的家园其实很美，老城老街老屋的旧时味道，古色古香古韵的乡村田园风光，可以让人怀旧思古、诗意栖居，文化旅游业可以赚大钱了，才想起来要保护千百年前老祖宗留下的文化遗产么？！

因此，今天最紧要的，不是痛骂，不是后悔，不是责怪，而是面对已经不可复原的现实，针对经济社会发展和城市建设现状，尽最大的可能，花最大的气力，去解决好当前和今后怎样保护管理的问题。

四

游览历史文化名城，包括名镇、名村，往往有不确定的心理预期和想象。哪怕之前已经对此地的历史、地理、人文情况知晓甚多，还是会因为时间空间的交错变化，真景实况的次第展现，内心充满一种期待。

个人觉得，比较理想的国家历史文化名城保护状况，无论哪种类型，都应该具备这么几点：

一，有切实可行的保护规划，并且一届一届政府一以贯之地遵照执行，不以各种理由随意改变。

二，重要文物古迹得到有效维护，幸存下来的历史文化街区，既保留传统格局、历史风貌，又具有真实自然的当地住民的生活场景，同时还具有本地独特的风情民俗、手工技艺、民间艺术、传统节日活动等非物质文化遗产的传承。

三，富有地域文化特色的历史建筑中，有保存完好的名人故居，有流传后世的历史故事。还有形制多样、内容丰富、书法精美的庭院、匾额、楹联等。历史建筑可以修旧如旧进行修缮，但不是千人一面，更不是完全新建的仿古建筑，不是"新古城"。现代高层建筑不与历史建筑无序混杂。

四,旅游观光标志物、基础设施和公共服务齐全,交通便利,古街巷整洁有序,维护管理到位。历史文化街区人口密度不是太高,传统民居内部现代生活设施改造未损害外观原样,城市发展向新城区有序分流扩张。

五,有明显优于其他普通城市的博物馆,有地方文史研究组织、机构,有相应的研究成果体现。

六,当地政府财政预算中,每年依法对名城保护有足够的经费保障。

能够同时具备上述几点,就是一座名副其实、保护一流的国家历史文化名城了。看似不很难,实际相当困难。

难在哪里?主要有几个方面:

首先是认识上的问题。

国家历史文化名城的主政者,有没有、有多少历史文化方面的基本素养?千万不要小看这一条,在中国特色的体制下,保护工作做得好与不好,这一条往往起着决定性作用。党政主要领导这方面的素养好、意识强、水平高,名城保护一定不会差。反之亦然。所以,上级组织部门在选人用人时,一定要有这方面的考虑。

其次是利益上的矛盾冲突。

房地产利益驱动、城市发展建设与名城保护实际需要,地方财税收入与保护经费投入,原住民生活设施改善与传统风貌保持,新建但具有破坏性的合法建筑、违法建筑的拆除改造,有限的道路交通资源制约与科学分配,旅游设施与商业网点的合理有序布局,等等。这些问题之间、问题内部,时时都会有冲突,会有两难选择,会有可能顾此失彼。一级政府的工作千头万绪,如何统筹兼顾,就看把历史文化名城保护放在怎样的位置,看管理者思维、利益、举措的取向、导向。

最后是腐败因素。

放在最后说这个因素,已经算客气了。事实上,不少矛盾冲突的背后,其实都存在非法利益输送问题,而不单纯是个人、单位之间的利益冲突问题。现在表面上看,这类情况收敛了许多,但暗地里没人知道。个人宁愿相信这么一点:一个地方的名城保护工作做得好,很重要的是保护规划执行得好,而规划要执行得好,各种人为的腐败因素干扰、妨碍、渗透必然要少。换句话说,政府必须干净、干事。

五

看过十多个制定得较早的国家历史文化名城的保护规划,都很好,但都没有很好地执行,主客观原因都有。

最大的客观原因,就是谁也未曾想到,从20世纪90年代开始,短短二三十年时间,中国所有的大、中、小城市,甚至是县城、乡镇,都发生了几千年来未有的巨变。城镇扩张,人口激增,高楼林立,千城一面。尽管城市化(城镇化)是大势所趋,是中国改革开放、走向富强的必由之路,但是速度实在太快、太意外了,尺度实在太大、太骇人了,以至于所有地方的"九五""十五""十一五""十二五""十三五"城市发展规划,都没能跟上形势实际变化的步伐。

最惨的当数历史文化名城保护规划。今天,重翻那些20世纪八九十年代制定的保护规划,除了感慨,还是感慨。

最大的主观原因,个人认为,是多数国家历史文化名城的一任又一任主政者,多数不具备担任历史文化名城领导应有的历史文化素养。

这不是低估,也不是说这些官员能力不够,而是说国家历史文化名城的主政者,对他们的素质,应当有特别的要求。

今天回过头去看,在同样的时代背景下,尤其是经济发达程度相当的区域内,为什么有些历史文化名城保护利用得比较好,有些则比较差呢? 谁能说出其他更重要的主观原因?

说那些比较差的地方,无非是在城市建设、房地产开发和旧城改造中,本来很好的历史文化名城保护规划被搁弃一边,或者在与GDP的较量中未战先败,一次次做出重大让步、牺牲,而关键时刻,又没有一个主政者出面阻止、干预一下,更不要说扭转局面。眼前、短期、局部、个体利益彻底"战胜"了长远利益,也"战胜"了千百年来留下伟大文化遗产的先人。

比较好的地方,则恰恰相反。

六

中国的历史文化名城与西方存在天然的不同。

布拉格、罗马、威尼斯、佛罗伦萨、维也纳、巴黎、伦敦、雅典、圣彼得堡等等欧洲历史文化城市,基本都是石质建筑物,不易风化损毁。

中国则不同,多为木结构建筑。即使是在北方相对干旱地区,能够在不断修缮维护中保存几百年,已经相当困难。在南方多雨潮湿的环境下,保存更为不易。因此,中国的木结构建筑,包括受中华文化影响的日本、朝鲜半岛和东南亚各国建筑,能够完好保存下来的,时间一般不会超过几百年。也就是说,明代以前的木结构古建筑,能够完好保存至今的凤毛麟角。这与古罗马城、布拉格、巴黎、伦敦给人的感觉完全不同。

除了容易腐朽，木结构建筑还特别怕火。几乎所有的地方史志，都有某某重要建筑"毁于兵燹""某某年遭焚毁""某某年间重建"的记载。

最典型的是圆明园。今天保留下来的一点点遗址，只是圆明园西洋楼残存的石质门面而已。宏大华丽无比的圆明园，绝大部分是中式木结构建筑，被英法联军一把火，就基本给烧毁了。

然而，中国的地下出土文物，是世界上任何一个国家都无法比拟的。这是五千年中华文明，特别是有文字可考的三千多年华夏文明积淀的重要物证,也是历史文化名城的重要砝码。华夏文明的重量级文物古迹,很大部分就保存、收藏在135座国家历史文化名城之中(台北故宫博物院暂且不论)。

还有数量、种类繁多的非物质文化遗产,相当一部分也在这些名城中传承、展示。

所以说,国家历史文化名城保护是一项神圣职责,没有丝毫夸张。

假如没有这一大批历史文化名城,说中华民族是一个伟大民族,中华文化博大灿烂,说华夏文明是世界古代四大文明中唯一绵延未绝、传承至今的文明,说服力是远远不够的。

七

不宜将平遥、巍山、丽江、阆中、寿县、山海关去跟北京、西安、南京、杭州相比,虽然今天前者看上去更像是一座"城",一座古城。而在古代,后者才是真正的都城。

也不能将上海、遵义、敦煌、日喀则、喀什去跟桂林、蓬莱、景德镇、宜兴、龙泉相比，那样比有点"关公战秦琼"，可比性不大。

我的意思是，不能以今天的眼光审视过去，也不能用从前的眼光看待现在，更不能以这种类型的标准去衡量、比较另外一种类型的名城。确实，因为都叫"国家历史文化名城"，一些人会在概念上产生模糊、疑问、误解，其实也很正常，不是都叫"城"么？

135座国家历史文化名城，各有各的特色、风貌、景观。这是华夏文明丰富多彩的表现，只要保护好，各有各的光芒和魅力。

保护修复需要投入，需要经济实力。一旦保护修复好了，一定会带来文化旅游消费，会有产出，那就进入了一种良性循环。

但是切记，当经济实力还不够的时候，首先要保护好，一步一步来，千万不可急功近利，一急，往往就会造成无可挽回的破坏。过去和现在，不少地方以保护性开发之名，行破坏性开发之实的案例和教训，实在太多、太惨痛了。

几十年来，全国范围内一个普遍现象：凡是经济发展速度、城市建设扩张相对较慢的地区，历史文化遗存反而侥幸躲过了大拆大建最疯狂的阶段，破坏反而较小，保留下来的古建筑、历史街区反而较多较好。从这个角度去看，慢一点，有时未必是坏事。

相比于建，拆，仅需吹灰之力；而建，尤其是真正建好，则往往是百年、千年大计。就像雄安新区，最高层的定调就是"千年大计、国家大事"。

"罗马不是一日建成的。"这不止是道理，而是真理。

八

有人统计说，目前全国有近3000个古城镇在重建。如果是真的，个人认为，能有三分之一最后成功就不错了。

严格来说，古城镇只能保护、修复，无法重建。重建就不是古城古镇了，而是仿古建筑群，是假古董，是一种自觉不自觉的造假行为。

许多新建的所谓"古"城墙、"古"城楼、"古"街，并没有多少观赏价值，不少还相当拙劣。有些仿古建筑与高层建筑混杂在一起，更不协调，是巨大的资源浪费。退一步说，即使复建仿古建筑，也要仿得有水平，同时要做出说明。就像规范的博物馆里，是复制品就要说明，不能以假充真。

某些地方看到周庄、同里、甪直、乌镇、西塘、南浔人山人海，盆满钵满，就误以为自己也是江浙，也可以模仿学习。

错了。

世人向往古城镇、古村落，向往的主要是文化底蕴。江浙一带的古镇、古村，很多是千百年来自然形成，并一直保持完好的代表性地理标志，既有物质形态的建筑群落，又有丰富的非物质形态的历史文化遗存。某种意义上，那些古城古镇古村，已经是文化符号了。这不是今天凭空重建或者翻修几座微不足道的老房子、开几个旅游推介会、办几场貌似热闹的传统文化活动，就可以形成气候的。如果那样想，那样去打造，迟早可能衰退、沦落为新的"鬼城""鬼镇""鬼村"。这是市场经济的必然规律。

有些地方也许会辩称：我们搞的是美丽乡村建设。那行，只要不动用纳税人的钱，不大肆举债打造，就试上一试。

其实呢，中国很多乡村，只要你把里里外外弄整洁了，人的精神面貌好了，就很美丽。如果还能梳理、挖掘、呈现出一些人文史迹，自然更好。但不一定非要再去大兴土木，更没必要投巨资打造太多的豪华民宿——建在乡村的高档宾馆。这样的民宿其实已经有点变味，偏离了兴建民宿的初衷。尤其是广大的中西部农村，毕竟还要面对现实条件与投入产出的可持续问题。

个人一直不太认同"打造"二字，甚至有点反胃。因为"打造"一词本身，主观色彩太重，"运动思维"太强，急功近利、短期行为较多。拍板"打造"的领导一换，项目往往不了了之，或者另搞一套。这样的事例遍地都有，早已举不胜举。

中国的官场，包括乡镇基层，真正具有"功成不必在我"的精神境界的领导干部还是太少。这与政绩观和政绩评价体系直接相关。

最近一二十年，遍地开花的高层住宅建筑，已经造成全国范围严重的城市同质化（不是现象、倾向）。很多城市，已经或正在失去自身本来的风貌特色。说得不客气点，千篇一律的高层住宅楼盘，几乎到了"一摞图纸走天下"的地步。不求创意，不求美感，只求施工，快速施工。很多楼盘连称呼都是照搬照抄、同名同姓。从这个省到那个省，从一座城市到另外一座城市，有时只能通过牌匾上、汽车牌照上的地名、简称，通过少数标志性公共艺术建筑，才能加以区分。

反而是过去遗存下来的历史文化街区、文物古迹，成了区分不同城市、反映不同城市特点的最重要标志。

这实在有点让人无奈、尴尬和悲哀。

只能从另外一个角度去解读、自慰：这不更加突显历史文化街区、文物古迹的宝贵嘛。

九

历史文化街区,类似于英国、法国、意大利、日本等国历史城市中"保护区"的概念,它是历史文化名城保护最核心、最重要的部分。

2015年4月,住房和城乡建设部、国家文物局公布了第一批30个"中国历史文化街区"。这30个历史文化街区,除了少数几个外,大部分都在130多座国家历史文化名城之中。

某种意义上说,这些历史文化街区的价值和保护意义更大,因为它们不仅仅是单体的历史建筑、文物古迹,而是一个区域、区块,呈现的是一个整体性的历史文化风貌、格局。细察第一批30个"中国历史文化街区",可谓个个非同一般,并且基本没有雷同,非常值得拥有地倍加珍惜,好好保护、修复、利用。千万别再捧着金饭碗去要饭。

国务院2008年4月公布的《历史文化名城名镇名村保护条例》规定,申报国家历史文化名城有五项条件,其中一项,就是要有两个以上历史文化街区。这个看上去是硬性条件,但之前公布的110座,当时未必都有,有些明显是后来修建回去的。

对于普通游客而言,历史文化街区,是最具观赏性和吸引力的地方。

央视有一知名栏目《记住乡愁》,其中有个"老街"系列节目,记录的就是历史文化街区,收视率极高。

历史文化街区保护修复的成败,决定了历史文化名城可持续利用的效果,即旅游文化产业的前景。

＋

《历史文化名城名镇名村保护条例》2008年已由国务院颁布施行,这个谁都知道。但是谁都知道,中国的法律最难的不是制定,而是执行。规划亦然。

历史文化名城的保护利用问题,专家有专家的视角,游客有游客的观感。何况,对历史文化名城感兴趣的,不少是历史文化爱好者,甚至研究者。这样的游客会越来越多。你这个地方有多少历史文化老底,保护、利用怎么样,诓诓其他人可以,忽悠这些人不行。

从一个游客的角度,结合自己几十年来的切身感受,这里给历史文化名城保护管理者提十条建议——

一,要像珍惜爱护自己的眼睛、职位一样,珍爱"国家历史文化名城"这块得之不易的金字招牌。名镇、名村也是。

二,要想办法让当地尽可能多的普通人,尤其是青少年一代,知道自己所在的地方,历史上很不普通。自豪感、自信心是名城保护的社会基础。

三,有几分力使几分劲,作为管理者,首要责任是保护不是赚钱,保护好了就是政绩,保护好了才谈得上利用、赚钱。

四,别把古建筑修缮得太新,新得失真,更不能修成千人一面,原来的样子才是最真最好的。

五,历史文化街区,绝不是越气派越好,古代没有那个排场,整洁、有序、够味就行。

六,不要去建什么仿古城,那是房地产商业项目,到处都可以建,跟历史文化名城(名镇、名村)没有关系。如果有关系,往往也是破坏性关系。

七,要切实重视非物质文化遗产的保护传承,古城古镇古村是老的,但又必须是活着的、可持续的,是活化利用。

八,水火无情,土木结构的古建筑,最怕的是火。事实是,中国现有的古城古镇古村,基本上程度不同地存在火灾隐患,信不信,去实地仔细察看一下便知。

九,门票定价要适当,更不能玩套路,让人产生心理抵触,把人吓跑。门票的钱只进财政,跟当地百姓生活没有直接关系,没关系谁去关心爱护?

十,建好管好一批"宾至如归"的公共厕所。这绝不是件小事。也不只是景区,还应包括游客的整个旅途。许多外国尤其是发达国家的游客,内心喜爱中华文化,但就因为如厕问题,常常望而却步。

总而言之,交通、旅游设施和服务配套齐全,吃、住、行、赏、玩都好,如厕也很如意,游客自然会多,美誉度自然会高,多重效益自然水到渠成。对于当地百姓而言,这些,或许比 GDP 更直接,更有获得感、自豪感、幸福感。

2019 年 3 月

闲话世界遗产

"申遗",如今在中国属于热词之一。

虽然,2000 年世遗大会通过了《凯恩斯协议》,世界各国的申遗热情开始有所降温,但在中国,却是方兴未艾。这与中国文化旅游热的升温几乎同步。

申报世界遗产(文化遗产、自然遗产、文化与自然双重遗产,广义上还应包括非物质文化遗产)一旦成功,这个地方的知名度骤然提升,各种效益尤其是经济效益随之而来。这是不争的事实,也是好事。

世界遗产,按照联合国教科文组织和世界遗产委员会的定义,是指"人类罕见的、目前无法替代的财富,是全人类公认的具有突出意义和普遍价值的文物古迹及自然景观"。世界遗产,就是大自然亿万年的神奇造化,人类七千多年文明史的伟大成果,至今留存在地球上的精华。

中国作为一个幅员辽阔、历史悠久的文明古国,拥有世界遗产的数量最多。2019 年 7 月已经超过意大利列世界第一,共 55 项。这本属正常。但是,目前给人的感觉,国内许多地方对申报世界遗产在认识、动机、投入、保护、利用上,的确存在不少问题。

认识上。在一些地方政府官员眼里,世界遗产就是一块金字招牌,一块大肥肉。他们对各类遗产的定义、标准和真正价值的认识,相当程度还停留在会议讲话稿上，并没有完整、深度理解"世界遗产"蕴含的意义。究其原因，主要是这些官员对世界和中国历史文化知识的储备相对比较有限，而这，恰恰又是难以突击提高的问题。不信，考考试试？

动机上。坦率地说，大都是直奔经济利益而去。据说，某省一官员就曾在媒体上公开表示："政府如何选择一个带动性最强的项目来推动地方的经济社会发展？我们选择了申遗。"你说他完全错了，倒也不是。但如果动机仅限于把世界遗产作为带动一地经济发展的项目，当成摇钱树，就有悖设立《世界遗产名录》的初衷了。

投入上。申遗是很费钱的，因为门槛要求很高。但这恰恰是中国各地政府的"优势"，因为财政经费的使用，政府说了算，领导说了算。纳税人的钱，纳税人的代表说了不一定能算。所以，不少地方并不去细算这笔账，只要投入有名就行，产出可以暂且不管，要管也是后任的事情。世界绝大多数国家的地方政府没有这么阔绰，不管有钱没钱，都可以任性。

保护维护上。其实，按照联合国教科文组织的要求，世界遗产的维护成本是很高昂的。但是，因为目前文化旅游产业整体状况不错，绝大部分项目用墙、用栅栏一圈，就能赚钱。另外还有上级财政拨款，所以，地方政府基本不担心入不敷出。

利用上。利用，直白一点就是商业化的问题。这又是中国地方政府的"强项"。尽管谁都知道，这个强项的背后，很大部分是靠门票定价权和房地产支撑，而支撑房地产的，最终是国有土地所有权的制度设计。这是世界罕见的另外一种"历史遗产"。谁代表"国有"呢？各级政府。于是世界遗产，便理所当然地成了所在地政府的滚滚财源。

在中国已经成为世界遗产"世界第一"之后，我们还看到了长长的预备名单，可能还有更长的跃跃欲试梦想挤入预备名单的名单。上了名单的自然欣喜，上了预备名单的满怀希望，还没有挤进预备名单的正在千方百计、千言万语、千山万水……

但是,我们有没有想过:如果一个国家,即使是中国,如果世界遗产数量一路领先,遥遥领先,最后"一骑绝尘",那么,世界遗产在国人、世人眼里,还会像今天那么珍贵值钱么? 假如真到了那一天,究竟是好事还是坏事?

难说。

2019 年 7 月

《初春的口哨》自序

我读新诗,是从德国诗人海涅《诗歌集》开始的。

在此之前,我曾把《水浒全传》中自己喜欢的所有诗词,手抄了厚厚两大本,并且摹仿其中的格律情调,做起诗词模样的分行文字。后来读到海涅以及俄国诗人普希金、莱蒙托夫真挚纯朴、清丽明快的抒情诗,顿时觉得吟诗填词,不免有点像戴着脚镣跳舞。好端端的灵感冲动,经过阴阳平仄一折腾,早去了六七成,最后只好削足适履或靠堆砌词藻敷衍成篇,实在是得不偿失,于是便发誓从今以后不再做了。这些,都是1979年以前中学时代的往事。

到了1980年下半年,我又忽然心血来潮写起了新诗。第一次投稿给一家文艺刊物,居然便被采用了其中的一首。热心的编辑还写来一封长达三页的鼓励信。这下子我欣喜若狂,一发不可收拾,连续三四年时间,写了洋洋近千首诗,最多的日子一天三四首。有时半夜三更灵感忽至,便披衣起床一挥而就,不然,这一夜就难得安眠了。写诗,成了我当时生活中不可或缺的重要组成部分。虽然大部分进了废纸篓,或者大江南北周游一遍,最后成了"抽屉文学",自己也始终未有过任何遗憾和懊丧。

因为共同的追求,1982年春节刚过,12位年轻的同好,便迫不及待聚集在县文化馆，成立了兰溪历史上第一个新诗社团——大堰河诗社。起名"大堰河"，既是为了表达对著名的金华籍老诗人艾青的崇敬之情，又觉得大堰河三字含蓄而不流俗。诗社是一个平等、团结、互尊、互励的集体，尽管常常有争论，但更多的是虔诚的研习、幽默的打趣和无忧无虑的踏青赏菊。直到1984年下半年我去杭州读书为止，诗社前后共出了七期社刊《大堰河》。可以说，诗社的每一个成员，都从中吸取了营养，陶冶了情操，试放了歌喉，变得更加成熟。这一切，都是令我在内的每一位往昔的诗友十分珍惜和怀念的。我常常为自己有幸赶上那个社会历史大转折的时代、文学的时代、诗的时代，并且如醉似痴地读诗写诗而欣慰。

当然，诗写得怎么样又是另外一回事。就我自己而言，回顾那几年的耕耘与收获，一个结论是：但凡动了真情有感而发的，便如同陈年佳酿，今天打开来呷一口，犹觉芳香绕舌；但凡不痛不痒却装出不吐不快，或是应景趋时、无病呻吟的矫情之作，墨迹未干就已经分文不值，归入垃圾一类了。前一种，大都收在这平生第一本专集中。虽然骨子里很嫩很嫩，但真、纯二字，自度还是有的。

1992 年春于金华

《鸟瞰神州》序

　　每个人的一生，不敢说很多东西与生俱来，但的确有些东西，尤其是某些情感上的偏好，如果一定要说来自后天的实践，还真有点勉强。

　　譬如我，还是十二三岁的少年时代，世事不谙，却老早知道古代有个读万卷书、行万里路的司马迁，有个剃发出家、骑一匹白马独自上西天取经的唐僧玄奘，有个喜欢饮酒赋诗、漫游四海的大诗人李白，有个一生除了旅行其他什么事也不干的江阴奇人徐霞客，甚至还有一个写过《永州八记》的柳宗元，写过《水经注》的郦道元，七下西洋的郑三宝，等等。虽说都是从书上看来的，但那么点儿年纪，有几个会有这股邪劲，甘冒寒暑雪雨，一遍又一遍地到旧书摊，到废品收购站，到同学邻居家，去寻拣那些发霉发黄的五六十年代的旧书旧画，而且还一本一本半懂不懂、囫囵吞枣般去读去啃。这大概就是一种天性。

　　心中积累多了，便对历代那些大旅行家们，产生了一种特别的敬慕之情，对他们的生活方式，仿佛也有一种特别的向往。

　　也许跟神往已久不无关系吧，当我后来真的有机会、也有条件踏访许许多多山水名胜时，竟常常有似曾相识的感觉；也不时因为有一种比较——原来心中想象的与眼前真景实物之间的比较——而对一些风物景致，多了一份体会，多了一份感慨。这体会与感慨泄诸笔端，便成了收在这集子里的正篇部分。

还因为前些年，受一些朋友的鼓动，也不乏对时事的感触，写过些杂文模样的东西。后来居然还有几篇得了奖，收进杂文选集中去了。这样我似乎又成了一名杂文作者。

由于上述两方面的缘故，我的一些短文，写杂文的说像游记，写游记的又说像杂文。有时连编辑也是这样，同样的文字，一家放在游记散文的栏目里，另一家则明明白白地标上了"杂文"字样，弄得我自己也不清楚究竟算什么了。

有一次，一位写杂文的朋友对我说：你那文章，干脆叫"游记式的杂文"吧。我说：还是"杂文式的游记"更合适。其实，我们俩都太认真（写杂文最大的"毛病"就是太认真）了，区区一两千、两三千字的文章，并无一定得归类的必要。只是走了个新去处，有些感想，理一理以作精神上的一点寄托，记一记以使彼时彼刻的真情实感有个客观记录，发一发以为自己的将来留一份纪念，或许也能让一部分读者，与我共同游赏一些名胜，思考一些问题，分获一些新知。仅此罢了。

我的书房四壁，装饰品极少。但是再少，也少不了各式各样的地图。每次出门旅行之前或者归来之后，我都要站在地图前静静地看一看，想一想。这对于我，既是一种旅行准备，也是一种自得其趣的休憩和思考方式。尤其那分层着色、直观自然的地形图，更让人产生无穷的遐思和联想。鸟瞰江山，仰观宇宙，念天地之悠悠，读万物之沧桑，种种世俗的烦恼滋味，便暂时忘却一边，连那灵魂，也不啻得到了片刻的净化。

这种感觉，如同在飞机上鸟瞰，而且比飞机上更从容，更自在。这便是《鸟瞰神州》的来由。

1996 年 4 月 18 日于婺州

《金华图书概览》前言

追溯起来，我国的图书出版已经有 1300 多年的历史。

虽然远从商周开始，就出现了甲骨文书、青铜器书、石书及简牍、帛书。东汉时候，由于纸的发明，还出现了纸写书。但是，真正意义上的"出版"，则在唐代雕版印刷术发明之后，书的复制方式从手工抄写变为印刷，图书得以大量印行。

如果把中国古代书籍之多作一形容，那一定是八个字：浩如烟海，汗牛充栋。据不完全统计，我国自西汉直至清末的 2100 余年间，共计出版各类书籍约 18.1 万种，236.7 万余卷。1912 年至 1949 年，全国出版各类书籍约 10 万种。1949 年中华人民共和国成立至今，共出版各类书籍 170 多万种。真可谓悠悠然、巍巍然、煌煌然矣！

钟灵毓秀、人文荟萃的八婺金华，南朝开始便有著作问世。南宋时，由于临近都城杭州，出版业繁盛一时，为重要刻书地区之一，刻售兼营的书坊、书肆颇众。隋唐以后直到现代，金华这块土地上，不仅培育了骆宾王、张志和、贯休、吕祖谦、陈亮、唐仲友、金履祥、许谦、宋濂、胡应麟、李渔、黄宾虹、邵飘萍、金兆梓、陈望道、吴莆之、何炳松、吴梦非、傅东华、施存统、曹聚仁、冯雪峰、吴晗、艾青、严济慈等等众多的文化大家、著述名人，还刊行了在浙江乃至中国出版史上有一定地位的《周易程氏传》、

《尚书孙氏传》（巾箱本）、《梅花喜神谱》、《容斋随笔》、《精骑》、《东莱吕太史文集》、《渊颖吴先生集》、《宋潜溪集》、《翠微山房数学》、《金华丛书》、《续金华丛书》等一大批各类图书。可以说，不仅诞生于金华的金华学派、永康学派，在中国的思想文化史上占有重要地位，金华人为中国图书出版业发展所作的贡献，同样不可磨灭。金华"小邹鲁"之称溯之有源，得之有理，当之无愧。

书籍是人类文明进步的产物，是记录人类智慧和知识的宝库。在各种现代化的传播工具和手段发明之前，书籍是承续社会历史文化的主要载体。如前所述，在卷帙浩繁的茫茫古籍中，究竟有多少金华人的著作，我们永远不得而尽知。但有一点可知的是，西汉直到清末所出的18万余种各类图书，流传至今的只有8万余种。也就是说，半数以上的古籍，千百年来由于虫蛀霉变、天灾兵燹、朝廷禁毁、官吏侵吞、坏人盗卖、民间失弃、列强劫掠等原因，散佚甚巨。这是一种不可估量的损失。辛亥革命后，尤其是中华人民共和国成立后，图书出版数量大增。但直到1978年之前，由于各种众所周知的原因，图书出版时起时伏，时盛时衰。党的十一届三中全会后，我国图书出版业才真正走上不断繁荣发展的道路。1996年，我国年图书出版已超过10万种，位居世界前列。

除了出版社正式出版的图书之外，各地包括金华在内的许多单位和个人，还编印出版了大量的内部资料性图书，其中相当一部分，具有较高的专业水准和很高的地方文献保存价值。这些图书，中国版本图书馆没有，地方各级图书馆、档案馆也基本没有或零散不全。随着时间的推移，这些公开与内部发行的图书，在某种程度上，正重新面临着千百年来"不胫而逸"的命运的严峻考验。因此，无论从回顾、总结、整理金华近千年图书出版发展史的角度，还是从抢救、发掘、珍藏金华重要地方文献的目的出发，这个问题的解决，都历史地并且是非常紧迫地摆在了我们面前。

鉴于此，同时也为了全面检阅和展示金华市改革开放以来的图书出版成果,丰富广大群众的精神文化生活,更好地为两个文明建设服务,作为金华出版业的专门管理机构——市新闻出版局刚成立不久,便把在全市开展一次新中国成立以来最大范围的图书征集工作,摆上了议事日程。

考虑到金华1985年5月撤地建市这样一次重大的行政区划变动,也考虑到新中国成立后图书出版业的真正繁荣,是在80年代中期以后。因此,这次图书征集的范围,便确定为1985年撤地建市以来,由各地出版社正式出版的"写金华""金华人写"的各类图书,以及由单位或个人内部编印的有较高地方文献资料价值的图书。征集的对象,既包括了全市所有单位、所有金华籍在金和在外工作的个人,也包括了非金华籍但在金工作10年以上(担任过市、县两级领导职务或对金华建设有过突出贡献的不受此限)的个人,还包括了浙江师范大学和中央、省驻金单位及个人。通过6个月时间的不懈努力,图书征集工作取得成功。1500多种各类图书,既反映了金华市改革开放以来的图书出版成就,让人从中感受到金华建市12年来两个文明建设的进步与发展,也从一个侧面窥见部分金华籍的优秀儿女,在全国各条战线上孜孜以求、辛勤耕耘的身影,并且分享了他们收获的喜悦。

作为图书征集的成果和在此基础上的扩充、延伸,我们把与金华近千年来图书出版业有关的历史、人物、著述、机构等等,做了一次比较全面的分析、整理、归纳,辑编成《金华图书概览》一书出版。以实物和图片形式展现历史画卷的"金华图书陈列馆",也将于今年12月建成开放。

《金华图书概览》不是志书。尽管它得益于近十年来金华各地所修的各类志书,但选取的角度不同,标准不同,详略程度不同,出发点和归宿也不尽相同。《金华图书概览》似乎更接近于工具书的性质。

入选《金华图书概览》的名人,并不是一般意义上的名人,而是著述名人、思想文化名人。他们的"名",必须是也只能是同他们的著作联系在一起的。这点应当特别加以说明。

编纂此书的时候，我们曾不止一次地想起清代至民国年间的胡凤丹、胡宗懋父子，想起他们殚精竭虑地辑刊《金华丛书》《续金华丛书》，给我们留下了宝贵的文化遗产。虽然今天不必再耗资费时去重复同样的劳动，但为能给金华的后人在缅怀先贤、放舟史海的途中，多设几处航标，少绕一点弯道，我们尽些承前启后，哪怕是"留名存目"的薄力，当是责无旁贷。

在金华全市上下为了经济与社会发展苦干实干，历史文化名城万众一心共筑精神文明建设大厦的进程中，《金华图书概览》或许也能算一块小小的砖石罢。

1997 年 10 月 26 日于金华

《读书·藏书·用书》前言

　　历时近 10 个月的金华市"评藏书百家，读百种好书"活动，现以《读书·藏书·用书》的结集出版，画上了一个圆满的句号。

　　今年 3 月上旬，当金华各主要新闻媒体刊发了由中共金华市委宣传部、市教委、市文化局、团市委、市广播电视局、金华日报社、市新闻出版局等七个部门和单位，共同组织开展金华市"评藏书百家，读百种好书"活动的消息后，立即引起社会各界的热烈反响。一张张凝结着喜悦和期盼的"金华藏书百家"参评选票，从八婺大地飞向组委会办公室。他们当中，有耄耋之年的敦然长者，也有尚未跨出校门的青年学生；有著作等身的专家教授，也有勤俭耕读的山乡农民；有建树不凡的企业领导，也有节衣缩食买书、啃书的普通工人；有身在军营仍求知若渴的战士，也有一年四季手不释卷、与书共枕的书迷、书痴、书癖……4 月底，当几大报纸把百种优秀图书隆重推荐给社会，并刊发读书征文启事后，关注、支持、参与到这项活动中来的人更是数以千计、万计。市新华书店的百种好书专柜前，出现了少有的人头攒动的可喜现象。

　　这一现象并非无源之水。早在八百多年前的南宋时期，人文荟萃、山灵水秀的八婺金华，便有了"小邹鲁"的美称。吕祖谦和金华学派，陈亮和永康学派，以其广泛而重大的影响，载入了中国思想文化史。宋元以降及至明清，金华人崇文尚教、勤耕苦读之风代代相传。明朝"开国文臣之首"宋濂的《送东阳马生序》，可谓金华数百年莘莘学子艰辛刻苦的真实写照。

与之相伴的是民间藏书的兴旺。我国的私家藏书，滥觞于东周，兴于唐宋，而民间藏书家以数量品位观，当数明清两代。吴晗《两浙藏书家史略·序言》云："自板刻兴而私人藏书乃盛，其中风流儒雅，代有闻人，宿史枕经，笃成绝学。甚或连楹充栋，富夸琳琅，部次标签，搜穷二酉，导源溯流，蔚成目录之学。其有裨于时代文化，乡邦征献，士夫学者之博古笃学者至大且巨。"南宋吕祖谦授徒会友于金华"丽泽书院"，藏书甚丰。元代大儒许谦讲学于东阳"八华书院"，后筑"松风阁"，藏书数千卷。宋濂修"青萝山房"于浦江，聚书万卷。明代学者胡应麟筑"二酉山房"于兰溪思亲桥畔，藏书达四万余卷，名播海内。还有清人胡凤丹建"十万卷楼"于永康，朱一新置藏书阁于义乌……荦荦大者之外，还有众多的官宦士人，平民百姓，家藏数百成千上万者不计其数。而仅私人藏书一项，便足以折射出八婺金华千百年来文化发达、教育鼎盛的深厚底蕴。也正因为有此渊源，才使我们产生了组织这次"评藏书百家，读百种好书"活动的初衷，才使这次活动有了广泛的社会基础，并借此进一步挖掘、引导和弘扬爱读书、读好书、用好书、藏好书的优秀文化传统和社会风尚。

应当说，这次入选"金华藏书百家"者，尤其是荣获"金华藏书家"称号的，无论是藏书的数量质量，还是读书的广度深度，乃至于学以致用的成果体现上，都是金华民间藏书界较为出色的代表。而百种好书读书征文的获奖者，也大都是读、藏、用相结合的实践者。这一点，无疑是让活动组织者们最感欣慰所在。

如果说，这次活动算得上是一次有助于文化底蕴的比较、文化氛围的渲染和文化品位的提升的有益尝试，那么，只要我们继续努力，有着两千多年历史文化积累的八婺金华,就一定能够在更加广阔的天空上,映照先贤故哲的学识智慧,映照无数今人继往开来的丰采,映照更多富有时代精神、时代气息的绚丽光芒!

1998 年 12 月 1 日于金华

悠乐书法
——《行楷唐宋八大家游记二十篇》代序

我习书法,始于柳公权的《玄秘塔碑》。

那是一本20世纪40年代上海福禄寿书局出版的字帖,是我初中二年级在整理外祖父的遗物时偶然翻到的,是遗物中除线装中医古籍外仅有的几本杂书之一。尽管是个残本,我依然如获至宝。在此之后的一段时间里,只有小学毛笔课基础的我,一遍又一遍地反复临摹。不仅仅因为《玄秘塔碑》是有名的法帖——其实我当时并不怎么清楚它在书法史上的地位——还因为这种册页装的字帖,在20世纪70年代的新华书店里很难看到。那泛黄的拓片透出的古意,与当时老屋的粉墙黛瓦,是那样的契合。

后来仿佛找到了一点感觉,我便用廉价的白纸羊毫,写了许多的唐诗宋词、毛泽东诗词,还有一些稚拙不堪的诗词习作。自我欣赏之余,记得曾有一幅杜甫的《月夜》,挂于床侧的板壁上,直到80年代中期搬离老屋的时候,似乎也没有揭去。

再后来,我对书法的兴趣成了一种向往。当我用20多年时间,兴致盎然地遍访天南海北的山水名胜、人文古迹时,每到一处,欣赏历朝历代名人名家的楹联题额、摩崖石刻,成了不可或缺的内容。有时仅仅为了亲眼看看一块名碑、一副名联,去走很长很长的路,去绕很大很大的弯。

书法之于我，像是一种约会——晋人的气韵之约，唐人的法度之约，宋人的尚意之约，元人的追古之约，明清的态质之约，近现代的无约之约，未曾谋面却往往一见如故。又像一杯香茗——龙井的鲜醇绿郁，普洱的浓醇高爽，铁观音的甘醇明澈，金骏眉的醇和绵滑，抑或窨花的醇厚馥郁，观一眼如同呷一口，顿觉目明心清，回味无穷。心摹的感觉，让我深深地体悟了书法的魅力，让我的旅行和案头倍添趣味。

心摹之极，复手追焉。当我七年前重新提笔，向着心摹已久的审美偶像直奔而去时，愈觉王右军之遒劲妍美，李北海之豪挺敧侧，孙过庭之灵动刚断，米南宫之飘逸超迈，赵松雪之圆转遒丽，文待诏之秀劲俊雅，虽各具千秋，各领风骚，骨子里却隐约可寻一脉相承的基因。我的所有临读涂鸦，半知半觉中也留下些许汲取的印痕，成了卓荦大家的追慕者。

至于书艺之进，悉由他人评价，于己而言并非首要，首要的是过程，诚如我写诗作文从来只为"寄托、记录、纪念"的信条一样。因平生钟情山水人文，遨游之兴广及海天，对于中国历代诗赋游记偏爱有加。于是乎常常一边默诵，一边展卷书写，写毕再又诵读赏玩，直至心满意足。如此数年下来，《中国历代游记鉴赏》《中国历代山水诗鉴赏》中的名篇佳作，几乎全部书写了一遍，有的甚至三遍五遍。在此过程中，我尽情地体味并享受了诗文与书写的双重美感和乐趣。这里奉呈的《行楷唐宋八大家游记二十篇》，就是其中的一小部分。书写时也不求一笔不苟、字字如意，因我并未刻意将这等书写当作书法创作，更无丝毫名利的考量。我只是喜欢书写时的那份惬意，滋心养性而外，堪称别样的中式休闲。

《书谱》云："又一时而书，有乖有合，合则流媚，乖则雕疏，略言其

由，各有其五：神怡务闲，一合也；感惠徇知，二合也；时和气润，三合也；纸墨相发，四合也；偶然欲书，五合也。心遽体留，一乖也；意违势屈，二乖也；风燥日炎，三乖也；纸墨不称，四乖也；情怠手阑，五乖也。乖合之际，优劣互差。得时不如得器，得器不如得志。若五乖同萃，思遏手蒙；五合交臻，神融笔畅。畅无不适，蒙无所从。"虔礼所言极是。而我要说的，则是五合之外似乎还有一合：辞隽意契。

你想，一杯香茶，一首好诗，一篇美文，或行或楷或草，笔走皆为佳句，墨浸即生画意，当是何等的悠哉乐哉！

2012年冬日于杭州竹风居

《云顶诗文书法集》序

　　常有这样的体验：但凡一个去处，其景色环境之美充满了诗情画意，一定是个非同寻常的地方；而能够吸引自己停下来吟哦咏叹，甚至去品味追寻其背后的人文风情，更一定有着独特的魅力和故事。云顶就是这样一个去处。

　　三十多年前便知道了黄公望及其《富春山居图》，却一直没能像王伯敏先生那样对其作深入细致的实地考察。直到六年前的一个秋日，才循着王老笔下的描述，到富阳富春江畔的白鹤、庙山坞、株林坞一带探访了一回。再联想起之前与朋友云顶聚会所见，我确信这里就是黄公望《富春山居图》（剩山图）、《富春大岭图》的"实景"无疑。而我的第二居所，在两幅画卷阴阳正背的反复感觉比较后，最终落定云顶。这是一种缘分，也是一颗恬淡之心的归宿。在云顶，这样的缘分和归心相信还有许多。

也是在三十多年前的中学时代，自己便是个古典诗词爱好者。我写的第一首词叫《清平乐》，十七岁时又开始发表新诗。尽管后来出版过诗集、游记散文集，但我一直对作协的朋友说，自己只是个文学爱好者，过去是文学青年，现在是文学中年，将来是文学老年。几十年来，自己始终坚守着写诗作文的唯一信条：寄托、记录、纪念。书法也是如此。我最初醉心其中，乃20世纪70年代后期的事情，如今依然是个爱好者，只不过对书艺的要领，对书道法自然的理解、感悟、积淀更深一些罢了。

人活一世，除了柴米油盐，除了功名利禄，奔波劳顿、案牍劳形之余，有点闲情逸致，有点风花雪月，有点读书、绘画、书法、文学、音乐、摄影、戏剧、收藏、旅游甚至体育运动的爱好，生活会更多姿，生命会更富意义，精神家园的审美品位会更高，从而愈加明白人与蚂蚁、寿龟的本质区别。

云顶全称华庭云顶，地处富阳市和西湖区双浦镇交界之大岭头。十二幢高楼依山形地势而筑，并以华庭、云顶、云栖和三坊、三阁、三居名之，创意中不失诗意。一年四季，每回周末上云顶休憩度假，凭栏伫望，不同的景致常常会触发情思，让人吟之诵之书之。静静地坐在露台上，一边看书，一边于天籁之中细品山泉水冲煮的新茶，不觉身处尘寰间矣！

这里以书法形式奉呈的三十来篇辞赋和诗词楹联，全是近两年陆续在云顶写云顶的自娱之作。万一能让住在云顶或来过云顶，了解《富春山居图》《富春大岭图》，知道大痴公望，乃至理解陶公渊明的人产生些许共鸣，进而倍加欣赏、珍惜、呵护好这方家园，自当不胜快乐幸甚。

2012年冬日于云顶望公山房

《我行故我思》序

十来年前,偶见欧阳中石先生有几句自嘲的话:"少无大志,见异思迁,不务正业,无家可归。"会心一笑之后,瞿然一怔:欧阳先生说的不正是我么!

你看,名字中带个少年的"少",又加上个杰出的"杰",仿佛自小出众,其实努力至终都很普通,实在有点辜负外祖父起名时的一片冀望。好在名字只是个符号,而外祖父待我,整个少年时代都很宽厚。外祖父除了偶尔教过我打算盘、写毛笔字、讲故事给我们听之外,唯一说过与志向有关的话,就是有一回问我:"想不想学(中)医?"我说:"不想。"外祖父此后便未再问。

见异思迁,语出《管子·小匡》:"少而习焉,其心安焉,不见异物而迁焉。"几乎所有人都认为这是贬义词,包括我。但我又似乎不太愿意被包括。因为自己几十年来一直在见异思迁,甚至在一大堆喜欢的异物中迁来迁去,乐此而不疲。有人说:一个人一辈子专心做一件事,便成了专家。我做不到,也没那样去做。当今社会,专家和"砖家"都有点多,自己呢就一杂人,没有遗憾,挺好。

不务正业也不假。相对于正业,我的副业好像一直更多。相对于本职,社会兼职也不少。有的副业、兼职与正业相关,有的则不太相干。幸好，与游手好闲、好逸恶劳、吊儿郎当之类都不沾边。而正业、主业、副业之于我，从不论收成，从不论明确的分界线。

无家可归，其实也没什么。这个"家"、那个"家"，无非是一顶顶好看中听的冠冕。戴上它们，出入庙堂江湖，心里头多点成就感罢了。有的可能还跟"利"有点瓜葛，御寒保暖的功能是没有的。但一个"奔六"的人，冬天戴帽子，自然而然要兼顾保暖性、舒适性、装饰性。

无家可归者，更大的好处是自由自在。想去哪就去哪，到哪看哪吃哪歇哪，哪便是家。历代伟大的旅行家和各式各样的旅行者，正是这样一个令我从小羡慕的群体。

时光在日月穿梭中飞逝而过。

今天，当我回首往事的时候，对奥斯特洛夫斯基的那段名言，只能赞赏前面一半。对照前面一半，进一步筛滤取舍，最后留下三样东西：旅行，读书，写作。没有比此更值得寄托、记录、纪念的乐趣和美好了。

如果把旅行比作身体，那么，读书和写作就是两翼。只有身体与两翼齐飞，才能精骛八极，心游万仞，目穷四海，神抵彼岸；才能思接千载，视通古今，纳天地之大美，祛魂魄之鄙俗，知行而一，以畅达之心追求愉悦圆满之梦，之人生，之无上境界……至少，我是这么想的。

因而也这么去做。这本献给自己的小书，就是试图将几十年的游踪、心迹、感悟梳理出来，再现一回。梳理、再现给谁？首先是给我自己。给自己作什么？取悦自己。还有吗？没有了。

你想，如果一个人一辈子连自己都取悦不了，这样的人生还有什么意思？连意思都没有，还谈什么意义！

中国人，尤其是我们这一代人，从小接受被动灌输式的教育比较多，不太愿意——有时是刻意遮掩——袒露真实的自己，怕被贴上"个人主义"或者"小我"的标签。但是，谁能告诉我，没有个人哪来集体？没有

"小我"哪来"大我"？没有个人、"小我"，怎么谈得上融入集体、社会和时代的"大我"中去？没有个体自由的所谓集体主义，早已被证明是一种落后的集体无意识。

这本小书，万一在取悦自己的同时，有的篇章段落、有的游踪行迹，能勾起一些人的记忆，能给他们带来一点点共鸣和乐趣，分享一点点自己的观察与思考，那就超出了我个人的"意思"，有了些许的意义。

平生敬仰过古今中外很多伟人、名人，哲学、政治、科学、文学、艺术、军事、历史、工商各个领域都有。其中，令我钦慕始终的一位，便是明代大旅行家、地理学家，"江阴奇人"徐霞客。以徐霞客的家境、才学、能力、人脉，他完全可以走科举仕第之路，或者经营田产，或者什么都不干，也能过上锦衣玉食的生活。然而他毅然选择了"高而为鸟、险而为猿"的惊世骇俗的旅行考察之路，并献其毕生，留下了让人百读不厌、常读常叹的《徐霞客游记》。这样的人生，在中国古代十分异类。即使放在现代，都让人肃然起敬。

以旅行、读书、写作终己一生，绝非除此之外再没有别的。不是的。人生是一个学习、创造、享受美好与快乐的过程。人活于世，学习、工作、生活中一定有快乐，也有烦恼，关键在于你自己选择什么、怎么选择。你持之以恒地选择能让自己快乐起来、充实起来、高尚起来的事情去做，就会在生活中不断发现并享受美好。否则，无聊、烦恼甚至痛苦，就会挤占本该属于快乐的位置。

旅行、读书、写作，貌似三样东西，其实说到底，只有一样。

白岩松在中央电视台全民阅读公益广告中直言：读书，就是说走就走的旅行。那是心灵之旅，只有读进去才能体验。而写作，就是将体验、感悟、思考表达出来，是旅行的附录，是诗与远方的见证和见证本身。

笛卡尔说：我思故我在。我说：我行故我思。行与思，是一对永恒的天使。天使让我的生命之路洒满阳光，让我的生活丰盈、快乐起来。如果某一天，我的双脚无法再丈量世界，思想也因为僵化而窒息，失去了感受美的能力，那么，这个世界对于我，我对于这个世界，都是可有可无的。

回到欧阳中石先生。欧阳先生在中国书坛，尤其是书法教育界的地位世人皆知。欧阳先生年迈后，右眼有疾，近乎失明。但他没这么说，而是说他的书法"无出其右者"，让人会心一笑中，平添了几分爱意和敬意。这就是对待生活、对待人生的一种乐观态度。

也印证了罗曼•罗兰最经典的一句话：世界上只有一种英雄主义，那就是，认清生活的真相后，依然热爱生活。

请让我从这里重新翻开自己……

2019 年 7 月 15 日于杭州西子湖畔

说明：这是一篇没有"内容"的序文。现在这本书的内容，只是原计划的上篇。下篇"屐痕处处"，整理核正了很长时间。最后因为考虑"未完待续"等原因，决定暂不纳入本书。书名也相应地作了改动。然而序已写好，又不舍得扔掉，便权作一篇文章，一并收录在这里。

后　记

尽管去掉了书稿的后半部分,现在留下的,依然是自己几十年来最为愉悦的文字。

文字本身没有温度,但一个一个汉字,按照自己的思想、感受组合起来,就不仅有了温度,而且有了情感和乐趣。这是电脑里头,另外许多枯燥乏味的应用文无法比拟的。

本想再搁一搁。在新闻出版界待的时间久了,容易患上眼高手低的毛病。看他人的文章、书稿,标准往往比较高,有时甚至拿着放大镜,去反复欣赏或挑剔。如果用同样的标准,来衡量、要求自己的书稿,很难令人眼睛一亮。

最后决定付梓,无非基于两点:第一,内容真实。游记散文、杂感随笔的生命在于真实,这也是自己一直以来的倾力追求。看见什么、想到什么、记述表达什么,完全遵从自己的内心,不听命于任何他人和组织。这样一种自由自在的写作状态,在过去"曾经的"一段时间里,并不能够轻易做到。这也是我们社会文明进步的体现。第二,自己一直以来写诗作文的信条,就是六个字:寄托、记录、纪念。既然不为别的,就会比较坦然。除了愉悦自己,这本"非虚构类图书",能让多少读者感觉还有一点意思,我不想考虑太多,顺其自然便好。

　　本书大体有几部分：一是游记，选了20多篇，时间跨度30多年，基本上公开发表过。二是记述过去一些有趣、难忘的人和事，尤其是回忆青少年时代故乡金华兰溪的文章，均为近两年所写，有的已经发表。三是有关读书、旅行的随笔，包括对历史文化名城、风景名胜古迹、世界遗产保护利用的一些杂议。四是以前出版的几本书的序文，也同旅行、读书有关。本来还打算收录文学艺术界洪加祥、寿勤泽、吴重生、尚佐文等几位友人早些年撰发的对拙著的四篇评论文章，然细读再三，总觉溢美之言多了一点，实不敢当，遂临时略去。几位友人的才学都在我之上，而我更加珍视的，则是友情。

　　此外，实在没有办法，也不合适将旅途中及旅行归来所作的百余首新诗、旧体诗词一块装进本书，只得又选编了一册《新枝旧叶集》，与本书同时出版。也可以看作本书的姐妹篇。

　　都说，人生就如一趟漫长的旅行，一场修行。于我而言，似乎更是。

作　者

2019年8月10日